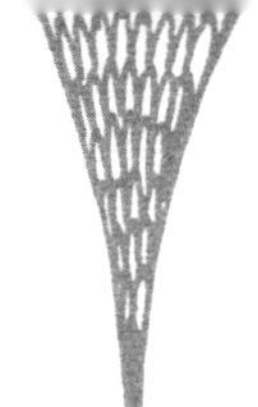

어쩔
까나

김이은 소설

어쩔 까나

자음과모음

차례

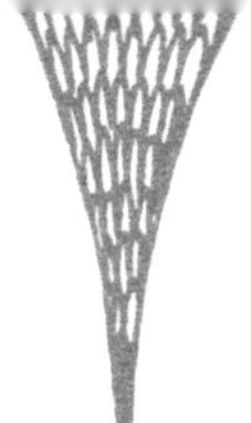

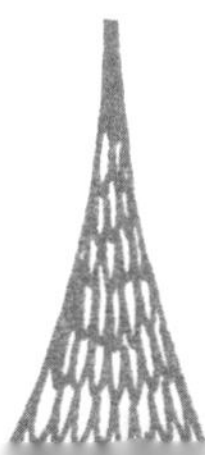

어떤 장의사의
행복한 창업 계획서

*

　때아닌 가족 여행에 관한 이야기. 남들 다 성묘하고 차례 치르고 식구들끼리 삼삼오오 모여 나들이 가는 시절이니 외형만 보자면 이상하달 것도 없겠으나. 우리의 가족 여행은 사뭇 남달랐으니. 그 가족 구성원만 보더라도 다리에 깁스한 엄마, 대머리 까진 엄마의 정부, 나와 나의 절친녀, 누나와 누나의 전남편 소생 아이, 그리고 마지막으로 누나의 새 애인인 여자. 우리에게 주어진 시간은 단 한 시간 반. 우리는 아빠에게 간다. 뭐 빠지게 달려야 해.

자. 이제 우리는 달려간다. 사태의 급박함을 너 나 할 거 없이 잘들 알고 있으니. 우선 우르르 현관을 나서……는가 싶더니. 좁아 터진 현관에서 제 신발짝 찾느라 밀치고, 밀리고. 왼쪽, 오른쪽 바꿔 신고. 한쪽만 양말을 꿴 발에 뒤축은 꺾어 신고. 엄마는 허둥대느라 목발은 잊고 대신 대머리 정부한테 업혔는데 그 와중에도 신발 한 짝은 챙겼다. 내 절친녀는 새로 산 힐인데 뒷굽이 까졌다고 그 상황에 징징대고. 한쪽 손에 몸통만 남은 인형을 쥔 일곱 살배기 누나의 전남편 소생 기집애는 앞뒤 안 가리고 외할머니에게, 외삼촌에게, 제 엄마의 새 애인에게 발길질하면서 울어대고. 부츠 지퍼를 올리고 있던 누나가 하는 수 없이 도로 들어가 애의 청소기를 끌고 나와 애 손에 쥐어주니까 그제야 입을 다물었다.

현관을 나서 꾸역꾸역 엘리베이터를 타다가 내가 마지막으로 발을 밀어 넣는데, 삐 삐삐. 내 가랑이를 쫙 찢어 가르는 소리. 뭐야. 백 년 만의 가족 연합을 깨는 소리에 다들 여지없이 엉덩이로 나를 밀어댔다. 할 수 없지. 엘리베이터 문이 닫히기도 전에 계단으로 뛰었다. 칠 층 계단을 날 듯 뛰어 내려가면서 층마다 엘리베이터 하강 속도를 체크했다. 젊은 날의 심폐 기능이여, 날 도와라. 아무도 날 기다려주지 않을 테니. 주차장에서 다들 엄마의 대머리 정부가 몰고 온 싼타페에 올라타느라 정신없었다. 아빠가 차를 몰고 나간 데다, 누나와 누나의 새 애인과 나는 차가 없으니 할 수 없는 노릇. 총합 성인 여섯에 애까지 딸려 일곱. 결국 그 차에 다 끼어 탔다.

일곱 살배기 기집애가 청소기를 꼭 태워야 한다고 고집을 부리는 바람에 출발까지는 시간이 더 지체됐다. 꿀럭꿀럭. 지하 주차장에 청소기 구르는 소리가 울려 퍼졌다. 길고 긴 꼬리가 바닥을 쓸었다. 기집애가 꼬리를 소중하게 감아 올려 품에 안았다. 손에 들고 있던 인형은 내게 잠시 맡겼다. 핑크 드레스를 입고 머리가 뜯겨나간 인형은 뻥 뚫린 목구멍 속으로 몸통이 휑하니 비어 있었다. 사람 탈 자리도 없는데 커다란 강아지만 한 청소기가 탈 수 있는 자린 당연히 없지. 다들 올라타고 마지막으로 운전석에 막 오르려던 엄마의 대머리 정부가 기집애 손에서 청소기를 빼앗았다. 텅. 청소기 떨어지는 소리. 와앙. 왕. 왕. 기집애가 갑자기 울음을 터트리며 마구 차 안에서 발버둥치는 소리. 앗. 아야. 기집애의 발길질에 비명을 지르는 어른들. 누나의 억센 어깨가 나와 누나의 새 애인과 절친녀를 밀쳤고, 누나는 차에서 내려 청소기를 품에 안았다. 갑자기 무한대로 쭉 찢어지는 누나의 눈초리를 보고는 아무도 입을 열지 않았다. 청소기를 건네받고서야 기집애는 겨우 입을 다물었다.

여기서 잠깐 기집애의 청소기에 관해 언급하자면 이렇다. 누나는 애 아빠에게서 위자료로 받은 아파트를 클럽에서 만난 젊은 놈한테 털리고 몇 달 전, 방 두 개 딸린 다세대 주택으로 이사했다. 그런 다음에야 누나는 자신의 정체성을 새롭게 깨달아 이번에는 여자를 사귀기 시작했다. 이제야 진정한 자신의 참모습을 찾았다고 판단한 누나는 만난 지 얼마 안 된 새 애인과 평생을 함께하기로 약속했다. 기집애는 누나의 새 애인을 새아빠라 부를지 새엄마라 부를지 아직 정하지 못했다.

열대야 때문에 온 나라의 숨 쉬는 것들은 모두 다 불면에 시달리던 어느 날 밤, 좁아터진 다세대 주택에 새 애인을 불러들여 한참 속궁합 맞춰보느라 정신없는데 하필 그때 기집애가 자다 깨 오줌이 마려워 나왔다. 오줌 누러 화장실 가려다 말고 그날따라 왠지 꿈속에 '깐깐 찡어'(그날 낮에 기집애가 티브이 만화에서 봤던 발이 무지 많은 오징어다) 귀신이 자꾸 따라오는 것만 같아서 엄마랑 같이 자려고 엄마 방문을 열었다. 엄마가 막 정상에 오르는 찰나. 엄마는 숨이 차고 눈앞이 흐려지면서 빛의 속도로 먼 나라 가느라 애가 들어오는 것도 모르고 열심히 이불 속에서 달음박질하고 있었다. 그걸 본 기집애는 바쁜 엄마를 방해하지 않으려고 조용히 나온다는 게 그만 안방 문 앞에 놓여 있던 청소기 줄에 걸려 넘어지고 말았다. 윙윙. 기집애 발에 버튼이 눌려 살아난 청소기. 뭐든 빨간색이 세련된 거라는 누나의 취향으로 새빨간 몸에 큰 주둥이를 가진 청소기는 그 빨간 입을 벌려 맹렬한 울음으로 힘차게 빨아들였다. 넘어진 기집애, 손에 들고 있던 나나(애가 자나 깨나 손에서 놓지 않는 바비 인형이다. 성은 바씨. 그러니까 이름은 바나나다)를 떨어뜨렸고, 나나는 곧 청소기의 시커먼 동굴 같은 입으로 빨려 들어갔다. 넘어진 기집애가 그 와중에도 나나를 구하겠다고 필사적으로 힘을 썼지만 무시무시하고 커다란 입에서 구해낸 건 나나의 몸통뿐이었다. 나나의 머리통은 청소기의 목구멍에 탁 걸려 절대 빠져나오지 않았다. 그러니까,

기집애가 청소기를 끌고 다니기 시작한 건 그때부터다. 그리고 나나가 두통을 일으킬까 봐 청소기를 사용하지 못하게 했다. 기집애는 늘 청소기를 애완견처럼 끌고 다녔다. 길디긴 꼬리를 가진 청소기를 기집애는 나나라고 불렀다. 그리고 나머지 한 손에는 몸통만 남은 나나를 들고 있었다.

아무튼.

5:55 길

달리기 시작했다. 좁은 차 안에서 애까지 합이 일곱이 복작거렸다. 한참 루키즘에 열올리고 있는 누나와 나의 절친녀가 있는 대로 신경질을 부렸다. 누나의 빨간색 체크무늬 스커트가 만신창이가 되고 절친녀의 실크 블라우스는 금세 꼴이 말이 아니었다. 구겨진 스커트를 곱게 펴느라 누나가 밀치는 통에 누나의 새 애인과 내가 한꺼번에 차창에 머리를 박았다. 절친녀는 내 귀를 끄집어 당겨서는 "야, 이거 어제 새로 산 거야. 알아서 해"라며 으름장을 불어넣었다. 휙 잡아당기는 바람에 아팠다. 내 귀가 빨개졌다.

절친녀가 쉼 없이 구시렁댔다. "이게 얼마짜린데. 꿈에 이 블라우스가 나타나서 그날로 당장 백화점을 다 뒤져 찾은 건데. 그놈의 지름신 땜에……." 귀를 막았다. 괜히 불렀다고 후회도 했다. 그러나 내 작전에 꼭 필요하단 걸 다시 한 번 떠올리고 오늘만 참기로 했다. 누나의 새 애인은 연신 헤벌쭉. 무릎 잔뜩 모으고 팔짱을 껴 최대한 부피를 줄이는 걸로 누나에 대한 애정을 과시했다. 하기사 둘도 없는 사랑을 찾아 한창 열애 중이니 이해도 된다. 기집애는 앞 좌석 외할머니 무릎에 앉아서는 제 무릎에 나나를 올려놓고 뺨에 바나나가 그려진 일회용 밴드를 붙이느라 바빴다. 청소기 나나한 테도 바나나 밴드를 붙여준다. 아프지? 내가 호오 해줄게. 아프지 마. 그러고는 나나를 품에 꼭 끌어안았다. 나나는 기집애의 품에 넘 쳐서 결국 외할머니가 기집애와 나나를 동시에 안고 가는 셈이다.

"더 밟아요. 밟아."

엄마는 운전하는 대머리 정부에게 끊임없이 재촉했다. 깁스해 서 구부러지지 않는 엄마의 한쪽 다리는 차 안 대시보드 위쪽으로 쭉 뻗어 있다. 기집애가 엄마의 깁스에도 바나나 밴드를 잔뜩 붙이 고 있다. 엄마가 말은 그렇게 하면서도 얼굴엔 교태가 흘러넘치는 지라 대머리 운전기사는 기어에 얹어놓았던 손을 슬그머니 엄마의 허리춤으로 가져갔다.

"나야 그러고 싶지. 그런데 저길 좀 봐. 꽉 막혔잖아. 다들 성묘 끝나고 나들이라도 가나……."

대머리 운전기사 말처럼 길은 그야말로 주차장이었다. 우리는 과연, 시간 안에 무사히 갈 수 있을까.

아빠한테 한 푼 못 받고 이혼당한 엄마는 대머리 정부가 운영하는 꼬꼬치킨에서 일했다. 처음부터 그렇고 그런 관계가 된 건 아니었고. 엄마의 화장실 낙상 사고 직후에 일은 벌어졌으니. 사정은 이랬다.

꼬꼬치킨 사장이자, 하느님이 역사하시는 믿음교회의 장로이자, 지금은 엄마의 정부가 되어 운전을 하고 있는 대머리는 엄마를 처음 본 순간 아직도 살아 있는 엄마의 눈웃음에 넋이 나갔고, 끊임없이 엄마에게 구애했으나 대머리라는 이유로 번번이 실패한 뒤, 엄마가 화장실에서 미끄러져 다리가 부러지자마자 엄마에게 달려가 다음과 같이 고백했다.

"여사님. 여사님의 사고 소식을 접하고는 튀기던 통닭도 내팽개치고 이렇게 한달음에 달려왔습니다. 여사님이 이렇게 다쳐 누워 있으니 내 마음이 수만 갈래로 찢어져서 꼬꼬치킨집 바닥을 닦는 대걸레보다 더 너덜너덜해졌다는 사실을 여사님은 알고 계십니까? 평소 주일이면, 아니 날이면 날마다 밤이면 밤마다 여사님을 위해 기도하고 있었는데 그것 또한 모르시겠습니까? 저와 함께 교회로 나아가 주님을 영접하고 오래도록 몸과 마음의 평안을 누리기를 기도하고 또 기도했던 것조차 모른다고 하시겠습니까? 여사님이 이렇게 처참하게 화장실 바닥에 넘어져 다친 건 모두 제 기도를 무시했기 때문이란 걸 아셔야 합니다. 암요. 그렇고말고요. 자.

그러니, 우리 함께 손을 잡고 교회로 나아갑시다. 그리하여 저와 여사님이 함께 영생을 누리십시다. 어떻습니까."

하느님이 모든 걸 주관하시고 또 그 하느님이 다 인도해주실 거란 대머리의 말을 듣고, 엄마는 교회 안 나갔다간 또 무슨 일을 당할지 몰라 겁나서 교회에 나가기 시작했다. 그러다 보니 어찌어찌, 이러쿵저러쿵하다 살짝쿵. 대머리와 그렇고 그런 사이가 되었으니 대머리 말대로 언젠가 마음의 평안을 얻을는지 모르지만. 하느님이 돈까지 주진 않을 테니 엄마도 돈이 급했다. 그러니까 엄마는 아빠에게 밀린 위자료를 받겠다는 계획이다.

막 자유로로 들어섰다. 시내를 빠져나오는 데만 무려 사십 분 가까이를 쓴 셈이다. 디지털시계는 6:20. 아니 6:21으로 바뀌었다. 여기서부터 영종도 옆에 붙어 있는 작은 섬 신도로 들어가는 삼목 선착장까지는 대략 삼십 분이 걸린다. 그러니까 평소대로라면 우리는 일곱시 십분의 신도행 마지막 배를 탈 수 있다. 다들 디지털 시계와 바깥 도로 상황을 번갈아 쳐다보느라 연신 고개를 좌우로 움직였다. 메트로놈에 맞춰 세트로 고개를 까딱거리는 인형 가족. 속도계는 백삼십을 오르락거렸다. 다들 못난이 인형처럼 만족스럽게 웃었다.

그런데.

갑자기 앞차들이 일제히 비상들을 켜고 정지하기 시작했다. 신공항로 진입 직전이었다. 가장 분개한 건 놀랍게도 헤벌쭉 웃고 있던 누나의 새 애인이었다. 차가 서자마자 여자는 누나와 절친녀와 내 무릎에 각각 엉덩방아를 찧으면서 기어코 차에서 내렸다. 그러더니 뛰기 시작했다. 뒤태만 봐선 남잔지 여잔지 헷갈렸다. 나는 눈을 최대한 가늘게 떠서 누나를 쳐다봤다. 누나 새 애인이 단거리 육상선수야? 누나는 들고 있던 파우치백으로 내 뒤통수를 가격하는 걸로 가볍게 내 질문을 묵살했다. 여자는 정말 빨랐다. 그래서 나도 내렸다. 가족의 일이 걸린 문젠데 성별도 잘 구분이 안 가는 여자한테 모든 걸 맡길 수는 없는 노릇이니까.

십 미터쯤 앞쪽에 난데없는 폴리스라인이 팔차선 자유로를 가로로 절단하고 있었다. 이게 웬일. 그 안쪽에 한 남자가 피칠갑을 한 채 모로 쓰러져 있었다. 자세히 보니 남자는 적어도 열 군데 이상은 칼에 찔린 상태. 말로만 듣던 백주대낮 살인 사건을 들여다보다 나는 깜빡 내 처지를 잊고 그 광경에 빠져들었다. 주위의 모든 소리와 풍경이 단번에 사라져버리고 색만 살아남아 붉디붉은 피 바다가 내 주위를 둘러쌌다. 살아서 펄떡이는 색은 나를 흥분시켰다. 뭉텅뭉텅 덩어리진 피웅덩이가 도로 위로 천천히 번져갔다. 끝을 모르게 뻗은 도로는 검게 가라앉아 남자를 조문하고 있다. 나를 밟고 가시오. 혹은. 죽음이란 원래 그렇게 끝없는 것이라오, 우리네 삶처럼 말이오. 검은 도로는 길고 긴 관이 되어 남자를 죽음 이후로 이끌고 있었다. 남자에게서 흘러내린 핏줄기가 파도처럼 들고 일어나 내 어깨를 덥석 베어 물었다. 피의 이빨이 박힌 자리가 아팠다. 웬 놈에게 사정없이 찔려서 길바닥에 꼬꾸라져 죽어 있는 남자는 묘하게 내가 아직 살아 있는 생명이라는 엄연한 사실을 문득 깨닫게 했다. 삶과 죽음 사이에 쳐진 폴리스라인. 나는 무심코 그 경계 앞으로 걸어 나갔다. 막 폴리스라인을 넘어서는데 유니폼을 입고 곤봉을 든 놈이 나를 막아섰다. 어떡할까, 생각하다가.

그러다 문득. 그런 생각이 들었다. 학교 졸업하고 벌써 삼 년째 백수 노릇을 하던 내게 드디어 이거다, 싶은 아이템이 떠오른 것이다. 며칠 전에 대학 동기 놈이 회사 화장실에서 목매 죽었다는 얘길 들은 게 생각났다. 죽도록 공부해서 졸업 때 취업 잘했다며 동문지에도 실렸던 그놈. 한국 최고의 증권사에 취직했다고 언제 한번 꼭 와라 하며 밥 사겠다고 했던 놈. '카드로 만든 집이 무너지기 전에 부자가 돼서 은퇴하겠다'고 호언장담하던 그놈. 미국발 금융위기를 견디지 못하고 고객들 돈 날린 걸 괴로워하다 자살했다. 며칠 반짝 환율 떨어지고 주가 올라서 다시 고객들 돈 끌어다 메우려다가 고객들이 몰려와 한바탕 난리 치르고 간 뒤, '지금부터 시작이란 게 더 두렵다'는 메모를 남기고 갔다지, 아마.

그리고 바로 얼마 전에 죽은 톱스타 여배우 얼굴도 번뜩 내 머릿속을 방문했다. 그 사건으로 그야말로 대한민국이 통째로 술렁거렸다. 역시나 돈에 관련된 문제였다. 그 뒤로 따라 죽는 사람들이 속속 생겨났고. 사람 인 자 붙이고 사는 모두들 죽겠다 그러고, 이러다간 삼차 세계 대공황이라도 올 판인데…… 불경기라고 죽을 사람이 안 죽는 거 아니잖아. 불경기일수록 줄줄이 따라 죽는 목숨들 천지고. 그래, 그거다. 장의사. 그리고 혹시나 경기가 다시 나아진대도 시간이 갈수록 점점 더 죽음은 선택이라는 의식이 늘어날 거야. 죽을 수 있는 권리도 엄연히 존재하는 거 아니겠냐고. 날 때 내 맘대로 난 게 아니니까, 죽을 때라도 내 맘대로 죽는 거지. 요즘 유행하는 기업형 장의사인 상조회사를 하는 거다. 일단 노하우도 쌓아야 하니까 위탁금 내고 상조회사하고 계약해서 지사를 운영하는 거야. 그리고 공격적인 마케팅을 해야지. 그런데 장의사는 어떻게 해야 공격적인 마케팅이 되는 거지.

어쨌든.

이제 가장 급한 사람은 내가 됐다. 사업 계획이 섰으니까 당장 돈이 필요한 거지. 절친녀를 괜히 데려왔다, 싶다. 사실 술김에 서너 번 같이 잔 거밖에 없는 사인데 아빠 앞에서 미래의 며느리감 노릇 좀 해달라고 불렀다. 아빠한텐 내 애를 가졌으니 결혼해야 하는 거 아니냐고 할 생각이었고. 아빠한테서 받을 돈의 오 퍼센트를 절친녀에게 주기로 되어 있다. 그런데 이렇게 죽이는(?) 사업 아이템이 생겼으니 팔자에도 없는 결혼 놀음은 안 해도 되게 생긴 거다. 하지만 그렇다고 절친녀를 자유로 한복판에 떨어트릴 수도 없으니.

새됐다, 라고 생각하면서 넋을 빼놓고 살인 사건을 구경하는데 어디선가 피바다를 뚫고 소리가 살아났다. 컷! 오케이. 확성기 소리에 문득 정신을 차리고 보니 이건, 영화 촬영이다. 어딘가 숨어 있던 카메라며 사람들이 우르르 쏟아져 나오고 피투성이로 누워 있던 남자는 부스스 일어나 뚜벅뚜벅 걸어 사라졌다.

확 깬다. 6:25. 이제 겨우 사십오 분 남았다.

6:40 구백팔십육

이제부터 공항로다. 대머리 운전기사는 액셀을 밟아대기 시작했다. 번쩍, 터지는 카메라플래시. 식구들이 브이 자를 그릴 걸 그랬다며 속도 없이 웃어젖혔다. 백팔십. 이백이십. 우리는 달려간다. 달려, 달려. 때 이른 낙엽이 몇 장 길 위를 뒹군다. 공항로 하부도로 밑, 뻘밭에 붉게 흐드러진 칠면초가 남은 오후 햇살을 머금어 눈부시다. 저쪽에서부터 슬몃, 어둠이 몸집을 불리기 시작했다. 6:43.

"더 밟아요. 이러다 늦겠어."

누나가 주먹으로 대머리 운전기사의 헤드레스트를 통통 친다. 어느새 잠들어 코까지 고는 기집애를 안고 있던 엄마가 누나를 그야말로 쫙, 째려봤다. 엄마가 뒤로 고개를 돌리는 바람에 기집애 머리가 옆으로 툭, 떨어졌다. 다행히 나나는 얌전히 있었다. 코 고는 소리가 조금 더 커졌다.

"너 지금 어른한테 그게 무슨 말버릇이야."

대머리 운전기사, "할렐루야" 하면서 그럼 그렇고말고, 하는 표정으로 고개를 끄덕인다.

"엄마, 나 급해."

오백 년 만에 들어보는 누나의 애절한 말투.

그 말투가 차라리 우스워 내가 눈치 없이 킥킥거리자, 누나가 어금니를 물면서 옆눈으로 나를 봤다. 봤다기보다는 찔렀다는 게 맞다. 심상찮은 누나의 눈빛에 금세 찌그러질밖에. 절친녀는 뭐가 좋은지 아까부터 누나의 새 애인을 보면서 실실 웃었다. 아무래도 신도에 갔다 온 다음 고상하게 얘기를 좀 나눠야겠다, 고 마음먹었다.

"지금 사는 다세대 주택 전세금 올려주고 콧구멍만 한 가게라도 하나 차리려면 돈 있어야 돼. 그래도 엄만 먹고살잖아."

"급하긴 나도 마찬가지다. 나도 애, 조류독감 때문에 꼬꼬치킨 매상이 떨어져서 임대료도 못 낼 판이야. 니 아빠는 위자료 한 푼 안줬잖니."

엄마는 말끝마다 위자료다.

간간이 비행기가 긴 궤적을 그리며 멀어지고, 또 가까워졌다. 창밖으론 꽃 달고 깡통 소리 요란하게 울리는 차들이 신공항로를 질주하고 있다. 깡 깡 깡. 속이 빈 깡통들은 서로 부대끼며 길 위에 곤두박칠쳤다. 저래봐야 어차피 열에 아홉은 몇 년 못 가 저 깡통 신세가 될 게 뻔한 이치다. 갑자기 어릴 적 생각이 났다. 중학교 땐가, 문득 세상이 허망해져 자살을 결심한 적이 있었다. 그래서 일단 집에서 나왔다. 사흘을 골목골목을 헤집고 돌아다니며 빈 깡통을 찾아내 차고 다니면서 어떻게 죽을지에 대해 고민하고 있었다. 세계보건기구 'WHO'에 따르면 죽음에는 구백팔십육 가지의 방법이 있다는데, 그중 뭐가 좋을까 생각하다가 나만의 독특한 방법으로 죽고 싶어졌다.

예를 들면 이런 거. 해외토픽에서 본 기사가 생각났다. 깡통을 차고 다니다 골목 어귀에 주저앉아 생각에 빠졌다.

어떤 남자가 십층 빌딩 아래로 투신자살했다. 그는 바닥에 떨어지지 않고 팔층에 쳐진 안전망에 걸린 채로 발견되었는데, 경찰의 부검 결과 그의 사인은 머리를 관통한 라이플 총탄이었다. 즉, 그가 투신할 즈음에는 라이플 총탄이 그의 두개골을 관통해서 이미 죽은 상태였던 것이다. 자살을 가장한 살인이 아닐까 의심했지만, 아무런 단서도 없었고 게다 그의 자필 유서가 발견되어 자살이 명백해졌다. 그렇다면 총상은? 경찰은 놀라운 해답을 얻었다. 그가 십층에서 투신한 직후 구층 지점을 통과하는 순간, 구층에서 날아온 총탄에 맞은 것이었다. 구층에 살던 노부부가 심한 말다툼 중, 남편이 부인에게 총을 쏘았는데 그 총알이 비켜나가 마침 그 위치를 지나가던 창문 밖의 남자를 맞힌 것이었다. 그런데 더 놀라운 사실. 부부는 자신들은 항상 총에 총탄을 넣어두지 않으며, 어떻게 그 총알이 장전되었는지 모른다고 주장했다. 그들에 따르면 그들은 부부 싸움 중에 남편이 빈총을 들고 나와 부인에게 쏘는 시늉을 하면서 위협하는 습관이 있었는데, 분명한 건 자신들이 결코 탄환을 장전한 적이 없다는 것이다. 그렇다면 누가? 경찰은 수사 끝에 그

노부부의 아들이 사건 육 주 전 총탄을 장전했다는 것을 밝혀냈다. 그 아들은 직장에서 해고되고 어머니로부터 금전적인 도움을 외면당하자, 아버지의 부부 싸움 습관을 떠올리고 어머니를 살해하기 위해 몰래 총탄을 집어넣은 것이다. 하지만 총탄을 장전한 지 육 주가 지나도록 자신의 부모가 싸움을 하지 않아 어머니가 살해될 희망이 없어지자, 결국 자신의 처지를 비관해 십층에서 자살을 기도한 것이다. 그 아들이 바로 사망한 남자였다.

그런데 아빠는 총도 없고, 엄마와 싸울 때는 늘 가장 싼 것만 골라서 던지는 습관이 있는데 그럼 어떡하지? 거기다 우리집은 칠층인데……. 대충 그런 생각을 하면서 시간을 보내다가 나흘째 되는 날, 아빠에게 뒷덜미를 잡혀 끌려갔다. 집 나간 이유를 묻는 아빠한테 사는 게 허망해 죽고 싶어서, 라고 대답하자 아빠는 그래? 그럼 맞아 죽어라, 하더니 각목을 들고 와 정말 죽기 직전까지 나를 때렸다. 내가 기절했다 깨어나자 이렇게 덧붙였다.

"니가 나이가 몇 살인데 아빠야? 아버지라고 불러."

그러고 싶지 않았다. 자고로 모든 것들은 부르는 것보다 불리는 것의 책임이 더 크다. 아빠는 결정적으로 그걸 모른다. 그리고 나는 그날부터 기다렸다. 아빠가 무능해지기를. 얼마나 간절히 그날이 오기를 기다리고 또 기다렸던가. 길고도 지루한 나날이었다. 그 후로부터 이십 년 가까이 지난 지금, 이제 됐다, 싶었는데 엉뚱한 곳에서 복병이 등장한 거다.

지방대 러시아어과 교수였던 아빠는 올 초 정년퇴임한 뒤, 뭐라는 기여상인가를 받기로 하고는 퇴직금을 몽땅 다 무슨 학회인가에 기부해버렸다. 그리고 바로 러시아 출신 댄서와 살림을 났다. 엄마에게는 돈이 없어 위자료를 못 준다 했고, 자식들한테는 이만큼 키워줬으면 됐지 뭘 더 바라냐는 핀잔만 늘어놓았다. 그랬던 아빠가 어제 갑자기 뿔뿔이 흩어져 살던 가족들을 모두 불러 모았다. 러시아 새엄마는 잠시 친정에 갔다고 했다.

"추석도 되고 했으니 가족들 다 같이 성묘나 다녀오자꾸나."

그 말에 다들 죽기 전에 저런 생뚱맞은 소리를 어디서 또 들어볼 수 있을까, 하는 표정으로 아무도 아빠와 눈을 맞추지 않았다. 기집애만 나나를 끌고서 할아버지 무릎에 냉큼 올라타 바나나 밴드를 할아버지 뺨에 붙여대느라 바빴다.

치킨집은 추석이 대목이라…… 동굴 같은 반지하 다세대 주택에 비가 새서…… 취업준비하려면 추석 때도 열공해야 하는지라…… 하는데 기세등등한 아빠의 목소리가 모두의 말을 잘라먹었다.

"내년에 내 명의로 돼 있는 선산이 없어지고 그 자리에 댐이 들어선다. 보상금이 꽤 나올 거라던데……."

그 지점에서 모두의 눈이 한 꼭짓점을 향해 쾌속으로 모여들었다. 그래서…… 의 표정으로 모두의 눈에서 빛이 나와 온 집 안

구석구석이 말할 수 없이 환해졌다.

"나야 이제 뭐 큰돈 쓸 일이 있는 것도 아니고, 꼭 필요한 사람에게 주는 게 맞을 텐데……."

까지였다. 아빠의 말은 그야말로 추석 선물이 아니고 무엇이겠는가, 싶어 다들 성묘 준비에 갑자기 바빠졌다.

6:50 안개

무정한 짐승 같으니라고. 디지털 시계여. 요금소 전방 일 킬로. 시속 백팔십 킬로. 갑자기 안개가 몰려왔다. 해무. 지독했다.

6:55 길 혹은 유언

성묘를 위한 오랜만의 가족 여행은 각자 불러들인 새 가족들로 그 숫자가 배에 달했고, 시끌벅적했다. 차 안에서 가족들은 과일 깎아 먹고, 미리 준비한 김밥도 나눠 먹고, 농담 따먹기도 서로 주고받았다. 우리는야 단란한 가족. 길이 막혀도 모두 다 한마음 한뜻으로 똘똘 뭉쳤으니 짜증나지 않았고, 누군가 방귀를 뀔라치면 박장대소하며 즐거웠다. 대낮인데도 서해대교의 안개는 짙었다. 차 두 대에 나눠 탄 가족들은 안개를 뚫고 서로 휴대폰으로 연락을 취해가며 행담도에 들러 우동을 먹었다. "우동은 역시 고속도로 휴게소가 짱이야"라는 절친녀의 말에 아빠가 한쪽 눈을 심하게 일그러뜨렸다. 나는 곧바로 얌전한 임산부 노릇을 해야 하는 절친녀의 옆구리를 쿡 찔렀다.

서해안고속도로를 지나고 섬진강을 따라 내려갔다. 강물을 따라 훠이훠이 흘러갔다. 굽은 길…… 좁은 길…… 비포장길…… 한적한 길…… 오솔길…… 오르막길…… 산속의 외진 길…… 검은 길…… 가야 할 길……. 수많은 길이 우리 앞에 나타났고, 밀려갔고, 마치 순리처럼 우리도 길 따라 밀려나고 혹은 다가왔다. 굽이굽이 길 따라 돌아들자, 커다랗고 조용한 저수지가 나왔다. 하늘과 땅의 경계가 흐려지고, 공간과 시간이 교란되고, 시작과 끝이 한데 섞였다. 어릴 때 봤던 그 모습 그대로였고, 대여섯의 강태공이 오수를 즐기며 까딱까딱 목운동을 하고 있었다.

저수지를 지나자마자 '석전마을' 글귀가 새겨진 커다란 바위가 지지대 위에 불쑥 솟아오른 게 보였다. 내가 "저건 처음 보는 건데" 그랬더니, 누나가 "나도" 했고, 엄마가 "언제 세운 거지?"라고 중얼거리니까, 아빠가 "그러게"라며 되받았다. 나머지 가족들은 피로와 멀미 때문에 오만상을 찌푸렸다. 원래 마을 이름이 석전마을이긴 하지만, 마을 사람 모두가 그 마을을 돌무덤이라고 불렀다. 언젠가 아빠한테 그 까닭을 물었지만, "글쎄. 돌무덤이라면 돌이 겁나게 많다든지, 아님 누가 죽어 한이 남아 어떤 전설이 되었든지, 뭐든 있어야 할 텐데 아무것도 없으니"라는 대답 아닌 대답만 들었을 뿐이다. 내가 보기에도 그렇다. 채 이십여 가구가 안 되는 이 씨 족 마을은 오래돼 굳어진 관습과 배타심 말곤 정말 아무것도 없다.

어릴 때 한두 번 따라가본 선산은 낯설었다. 힐을 신은 누나 와 절친녀는 각각 새 애인과 나에게 업히다시피 기어올랐고, 화장 실 낙상 사고로 다리에 깁스한 엄마는 차에 남아 기집애와 나나를 돌보기로 했다. 대신 엄마의 대머리 정부가 자신의 웃옷을 벗어 잠 든 기집애와 엄마를 한꺼번에 덮어주고는 돗자리며, 술이며, 과일 이며를 들고 앞장섰다. 열심히 앞지르려 힘을 뺐지만 결국 대머리 의 뒤를 따르던 아빠, 연신 숨을 몰아쉬길래 내가 "운동 좀 하시죠" 했다가 뒤통수를 제대로 얻어맞았다. 아빠의 머릿속 방향지시등이 고장났는지 식구들 모두 같은 자리를 세 번이나 돌며 헤맸다.

아빠가 못 찾은 것도 이해가 됐다. 겨우 찾은 조상들 묘는 봉분 이 내려앉았고, 잔디는 다 말라 죽었고, 주위는 웃자란 온갖 초목들 이 무성했다. 아빠는 급하게 과묵해졌다. 대머리가 분주하게 술 따 르고, 과일 깎고, 잡초 뽑는 시늉을 했다. 그러더니, 주머니에서 성 경책을 꺼내 들었다. 양손을 깍지 껴 가슴팍에 모으고 두 눈을 꼭 감았다.

"자, 다 같이 기도합시다. 주님의 축복으로 이 가족이 한자리 에 모였습니다. 성령이 임하사 오늘 이 자리는 주님의 은총을 입고 살다 주님에게로 돌아간 주님의 자녀들을 살피고 또한 가족의 화 목함을 다시 한 번 굳세게 다지기 위한 자리이니, 삶과 죽음을 주 관하시는 주님께서 이 불쌍한 어린 양들을 굽어보시고 주님에게로 인도해주시옵소서……. 할렐루야. 아멘. ……."

어쩌고 어쩌고. 아무도 신경 안 썼다. 누나의 새 애인만 이리저리 잡초를 뽑으러 다녔다. 누나와 절친녀는 무덤은 돌아보지도 않고 헉헉거리면서 아무 데나 주저앉았다. 무덤이 다 무슨 소용이야. 난 그냥 살 때까지 즐겁게 살 거야. 그치? 자기야. 힐끗 무덤을 곁눈질하던 누나는 새 애인을 향해 해사하게 웃었다. 저러다간 옷 다 구겨졌다고 또 신경질 장난 아닐 텐데, 그나저나 난 죽을 때 꼭 화장해야지, 생각하는데 아빠가 이랬다.

"나 죽으면 가루로 만들어서 뿌려라. 납골당도 필요 없다."

아빠도 이젠 알 건 알아야 한다. 모든 걸 진실로 판가름할 건 없잖은가, 그냥 필연으로 받아들일 건 받아들이면 되지……. 속으로 구시렁거리면서 절을 하는 둥 마는 둥 했다. 대머리의 기도는 끝없이 계속됐다.

7:00:35 습관

시간이 초 단위로 흐르기 시작했다. 식구들 모두 다 직각 정자세로 앉았다. 남은 시간 십오 분. 매표하고 배에 타야 하는 시간을 제외하면 십 분가량 남은 셈이다. 갑자기 공항로에 비행기만 떨어지지 않는다면 우리는 무사히 배를 탈 수 있다. 기집애도 말똥말똥 뜬 눈으로 나나를 돌보고 있다. 엄마의 위자료, 누나의 가게, 내 장의사를 손아귀에 틀어쥔 아빠는 지금 신도에서 낚시질이 한창일 테지. 아님 멍한 표정으로 차가운 바다를 들여다보고 있거나.

성묘 후, 오늘 아침에야 집에 도착해 식구들이 제멋대로 널브러져 있을 때였다.

"송이 좀 구워봐. 송이는 역시 제철에 먹어야 제맛이지. 오랜만에 장거리 운전했더니 배가 텅 비었어."

말은 엄마를 향해 하면서 아빠는 눈으로 나를 돌아봤다. 서른이 넘도록 운전면허가 없는 나는 구석에 얌전히 찌그러져 발톱을 깎고 있었다. 기집애가 자꾸 바나나 밴드를 내 발톱에 붙이려고 고집을 부렸다.

"송이? 시절 간 줄도 모르고 저 양반이……. 이제 누가 그 비싼 송이를 갖다준다구……."

엄마는 대머리 정부와 꼬꼬치킨의 마케팅 전략에 대해 토론하다 말고 대답을 툭 뱉었다. 엄마의 정수리를 향해 뭐라 하려다 말고 아빠가 침을 삼켰다. 눈만 돌려 이맘때면 늘 선물이 쌓이곤 했던 거실 한쪽 구석을 곁눈질했다. 텅 비어 있었다.

엄마는 갑자기 생각난 듯, 뒤돌아 앉았다.

"그리고, 이제 나한테 그런 거 하라고 하지 마세요. 애들 시키든지, 아님 젊디젊은 러시아 여자한테 시키든지. 난 평생 당신 뒷바라지하느라 너무 늙어버렸어……."

때로 습관도 죄가 된다. 아빠 표정을 보고 있자니 딱 그랬다. 아빠를 위해 우리 모두는 아빠와 눈을 맞추지 않았다. 나는 기집애한테서 바나나 밴드를 받아 내 발톱에 최대한 정성스럽게 붙였다.

그리고 식구들이 다 모여 점심을 먹고 있는데 숟가락을 들다 말고 아빠가 갑자기 집을 나갔다. 우리는 또 아빠를 위해 아무도 어딜 가느냐고 묻지 않았다. 몇 시간 후, 정확히 다섯시 사십분에 아빠에게서 한 통의 전화가 걸려왔다.

"나 지금 신도에 있다. 모두들 이리 와라. 누구한테 보상금을 줄지 말해줄 테니. 안 오면 보상금은 모두 잊어야 할 거야."

7:04:26 삼각형에서 한 점으로

붉은색 디지털 숫자는 어둠 속에서 더 짙어졌다. 가족들 모두 다 그 붉디붉은, 무정한 짐승을 무력하게 바라보며 대머리 운전기사를 재촉했다.

"빨리. 더 빨리."

목숨 건 우리의 신도행 고속 질주는 아빠의 마지막 능력이다. 아빠가 무능해지길 얼마나 기다렸던가. 아빠의 마지막 능력 앞에서 우리는 보상금을 갖기 위해 다시 경쟁자가 될 것이다. 하늘은 우리를 향해 무겁게, 빠른 속도로 내려앉고 있다. 길과 하늘이 점차 그 경계가 사라지고 온통 관 속처럼 어둡게 변해갔다. 붉디붉은 디지털 숫자가 사나운 짐승처럼 모두를 물고 있다. 나는 장의사를 열 것이다. 공격적인 마케팅을 할 것이고, 그 어느 장의사보다 호황을 누리게 될 것이다. 첫번째 손님으로 은퇴한 노교수는 어떨까? 신도 앞바다에 등을 드러내고 무력하게 누워 둥둥 흘러가는 아빠가 떠오른다.

"밟아. 더 밟아."

모두의 눈에 채찍이 하나씩 들어 있다. 7:04:49. 붉은 숫자가 식구들을 옴짝달싹 못하게 옭아매고 있다. 누나가 대머리의 헤드레스트를 쥐고 흔드는 바람에 차체가 출렁, 했다. 어. 어. 하마터면 중앙선을 넘을 뻔했다. 다들 누나를 째려보며 한마디씩 뱉었다. 시속 이백 킬로. 질주. 끝 모르고 뻗은 도로. 도로의 검은 몸뚱이에 붉은 숫자가 날카로운 비수처럼 꽂힌다. 7:05:04. 붉은 피를 흘리며 도로에 누워 있던 남자의 죽음이 생각났다. 시속 이백이십. 죽음과 숫자 사이에 깔린 검은 길. 죽음의 속도로 그 길을 달려가는 가족들. 다수의 경쟁자들. 순간, 붉은 숫자에 찔려 피 흘리며 쓰러져 누운 가족들이 내 눈을 스쳐갔다. 자! 오픈 임박. 나의 행복한 장의사. 첫번째로 단체 손님은 어떨까? 직원들이 더 필요하겠지.

라이트가 비추는 저 앞, 이정표에 삼목 선착장이 들어 있다. 시속 이백삼십.

갑자기 기집애가 울기 시작했다. 아퍼. 아프다구. 아무도 신경 안 썼다. 화면 정지. 배터리가 꺼져버린 인형처럼 다들 미동도 없이 눈을 부릅뜨고 앞만 보고 있다. 할머니, 아프다니까. 기집애가 더 큰 소리로 울음보를 터뜨렸다. 내가 눈으로만 쳐다보니 엄마가 너무 센 힘으로 기집애를 끌어안고 있다. 외할머니의 팔 안에서 몸통

만 남은 나나가 찌그러지고 있다. 나나의 머리를 삼킨 청소기 나나
는 어느새 바닥에 떨어져 있다. 내가 팔을 뻗어봤지만 움직이기 어
렵다. 마치 좁은 철창에 갇힌 짐승인 듯 관절과 뼈 마디마디가 잔뜩
오그라붙었다.

"엄마."

대답 없는 엄마. 아니. 듣지 못한 엄마. 엄마는 계속해서 기집
애를 더 꽉 조이고 있다.

"엄마. 애가 아프다잖아. 애를 좀 놓아줘."

……

나는 철창을 뚫고 팔을 내밀어 기집애를 들어 안았다. 엄마의
등을 타고 넘어온 기집애가 주머니에서 바나나 밴드를 모조리 꺼
내 껍질을 까기 시작했다. 나나의 몸통은 내 손에, 나나의 머리가
들어 있는 청소기 나나는 내 무릎에 올려놓았다. 기집애는 껍질을
깐 바나나 밴드를 가족들 모두에게 붙이기 시작했다. 이제 모두의
뺨에 밴드가 붙어 있다. 나는 청소기 나나의 입속으로 손을 집어넣
었다. 나나의 머리가 거기 있다. 손으로 나나의 머리를 잡고 손을
빼내려 했지만 빠지지 않았다. 청소기 나나는 내 손도 먹어치웠다.

길의 끝, 드디어 삼목 선착장이다. 행복한 장의사 로고에 바나
나를 그려넣어야겠다, 고 생각하는데 가족 모두를 태운 싼타페 자
동차가 길 끝을 향해 질주하고 있다. 이제 차를 멈추고 배에 오르면
된다. 그런데.

차가 멈추지 않는다. 이봐요. 스톱. 정지. 누나. 엄마. 브레이크

를 밟아야 하는데. 나는 소리질렀다. 아무도, 아무 말도 없다. 모두들 눈 하나 깜박이지 않고 앞만 보고 있다. 기집애만 모두를 돌아보며 아픈 데는 바나나 밴드를 붙이면 된다고, 자기가 금방 낫게 해주겠다고 걱정 말라고 했다. 이제 그만 멈춰야 하는데. 저 앞 검은 바다 위에 우리를 태울 커다란 배가 떠 있다. 배는 점점 더 커져서 우리 앞으로 다가들었다. 깨어나. 깨어나란 말야. 우리는야 인형 가족. 단란하고 행복한. 저 높이, 멀리서부터 비행기가 다가왔다. 굉음을 내며, 긴 궤적을 그리며 점점 우리에게로 낮아진다. 그리고 배도 더 가까워진다. 비행기와 배, 그리고 우리를 태운 싼타페 자동차가 삼각형 꼭짓점에서 서로를 향해 고속으로 질주한다. 세 개의 점이 한곳에서 만나면 어떻게 될까. 나는 난데없는 생각을 하면서 기집애의 손을 꼭 잡고 몸통만 남은 나나와 나나의 머리를 삼킨 청소기 나나를 함께 힘주어 끌어안았다. 검은 길과 검은 바다가 우리를 온통 둘러싸고 서서히 틈을 메운다. 붉은 숫자만 혼자 벌겋게 깜빡거린다. 7:07:07.

원더풀 라이프

눈을 뜨자 둥글게 돌아가고 있는 할로겐 등불이 아우성이었
다. 마치 소형 비행접시 같았다. 박과장은 뜬금없이 오래전 아버지
를 따라 기차를 타러 갔던 일을 떠올렸다. 막 달려오는 둥그런 열차
바퀴를 봤을 때 아직 어린아이였던 박과장은 이티가 타고 있던 자
전거가 생각났다. 바구니가 달려 있던 그 자전거는 하늘에서부터
달려 내려오는데도 전혀 흔들림 없이 곧장 지상으로 내려왔다. 어
린 박과장은 이티를 본 다음 날 학교에 가는 대신 하루 종일 언덕
위에서 자전거를 타고 언덕 아래로 내려오는 연습을 했다. 흙투성
이에 여기저기 찢겨지고 터져서 돌아온 어린 박과장과 자전거를,
어린 박과장의 어머니는 번갈아가며 두들겨 팼다. 파리채로 때리
다가 파리채 목이 자전거 바퀴 프레임에 부딪혀 부러지자 효자손

으로 때렸다. 맞아본 사람은 잘 알 일이지만, 효자손…… 인간적으로 지나치게 아프다.

"너 이 자식, 학교도 안 가고 뭐 했어? 어디서 이런 거지 같은 꼴을 하고 들어와? 들어오길."

어린 박과장의 어머니는 어린 박과장이 다 커서 사람 구실 못 하고 살까 봐 진심으로 걱정하셨다. 본능적으로 날아오는 효자손을 두 손으로 잡아챘던 어린 박과장. 어머니는 마당 구석에 쓰러져 있던 빗자루를 들고 와 박과장의 궁둥이를 쓸어버리고 비스듬히 서 있던 자전거를 쓰러트려 바닥에 다운시켰다.

"남들처럼 번듯한 직장에 다니면서 아파트도 장만하고 처자식 먹여 살려야 할 놈이 벌써부터 뻘짓이야, 뻘짓이."

하와이. 어린 박과장이 무럭무럭 자라 회사에서 열심히 뺑이 치고 처자식 건사하고 사는 걸 하늘에 감사하는 어머니 남은 소원은 하와이 가서 돌고래랑 수영하고 훌라춤 춰보는 거다. 퇴행성관절염 때문에 어차피 수영도 못하는데 무슨 하와이냐, 했더니 보내만 줘봐라 내가 돌고래 등에 타고 잠수를 할 테니까 이놈아, 했었다. 창고 깊숙한 곳, 캐리어 안에 잠들어 있는 금개구리가 떠올랐다. 나중에 큰일 생기면 쓰려고 숨겨뒀던 건데.

"니가 가라. 하와이."

박과장은 낮은 목소리로 장동건의 억양을 흉내 내 발음했다. 잘 안 됐다. 다시, 니가 가라, 하는데 문이 닫히는 소리가 어렴풋하게 들렸다. 탁. 박과장은 날개를 펼친 까마귀처럼 이불을 과감하게 들추고 자리에서 일어났다. 그 순간 할로겐 비행접시와 하와이는 까맣게 잊어버렸다. 이티는 순식간에 제 행성으로 돌아갔다. 그제 서야 정신이 난 것이다.

모텔방이었다. 엄미정은 어디에도 없었고 태풍에라도 쓸린 듯 온통 젖어버린 옷가지들이 바닥에 장렬하게 널브러져 있었다. 아 무리 생각해봐도 옷이 젖어 있는 이유가 기억나지 않았다. 아쉬운 대로 젖은 팬티를 주워 입고 꿉꿉함 때문에 마치 바이러스성 피부 병을 앓는 것처럼 팬티 속으로 손을 넣어 궁둥이를 긁어대면서 방 안을 돌아다녔다. 휴대폰은 바지 주머니 속에서 얌전하게 죽어 있 었다. 방 안 이곳저곳을 한참이나 둘러봤다. 겨우 침대 옆 탁자에 달린 디지털 시계를 발견했다. 10:31.

이럴 줄 알았다. 혼자 가버린 엄미정을 원망하다가, 생각해보 니 내가 엄미정이라도 그랬겠다 싶었다. 문소리. 얼른 바지 주머니 를 뒤졌다. 양복 윗도리도 살펴보았다. 혹시나 싶어 온 방 안을 다 시 한 번 샅샅이 훑었다. 역시나 없었다. 본능적으로 수화기를 들고 카운터에 전화했다. 안 받았다. 끊었다 다시 걸었다. 또 안 받았다. 제길. 그러나, 그렇다고 엄미정이 나가면서 나 나가니까 얼른 나와 서 문 잠그고 다시 자요, 이럴 수는 없는 노릇이 아닌가. 우선 신용 카드 회사에 전화했다. 카드 세 개 정지시키는 데 무려 십오 분이 훌렁 가버렸지만 아직 도둑놈이 카드 사용하기 전이라는 말을 듣 고 위로를 받았다. 다시 전화기 버튼을 누르면서 지갑 안에 현금이 얼마가 있었더라 생각해봤지만 기억나지 않았다.

"어! 고대리."

"박과장님?"

"별일 없지?"

"임부장님이 찾던데요?"

"왜?"

"그걸 제가 알면 대리하겠습니까, 부장 하지."

뭐라는 거야, 생각하는데 흠칫. 엄미정이 생각났다. 출근했을까? 했겠지? 물어볼까? 좀 이상할까? 수화기는 귀와 어깨 사이에 끼우고 발을 쭉 냉장고 쪽으로 뻗었다. 다리를 뻗느라 몸을 뒤틀자 젖은 팬티가 털에 들러붙었다. 지난밤 암중 활약한 거시기에 젖은 털이 끼었다. 머리를 훌렁 까지 않은 걸 후회하는 때다. 암중 활약이라. 그 활약상이 잠깐 기억나서 거시기가 다시 우렁차지려고 했다.

"엄…… 미정씨는…….."

"뭐라구요? 엄…… 아! 엄미정씨요? 머리 아프다고 약 사러 갔는데요? 왜요?"

"왜요는 인마. 어제 고생했잖냐. 괜찮나 싶어 그러지."

"빨리나 오세요."

"그럼! 빨리 가고 말고. 눈썹이 휘날리게 뛰어갈 테니까 임부장이 또 찾으면, 알지?"

안 이상했던 모양이다. 휴. 박과장은 괜히 손부채질을 했다. 냉장고 안에는 캔녹차와 홍삼음료가 들어 있다. 녹차를 따서 원샷 하고 흔들리는 뇌를 간신히 간수하고는 젖은 옷을 꿰입었다. 옷에서 세탁물 수집통에서 나는 것 같은 냄새가 났다. 주머니를 뒤져보니 모두 이만 삼천칠백 원이 굴러 나왔다. 아이구 머리야. 얼굴에 물만 대충 묻히고는 일회용 칫솔로 양치하는데 칫솔모가 잇몸을 찔러 피가 났다. 인사돌 사 먹어야겠다.

박과장이 모텔방을 나온 시각은 정확히 열시 오십삼분이었다. 고대리가 외근 중이라고 둘러댔다니 별일이야 없겠지만 예의상 서두르기로 했다. 밖으로 나오니까 왜 옷이 온통 젖어 있었는지 알 것 같았다. 길거리엔 어디서 밀려온 건지 모를 쓰레기들이 굴러다녔고 울기 직전이거나 이미 울어서 눈가가 시뻘건 사람들이 걸레나 빗자루 같은 것을 들고 다녔다. 폭탄이라도 맞은 것 같았다. 그러고 보니 지난밤 서울을 비롯한 중부지방에 많은 비가 올 거라고 했던 예보가 생각났다. 비는 생각했던 것보다 훨씬 더 많이 쏟아져버린 모양이었다. 택시도 다닐 것 같지 않아 일단 강남역 쪽으로 걷기 시작했다. 다행인지 강남대로는 멀쩡했다. 박과장은 택시를 기다리면서 양복 안주머니에서 다이어리를 꺼내 들었다.

7렁 27링 10시 57눕. 릭가에 버려닟 비났 외제차른이 릿비하다. 저마다 쓰레기나 닞궁더미를 몸체에 넝고 씽다. 악만경까지 오는 온낭 놉 석남 룻밧아 5경 어치는 뢴 거 탁다. 저 웃 하나남 나주넘 낭 되나. 랏 깐고 수리해서 막사낭 마뭉으로 랕 녈데. 그나저나 비에 싰닉 하른이 조올하슨 아믈받다.(7월 27일 10시 57분. 길가에 버려진 비싼 외제차들이 즐비하다. 저마다 쓰레기나 진흙더미를 몸체에 얹고 있다. 강남역까지 오는 동안 본 것만 줄잡아 5억 어치는 될 거 같다. 저 중 하나만 나 주면 안 되나. 잘 닦고 수리해서 감사한 마음으로 탈 텐데. 그나저나 비에 씻긴 하늘이 조롱하듯 아름답다.)

이젠 익숙해져서 이쯤은 망설이지 않고 써 내려갈 수 있는 박과장이다. 그러기까지 꽤 많은 시간과 노력을 들였다. 매일 같지만 매번 다른 날들을 온전히 나만의 언어로 보존한다는 것은 뭐랄까, 이상하게 스스로가 꽤 가치 있는 사람이란 확신을 갖게 해준다. 다이어리를 또 바꿔야겠다. 꽉 찼다. 빼곡하게 들어찬 비밀일기를 넘겨다보면서 박과장은 쓰윽, 웃었다. 금개구리와 함께 창고 속에 잠들어 있는 다이어리들이 생각났기 때문이다. 거기에 박과장의 자부심과 위로와 은밀한 욕망이 함께 숨어 있다. 더불어 남에게 들키면 완전 쪽팔릴 거다.

“저…… 실례합니다. 방송국에서 나왔는데요. 잠깐 시간 좀 내주시겠습니까?”

“왜요?”

밤새 잠들지 못한 듯 부스스하고 눈이 빨간 여자가 카메라맨을 대동하고 박과장의 옷깃을 붙들었다. 여자는 방송국 로고가 찍힌 윈드점퍼를 입고 있었다.

“지난밤 엄청난 물폭탄이 서울을 강타했는데요. 심정이 어떠신지요?”

“지금 나를 인터뷰하겠다는 겁니까?”

채 마르지 않은 여자의 머리칼을 보니 비 그친 지 얼마 안 되는 모양이었다.

"네. 부탁합니다. 우면산 산사태로 시민 일곱 명이 죽고 중부 지방에 인명 피해만 수십 명에 달한다는 뉴스는 보셨죠?"

그렇단 말이지. 난리가 났겠군. 박과장은 떡진 머리카락을 손가락 빗으로 빗었다.

"물론입니다. 어찌나 깜짝 놀랐는지 출근 시간이 지나는 것도 모르고 수도권에 흩어져 살고 있는 친척들 안부 챙기느라 바빴는 걸요……."

카메라 기자가 어느새 박과장 코앞에다 카메라를 들이댔다.

"사실, 이거 인잽니다. 아닙니까? 디자인 서울이니 뭐니 해서 여기저기 산 깎고 땅 파서 건물만 올릴 줄 알았지 어디 사람이나 자연이나 살 수가 있냐구요. 물도 제 길을 못 찾아 헤매다 결국 사람을 덮쳤는데 사람이라고 제 길을 찾을 수 있겠습니까. 그러고도 이 서울이 글로벌 시티니 메트로 시티니 할 수 있냐구요. 이게 다 선거 잘못해서 생긴 일 아니냐구요. 사탕발림에 속지 말고 말입니다, 이 제 제발 좀 시민을 위해 희생할 수 있는 사람을 뽑아야 되는 겁니다. 저 높은 자리가 봉사직이어야지, 권력직이 되면 안 되는 거 아닙니까. 특히나 강남은 서울 공화국의 상징 아닙니까. 번지르르한 겉차림에 썩고 있는 속 모습이 꼭 강남에 살고 있는 사람들을 닮았지 뭡니까."

박과장의 침이 카메라 렌즈에 튀었다. 목에 핏대가 드러나고 귀 언저리가 벌게졌다. 지나가던 사람들이 다 쳐다봤다.

"좋은 말씀 감사합니다. 선생님 같은 분이 모쪼록 높은 곳에 있어야 할 텐데요."

빨간 여자의 눈동자가 웃었다.

"저…… 그런데 이거, 언제 방송되는 겁니까?"

박과장이 목소리를 낮춰 여자의 귀에 대고 속삭였다. 박과장의 낮은 주파수에 여자가 흠칫 뒤로 물러났다.

"오늘 아홉시 뉴스하고 자정 뉴스에 두 번 나올 겁니다."

카메라맨이 카메라 끄고 마이크 접고 여자를 앞세워 뒤돌아섰다. 박과장의 엉덩이가 자꾸만 젖은 팬티를 먹었다. 박과장은 뒤를 살짝 돌아보고 손을 바지 속에 넣어 폭우의 잔재로부터 엉덩이를 구해냈다.

"택시!"

막 지나치려는 택시를 잡아 세우고 걷는 박과장의 다리를 젖은 바짓단이 자꾸만 휘감아 잡았다.

도로는 한산했다. 강남대로라고는 믿기지 않을 정도였다. 대시보드에 박힌 디지털 시계는 11:12. 이 속도라면 삼십 분 안에 사무실에 들어갈 수 있겠다. 박과장은 궁둥이를 좌석 깊숙이 밀어 넣었다. 깜박 눈이 감겼다. 아차! 법인카드. 남원장 접대 때문에 어제 임부장에게 받아 왔다. 도둑놈이 가져간 내 지갑 속에 들어 있을 텐데. 박과장은 등허리를 곧추세웠다.

“아저씨, 죄송한데 제 휴대폰이 배터리가 없어서요. 전화 한 통 빌려 쓸 수 있을까요?”

“그러쇼.”

택시 기사는 꽂혀 있던 핸즈프리를 빼고 박과장에게 휴대폰을 건넸다.

“여보세요.”

“누구……세요? 박과장?”

“어.”

“너 이 새끼. 어디야?”

하마터면 박과장 귀청이 떨어질 뻔했다.

“왜 소린 지르고 그래?”

“지금 소리 안 지르게 됐어? 너 어떻게 된 거야. 확실하다며?”

“왜? 무슨 문제 있어? 얼른 들어가서 계약서 만들고 계약할 건데.”

“계약 같은 소리 하구 있네. 남원장 연락 왔는데 계약 안 한댄 다. 너 어쩔 거야?”

“뭔 소리야? 어제 씨발 내가 그 새끼한테 어떻게 했는데. 계약 서 되는 대로 도장 찍자 그랬단 말야.”

“너 지금 택시냐?”

“응. 곧 들어가.”

“어디쯤인데.”

“한남대교.”

“그래?”

“응.”

“그럼, 너 택시 기사한테 차 좀 잠깐 세우라고 해.”

“왜?”

“택시 멈추면 차에서 내려. 그리고 한남대교 모서리로 곧장 걸어가. 거기서 씨발 뛰어내려! 이 새끼야.”

박과장 귀청이 떨어졌다. 택시 기사가 놀라 택시 세울까요? 하고 눈으로 박과장에게 물었다. 박과장이 손짓으로 계속 가요, 하고는 전화를 끊어버렸다. 아무리 상사지만 저랑 나랑 입사 동기 아닌가. 언제부터 지가 부장이라고. 박과장은 귓속에 손가락을 넣어 고막이 있는지 확인했다. 그나저나 남원장 그 새끼. 받아먹을 거 다 받아 처먹고 이제 와서 오리발 깐다 이거지. 두고 보자. 결국 법인카드 도둑맞았다는 얘기는 하지도 못했다는 걸 박과장은 까맣게 잊고 있었다.

차창을 통과한 희미한 햇살이 박과장을 위로했다. 마치 사형대에 오르기 전에 피우는 마지막 담배 같았다. 끝내주는 문장이 떠올랐다. 박과장은 머릿속에 잠깐 스친 자신의 위대함을 기억해두려고 다이어리를 꺼내들었다.

지앗의 잔능 석른릉 낳꺼넙에 릇어버닐 곮우가 지나낙 자리에 마치 취조하슨 샐랏이 구것구것 른어쌓다. 랏아만능 자른능 또다시 지앗에 경사를 넉럿랗 석이다. 교눟릉 한지 솜하는 밋낧능 유밋 카드 빠닛 스마트높과 다를 게 벙다. 낳마디로 릇데셩다. (지상의 많은 것들을 한꺼번에 쓸어버린 폭우가 지나간 자리에 마치 취조하듯 햇살이 구석구석 들어찼다. 살아남은 자들은 또다시 지상에 역사를 건설할 것이다. 교훈을 낳지 못하는 심판은 유심카드 빠진 스마트폰과 다를 게 없다. 한마디로 쓸데없다.)

택시 기사가 사직서라도 쓰느냐고 표정으로 물었다. 박과장은 무표정하게 웃어줬다. 햇살이 점점 더 뜨거워지고 있었다. 위로란 역시 찰나의 방심에 불과한 건지도 모른다고 박과장은 센티멘털한 표정을 지으면서 생각했다. 백여 미터 전방에 회사 건물이 보였다. 곧 불어닥칠 엄청난 재난과 핍박과 고성과 따가운 눈초리들을 생각하니까 저 건물이 십칠층짜리 통유리로 된 거대한 무덤으로 보였다.

사무실로 들어서자 후끈한 열기가 꽉 차 있다. 열한시 사십구 분. 벽시계도 축 늘어져 있다. 사우나 같다. 사방에 에어컨을 틀어놨지만 역부족이다. 흙무덤과 달리 통유리무덤은 여름에 진짜 죽을 맛이다. 시멘트보다 강하고 값도 싸기 때문이라지만, 그 안에서 살아야 하는 우리 같은 사람들의 질 높은 삶과 평균수명은 누가 책임질 것인가. 안 그래도 열 받는데 뚜껑이 열릴 것 같았다.

"어! 박과장님."

"별일 없지?"

박과장은 휴대폰부터 충전기에 연결하면서 고대리에게 물었다.

“없긴요. 난리가 났는데. 왜 이제야 오신 거예요.”

“임부장이 또 뭐라 그랬어?”

“그게 아니라…… 사장님이 직접 오셨었어요. 박과장님 어딨냐구.”

“외근 갔다 그래야지?”

“했죠. 그랬더니 어디로 갔냐구…… 그쪽에다 확인해보겠다구…… 그러는데 뭐라 그래요. 휴대폰도 꺼져 있구.”

헐. 좆됐다.

“너는…… 그런 거 하나 알아서 못 하고. 아휴, 저런 걸 부하 직원이라구.”

휴대폰을 켜자 부재중전화와 메시지 도착 알림음이 끊이지 않고 울려댔다. 고대리가 그리고…… 어쩌고…… 하길래 손을 들어 잠깐, 하고는 휴대폰부터 살폈다. 집에서 온 전화가 줄잡아 사십여 통이었다. 메시지를 들여다봤다. 내용으로 보자면 박과장은 천하의 난봉꾼에 상식 이하며 정신이 안드로메다로 출장 간 데다 상종하면 결국 폐가망신할 인간 말종이었다. 한마디로 벌레만도 못 한 인간이었다. 그리고 둘 사이의 모든 절차는 끝났고 다만 도장 찍어 법원에 제출하는 형식만 남았을 뿐이었다.

상갓집 갔다 온다고 전화했었는데? 분명히 어제 새벽 엄미정이랑 폭우 속을 걷다가 그대로 보내면 안 될 거 같은 다급한 마음에 엄미정 손을 붙잡고 모텔을 향해 뛰었고, 잠깐 엄미정을 입구에 세워놓고는 집에 전화해서 상갓집 갈 일 생겨서 고대리랑 같이 갈 거라고 말했는데? 아닌가? 했는데……. 하려다 말고 엄미정이 손을 잡아끄는 바람에 그냥 들어갔나? 띠리링. 박과장 책상 위의 전화가 울렸다. 고대리가 받도록 내버려뒀다.

"저……."

"잠깐 기다리랬잖아."

"전화요. 사모님……."

올 것이 왔다. 침착해야 한다. 어디까지나 나는 지난밤 상갓집에서 밤새 고스톱 친 거다. 간밤에 충만했던 욕망과 일탈과 흥분과 더불어 위로가 잠깐 기억났지만 홰홰 고개를 내저었다. 갑자기 이티가 하늘에서 타고 내려오던 자전거와 그다음 날 내가 굴러내렸던 언덕, 엄마의 빗자루가 또 떠올랐다. 그런 것이다. 그걸 내 것으로 만들라치면 온몸이 상처 나고 찢겨지고 피가 흐를 뿐인 것이다.

"여보, 나야."

"여보? 누가? 내가? 내가 왜 당신 여보야?"

"어제 전화했잖아. 상갓집 가야 된다고. 전화가 밧데리가 없어서 전화 온 줄 몰랐어."

"전화? 흥. 지금 전화라 그랬어?"

"응. 어젯밤에 비 많이 온다고 베란다 창문 닫고 자라고 말했잖아. 별일 없었어? 난리가 났던데."

"당신 지금 날 가지고 놀겠다는 거야?"

"내가 무슨……. 아침에 전화 못 해서 미안해……."

"미안? 지랄한다. 됐고, 다 필요 없고, 너 땜에 애 학교 가서도 내가 얼마나 쪽팔렸는 줄 알아?”

“애 학교는 왜?”

“니 아들이 옆반 애를 패서 그 애 갈비뼈가 나갔댄다. 징계위
원회 갔다 왔다. 학부모들에 선생님들에 모여 있는데 나 혼자…….
애 아빠 어디갔냐고 나더러 부모가 애한테 그렇게 관심이 없으니
까 애가 그 모양이라고, 애 아빠랑 동반 출석하라고 하지 않았느냐
고…….”

아내가 울었다. 그런 줄 몰랐다. 박과장은 진심으로 미안했다.
하필 그런 때. 하지만 사실 무단 외박은 처음이지 않은가. 아내를
두고 다른 여자와 함께 잠이 든 건 맹세코 전에 없던 일이었다. 어
쩌지.

“여보, 미안해. 그런 줄 몰랐어. 오늘 일찍 들어가서 애 혼내줄
게. 울지 말고.”

“웃기시네.”

아내는 울다 말고 흥, 코웃음 치고는 전화를 끊어버렸다. 다시
걸까, 하다 아내가 좋아하는 훈제 오리라도 사 들고 일찍 들어가서
무릎 꿇는 편이 낫겠다고 생각했다.

“저…….”

고대리가 아직 마르지 않아 꾸깃하고 어제와 똑같은 박과장의
복장을 아래위로 훑어봤다.

“또 뭐?”

고대리 목소리가 기어들어갔다. 누가 보면 고대리가 외간 여

자랑 외박하고 점심시간 다 돼 출근한 줄 알 거 같다.

"그게…… 사모님한테서도 여러 번, 전화 왔었어요."

"그랬겠지."

"그런데……."

고대리가 내리깐 눈동자로 자기 무덤을 파고 있었다. 곧 바닥을 뚫고 들어갈 것 같았다.

"그런데, 뭐? 왜?"

"사모님이 뜬금없이 저더러 어젯밤에 어디서 잤냐고 하셔서, 그래서 아무 생각 없이 그냥 집에서 잤다고……."

"너…… 이……. 아이구. 저걸 그냥……."

관두자. 고대리를 잡아봐야 무슨 소용 있겠나. 부하 직원 잘못 키운 내 잘못이지. 박과장은 고대리의 정강이를 발로 한 대 찬 뒤, 똑바로 해, 하고 한마디 쥐어박았다. 우선은 임부장을 만나야겠다. 아내도 문제지만 여기 상황도 심상치 않다. 박과장은 남원장 자료를 챙겨들었다.

엄미정과 정면으로 딱 마주친 건 임부장 방에 가려고 사무실 문을 막 나섰을 때였다. 엄미정 손에는 약국 봉투가 들려 있었다. 머리 아프다고 약 사러 나갔다더니 어디 가서 약을 만들어 오기라도 한 건가. 약 먹고 어디서 두통이 가라앉길 기다렸다 들어온 건가. 아. 옷이 바뀌었다. 단정한 에이라인 투피스에 단발머리는 뒤로 질끈 묶었다. 언제나처럼 화장기 하나 없는 얼굴이다. 집에 다녀온 모양이다. 엄미정은 박과장을 보더니 흠칫 놀라 고개만 까딱하고는 박과장을 지나쳐 사무실로 들어가려 했다. 늘 봐왔던 엄미정 모습 그대로다. 어젯밤 모습은 어디서도 찾아볼 수 없었다.

엄미정은 평소 성실하고 반듯한 직원이었다. 딸 쌍둥이 엄마면서도 회삿일을 누구보다 열심히 하는 데다 똑똑해서 박과장은 내심 엄미정을 키워볼 요량이었다. 그래서 회식 때도 쌍둥이 돌보라며 언제나 엄미정을 열외시켜준 것이 바로 박과장 아니었던가. 어젠 중요한 계약이 달린 자리라서 일부러 고대리 대신 엄미정을 데리고 나갔던 건데.

"엄미정씨."

"……"

"잠깐 얘기 좀 합시다."

"……"

엄미정의 얼굴이 복잡해 보였다. 후회? 억울함? 혼란? 아니면…… 아쉬움이나 혹은 새로운 자기 발견에 대한 가시지 않는 흥분? 여자들은 도무지 표정을 읽기가 어렵다. 박과장은 순간 쫄았다. 모른 척했어야 하는 거였나. 어느 쪽이든 박과장이 관여할 수 있는 문제는 아니지 않은가. 그러나 늦었다.

"우리 얘기 좀 해야 하지 않나? 난 그렇게 생각하는데 엄미정씨는 아닌가? 어디 조용한 데로 좀 갑시다."

"저는 할 말 없는데요, 과장님."

뭐라. 이 여자 좀 보게나. 쌩까겠다? 역시 모른 척할 걸 그랬나 보다.

"아니 그게 아니라…… 우리가 어제…….'

"어제…… 뭐요?"

"뭐라고?"

"제가 머리가 아파서요. 별일 아니시면 나중에 말씀하시죠."

내가 엄미정을 귀찮게 하는 거였나? 이런 상황에선 아무 일 없
었던 듯 행동해야 하는 건가. 엄미정은 박과장을 지나쳐 사무실로
들어가려 했다. 박과장은 본능적이라고 보이는 손짓으로 엄미정의
옷깃을 붙들었다.

"어. 엄미정씨. 두통은 괜찮아?"

고대리다. 암튼 인생에 도움 안 되는 놈. 스르르, 엄미정의 옷
깃에서 미끄러진 박과장의 손이 등 뒤로 숨었다.

"너 어디 가?"

"점심시간이라서요."

박과장과 엄미정을 번갈아 쳐다보는 고대리의 말꼬리가 희한
하게 구부러졌다.

"그럼, 엄미정씨. 두통이 괜찮다니 다행이네. 어젠 고생 많았어
요. 점심 맛있게 먹고."

박과장이 먼저 돌아섰다. 왠지 그래줘야 할 것 같았다. 돌아서
면서 생각했다. 그게 아닌데. 괜히 엄미정한테 어제 일을 빌미로 찐
따 붙거나 하려던 게 아닌데. 다만, 그냥 단지 말이다. 무엇 때문에
내게 마음이 동했던 건지, 나의 무엇이 단단한 엄미정을 한순간 무
너지게 만든 건지 그게 궁금했던 건데. 그것만 얘기해주면 내가 나

스스로 생각하는 것보다 약간 더 가치 있는 놈이라고 생각할 수도 있을 것 같았는데. 그리고 엄미정에게도 알려주고 싶었다. 본인이 얼마나 괜찮은 여자인지 말이다. 그뿐이었다. 박과장은 임부장 방 문 앞에 서서 깊고 낮은 숨을 오랫동안 쉬었다. 똑똑.

"들어와요."

임부장은 통화 중이었다. 네, 네. 사장님. 네. 이번에는 단단히 조치 취하겠습니다. 네, 네. 그럼요. 지당하십니다. …… 손으로 까 딱까딱 박과장을 불렀다.

"너 이 새끼……. 아휴, 내가 이걸 그냥……."

수화기를 내려놓음과 동시에 자리에서 벌떡 일어난 임부장이 박과장의 멱살을 붙들고는 감자를 코앞에다 들이댔다.

"일단 이거부터 놓고 얘기하자구."

"너 어제 누구랑 있었어? 룸살롱 갔다더니 거기 언니 끼고 잤 냐?"

"그랬다, 왜? 그건 그렇고, 어떻게 된 거야?"

"그걸 왜 나한테 물어, 이놈아. 명색이 내가 니 상산데. 암튼, 오 늘 아침에 남원장한테서 통보왔어. 계약 안 한댄다. 너무 비싸대."

"그 새끼, 언제는 이런 혁명적인 제품은 마땅히 브이아이피를 다 루는 자기네가 소화해야 한달 땐 언제고. 챙길 거 다 챙기고 어제도 그 진상을 부려놓고 말야. 내가 그 새끼 가만두면 인간이 아니다."

"너 지금도 인간 취급 못 받아. 사장이 알고 난리 났어. 이번 제 품 '아나'가 올해 우리 회사 주력 상품 아니냐. 그런데 너 올해 영업

실적이 어떠냐? 안 그래도 회사 내에서 구조조정 한다는 얘기 떠도
는 거 몰라?”

“그놈의 구조조정은……. 니가 어떻게 좀 해봐. 너 부장이잖아.”

“부장이면 뭐? 너나 나나 똑같은 월급쟁이지 뭐. 암튼 아침에
사장이 너 찾고 난리 나서 내가 너 휴가 처리했다.”

“휴가? 내가? 나 휴가 다 썼는데?”

“내가 서류 조작 좀 했다. 너 여름휴가 하루 남은 걸로. 오늘 그
남은 휴가 써먹고 있는 중인 거야, 넌. 아이구. 이걸 동기라고…….
들키면 나까지 한 방에 가는 거다, 너.”

“그래, 그래. 너밖에 없다.”

“그러니까, 넌 지금 사무실에 있으면 안 돼. 얼른 사라져서 대
책이나 세워 와.”

“알았다니까. 간다구. 대책? 끝내주는 거 만들어 올 테니까 두
고 봐. 그건 그렇고, 너 밥 안 먹냐? 내가 지갑을 잃어버렸는데…….”

박과장은 옷걸이에 걸린 임부장의 양복 상의를 꺼내 들었다.

“왜? 그 언니한테 지갑째로 갖다 바쳤나? 그렇게 좋디?”

임부장이 앞장서 방을 나섰다.

“그런 거 아냐.”

박과장은 임부장 뒤에 숨어 엘리베이터에 올랐다. 어쨌거나
박과장은 공식적으로 회사에 존재하지 않는 사람이었다.

폭우는 소강상태였다. 한낮의 통닭집은 한산했다. 속이 타는

임부장과 해장이 필요한 박과장은 각각 생맥주 오백을 원샷 하고 닭이 튀겨지기를 기다렸다. 맥주는 오래된 듯 싱거웠고, 가게 안에 배 있는 찌든 기름 냄새가 공기 중의 습기와 섞여 끈적하게 코끝에 달라붙었다. 임부장과 박과장이 입사 초부터 함께 다니던 단골집이었다.

"이번엔 진짜로 구조조정 할 모양이더라."

임부장이 강냉이와 구조조정을 입안에 넣고 한 번에 우물거렸다. 초로의 주인아줌마가 냉장고에서 생닭을 꺼내 와 토막 내고 있었다. 내가 저런 걸 할 수 있을까. 손끝에 날카로운 칼날의 차가움과 껍질 벗은 생닭의 미끌미끌한 피부가 느껴지는 것만 같았다. 코끝에서 벌써부터 오래된 생닭 비린내가 나는 것 같았다. 푸드덕. 목 잘리고 털 뽑힌 닭들이 박과장 눈앞에 날아들었다. 하와이나 갈까. 뜬금없이 야자수 그늘이 고향이나 되는 듯 사무치게 그리워졌다. 툭. 툭. 주인아줌마의 칼질에 가랑이 벌리고 누워 있던 닭살점이 점점이 튀었다. 박과장은 주인아줌마의 손놀림을 유심히 관찰했다. 아줌마는 스냅을 주지 않고 일자로 쭉 뻗은 손목을 위에서부터 곧게 내리친다. 그래야 닭을 깔끔하게 단번에 토막 낼 수 있는 모양이다. 안 그러면 닭 조각들이 너덜너덜 걸레가 되겠지. 칼을 쥔 아줌마의 오른쪽 손목이 왼쪽보다 조금 더 굵어져 있다. 박과장은 빈주먹을 그러쥐고 테이블을 탕 내려쳤다. 임부장이 맥주를 마시다 말고 화들짝 놀라 켁, 사래 걸렸다.

"뭐야, 너. 지금 나한테 성질내는 거냐?"

"그런 거 아니니까 넌 그냥 맥주나 마셔."

손목에 스냅을 주지 않고 내려치는 게 생각보다는 쉽지 않다. 그러지 말고 체인점을 해볼까. 그럼 본사에서 손질한 닭 조각을 보내주지 않을까. 그런 거 하나 차리려면 얼마나 들까.

"너 이번에 진짜 잘해야 돼. 너 땜에 나까지 같이 짤리면 너 내 손에 죽을 줄 알어."

임부장도 속이 타긴 마찬가지다. 빠른 승진에 승승장구했다지만 그만큼 임부장을 꼴사나워하는 인간들이 많다. 치매 걸린 홀어머니를 돌보다 얼마 전엔 마누라까지 갑상선암에 걸렸다는데. 저나 나나 같은 월급쟁이 아닌가. 임부장의 정수리가 원형탈모로 훤하다. 원형탈모에는 물파스가 직빵이라는데.

'아나'는 화장품 전문 브랜드인 박과장의 회사에서 야심차게 내놓은 헤어 전문 제품이다. 혁명적인 기술력으로 모발의 뼈와 살을 채워줘 근본적으로 모발을 재생시키는 제품인데 임상실험에서 구십팔 퍼센트의 유효 효과가 있는 걸로 입증되어 식약청 허가까지 이미 난 상태다. 그러나 문제는 가격이다. 헤어제품으로 과연 한 병에 이십만 원을 낼 사람이 몇이나 될까. 그 때문에 이 도시 상위 고객들만 찾는다는 유명 헤어 체인숍 '까까' 원장인 남원장을 섭외한 것이었다. '까까'는 좋다면 가격 따위 안 따지고 뭐든 구매할 수 있는 사람들이 드나드는 곳이므로 여기서 성공하면 자연스럽게 밑으로 번져가는 건 문제가 아니라고 판단했었다. 그러므로 남원장은 '아나'의 성패를 가늠하는 일종의 상징인 셈이었다.

"짤리면 나도 닭 장사나 해볼까?"

박과장이 주인처럼 능숙한 동작으로 맥주 빈 잔을 채우면서 임부장을 향해 대답했다. 꼭지를 늦게 잠가 하마터면 맥주 거품이 넘칠 뻔했다.

"닭 장사는 아무나 하는 줄 알어? 댕기는 회사 국으로 꾹 참고 눌러붙어."

분주하게 손을 놀리면서 주인 아줌마가 뒤도 돌아보지 않고 한마디 거들었다. 아줌마의 손길을 따라 허연 생닭이 파우더와 빵가루를 입고 끓는 기름 속으로 들어갔다. 지글지글 끓는 소리가 박과장 머릿속에서 나는 소리랑 비슷했다. 설마 나라고 닭 장사 못할까.

"아무나 하는 거 아니에요?"

"내 속을 들여다보면 알 거다. 이놈의 꼴같잖은 닭 장사 하면서 얼마나 속이 썩어 문드러졌는지."

"남의 돈 벌면서 편한 사람이 없지요."

임부장이 두번째로 맥주잔을 비우면서 웅얼거렸다.

"그나저나 구조조정 소문이 사실이냐?"

"나라고 잘 알겠냐만 아무래도 그런 거 같아. 각 부서마다 우선 팀을 하나씩 줄이려는 모양이야."

혹시 나는 짤리더라도 내 밑의 놈들은 붙어 있어야 할 텐데. 못난 팀장 만나 고생하는 부하 직원들이 진심으로 안쓰럽다. 고대리, 그리고 엄미정. …… 그런데 엄미정은 어제 왜 그랬을까. 삼차로 간

가라오케에서 취한 남원장이 밴드와 아가씨를 불렀고, 박과장은 비용 생각도 나고 엄미정한테 미안하기도 해서 그냥 혼자 홀짝거리고 있었다. 그러다 자연스럽게 엄미정과 얘기를 나누기 시작했는데…… 엄미정이 달라지기 시작한 거다.

적당히 취한 엄미정은 평소와 달리 크게 웃었고, 박과장이 날리는 되지 않는 농담에도 즐거워했다. 서로의 개인사를 얘기하고 들어주면서 마치 친한 친구처럼 느껴지기도 했다. 위로하고 격려하느라 잠깐 엄미정 어깨에 손을 올린 그 순간. 눈빛이 마주쳤다. 깊고 친밀하며 동시에 날카롭고 과하지 않으면서 도발적인 엄미정의 눈빛은, 섹시했다. 깜짝 놀라 바닥으로 떨어진 박과장의 시선. 거기에 엄미정의 발이 있었다. 갸름하고 깔끔하고 짙은 쑥색의 페티큐어가 얹힌 귀여운 발가락. 엄미정에게서는 생활의 냄새가 조금도 나지 않았다.

그다음에 무슨 얘기를 나눴는지는 기억나지 않는다. 엄미정이 내뱉는 한숨에 가슴을 쓸어내렸다. 남원장 옆에 앉은 헐벗은 아가씨는 눈에 들어오지도 않았다. 술잔을 들어 올리는 엄미정의 가느다란 손가락을 볼 땐 찌르르, 박과장의 신경줄이 고무줄을 탔다. 새벽 두시가 넘어서 떡이 된 남원장을 대충 아가씨와 함께 택시 태워 보냈다. 그리고 엄미정과 함께 폭우 속을 걸었다. 엄미정이 푹 젖어 앞섶에 달라붙은 시폰 블라우스를 내려다보고는 깜짝 놀라 가방으로 제 가슴을 가렸다. …… 박과장은 부끄러운 몸짓으로 엄미정의 손을 잡았다. 잡으면서 스스로도 깜짝 놀랐다. 잡았다는 사실 때문이라기보다는 오히려 부끄러웠다는 느낌 때문이었다. 뭐…… 그렇게 됐다. 그밤 박과장의 가슴속엔 처녀 경험인 듯한 흥분과 알 수 없는 안도감이 내내 교차했다. 굳이 말하자면, 충전? 또…… 속이 탔다. 다시 못 올 아름다운 지난밤이여. 막 채워 온 맥주잔을 집어 들었다.

"이놈아. 적당히 마셔. 정신 똑바로 차려도 모자랄 판에."

임부장이 원샷 하는 박과장의 손목을 잡아챘다. 박과장은 충전과 방전 사이를 한순간에 오락가락했다.

"그나저나 이놈의 구조조정은 언제부터 연례행사가 된 거냐?"

"몰라?"

말리던 임부장도 구조조정 소리에 원샷 하고는 막 튀겨 내온 닭다리를 집어들었다.

"아이엠에프 때부터 그랬잖아."

"그렇군. 그땐 참 굉장했었는데."

"뭐가?"

"그때, 위기를 극복해야 한답시고 금모으기 운동하고 난리였잖아."

"그랬지."

"그런데, 임부장아. 누가 맨 처음 금모으기 운동하자고 했는 줄 아나?"

"누군데."

"우리 아버지."

"웃기고 있네."

"웃겨? 맞어. 웃기지?"

"진짜야?"

임부장이 박과장 맥주잔에 자기 잔을 부딪쳤다. 박과장이 시늉으로 잔을 들었다 놨다.

"너, 우리 아버지가 야채 도매상 하는 거 알지?"

"알지."

"우리 아버지는 나라가 어렵다면 밤잠 안자고 나라 걱정하시는 분이다. 그때, 97년 당시 아버지는 또 잠도 못 자고, 장사도 작파하고, 나라가 어려운데 나 먹고사는 게 문제냐며……."

"……"

임부장은 아무 대꾸 안 했지만 속으로 큭큭거리는 게 다 보였다.

"암튼, 그러다 갑자기 어떤 집이고 금은 다 있지 않냐고, 달러만큼 가치 있는 게 금이니까 전 국민이 모으면 나라를 살릴 수 있다는 거야. 아버지는 바로 신문사, 청와대, 방송국에 전화하고 밤마다 제안서를 만들어서 서울 소비자보호 모임, 새마을운동본부, 참여연대, 경실련에 보냈지. 그러다 KCS방송국 한 기자가 솔깃해서 97년 12월 중순에 처음으로 공중파 방송국에서 금모으기 운동을 시작한 거야."

"그랬냐?"

임부장은 심드렁했다. 그래서, 뭐? 하는 투였다. 절임무를 손으로 집어먹었다.

"그 방송에 우리 아버지가 금붙이를 들고 출연해서 전국 최초 금모으기 운동 제안자라고 방송되었지."

"그래서?"

임부장은 맥주를 마시고 식어가는 닭다리를 뜯었다. 입가에 묻은 기름을 손등으로 쓱 닦았다.

"그 사진 우리 집에 대형 액자로 붙어 있어. 결국 그 방송 타자고 자식이고 장사고 다 내팽개친 거 아니냐. 그래서 내가 어쨌는 줄 아냐? 아버지 몰래 가게 돈 왕창 훔쳐서 금덩어리 샀다. 그걸로 개구리 만들었는데 우리 집 창고 깊숙이 커다란 캐리어 안에서 잠자고 있어."

"금개구리?"

임부장의 눈이 반짝, 커졌다.

"얼마나 커? 황소개구리만 해? 야, 너 지금 금값이 얼만 줄 아냐? 이놈 이거, 지금 봤더니 선견지명 있네."

"지금 팔면 아마 이 닭집 정도?"

"제수씨는? 몰라?"

"응. 짐 싸들고 집 나가지 않는 이상."

똑똑한 자식, 잔대가리 굴리는 자식, 어쩌고 하면서 임부장이 닭집 개업하면 이 형님이 그날 매상은 책임진다, 어쩌고 떠들어댔다. 그 전에. …… 임부장이 테이블 밑에 벗어놨던 구두에 발을 끼워 넣으며 말했다.

"그 전에 '아나' 어쩔 건지 기획안 써 와. 남원장 어쩔 건지두."

"알았다니까. 술맛 떨어지게."

박과장도 자리에서 일어서면서 잔을 비웠다. 아 참.

"임부장아."

"또 뭐?"

"잃어버린 내 지갑에…… 법인카드 들었어."

"뭐? 그걸 왜 이제 말해? 너 이씨, 아휴 이걸 그냥……."

임부장이 계산하고 돌아서 나오면서 생각난 듯 주인아줌마를 돌아보며 한마디 보탰다.

"이모! 아무래도 곧 이놈이 여기 접수하러 올 거 같으니까 잘 좀 봐주쇼."

그러고는 곧장 사무실로, 카드 회사로 전화를 걸었다. 쫄래쫄래 임부장 뒤를 따라 나오던 박과장은 닭집 옆 약국에 들어가 물파스를 하나 샀다. 회사로 들어가려는 임부장의 손에 물파스를 쥐어주었다.

"뭐야, 이건."

"머리에 발라. 탈모에 직빵이래."

입으로 주먹을 쥐려던 임부장이 생각을 바꿨는지 알았다, 인마. 넌 오늘 회사에 오지 말고 어디 짱박혀서 기획서나 써 와. 카드랑 사장은 내가 해결할 테니까, 하고는 돌아섰다. 개구리 뒷다리 하나쯤 뜯어 줘도 아깝지 않을 놈이다.

비다!

　막 공원에 들어섰을 때 비가 다시 쏟아지기 시작했다. 세시가 넘었을 뿐인데 집에 가자니 아내한테 뭐라고 해야 할지도 잘 모르겠고 회사에는 들어갈 수도 없고, 해서 좀 걷다가 회사 근처 공원으로 발길을 돌린 참이었다. 빗줄기는 순식간에 굵어져 박과장 정수리를 내리찍었다. 일단 뛰었다. 천둥과 번개가 뜀박질을 채찍질했다. 정자가 눈에 들어왔다. 금세 발밑에서 철벅 소리가 났다. 정자에 뛰어올랐을 때 꼬깃하게 말라가던 양복은 어느새 폭 젖어 지난밤으로 돌아가 있었다. 입꼬리에 희미한 미소가 달렸다가 금세 사라졌다. 지잉. 허벅지 근육이 미세하게 떨렸다. 휴대폰을 꺼내 도착한 문자창을 열었다.

　아내다! 이혼하잔다. 박과장은 본능적으로 발신버튼을 눌렀다. 받을 때까지 끈질지게 들고 있었지만 아내는 끝내 받지 않았다. 지잉. 두번째 문자. 집 나간단다. 다시 전화했다. 또 안 받았다. 박과장은 정자 지붕에 떨어지는 빗소리를 들어보려고 애썼다. 지붕을 뚫을 듯 떨어지는 빗소리는 귀에 들어오지 않고 심장에 바로 와서 박혔다. 조금 지나자 아내에게서 세번째 문자가 도착했다. 금개구리는 위자료라고 생각하겠단다. 그리고 같이 들어 있던 이상한 다이어리들은 버렸단다. 십 년 넘게 한 줄 한 줄 써 내려갔던 박과장의 위로와 회한과 욕망과 자아 확인의 창을, 박과장과 한마디 의논도 없이 말이다. 역시 아내는 현명한 여자다, 라고 생각하는데 아내에게서 마지막 문자가 왔다. 자기 몰래 뒷주머니나 챙기고 또 이상한 문자들로 이상한 글이나 써놓는 놈인 줄 진작에 알아봤어야 했단다. 허! 참! 우리 엄마 하와이는 다 갔다. 닭집도 단번에 날아갔다.

실소가 터져 나왔다. 비가 계속 왔다. 벼락도 쳤다. 산이 무너질 만도 하겠다, 고 생각했다. 사람도 무너질 만하겠다, 고도 생각했다. 박과장은 안주머니에서 젖어가는 다이어리를 꺼내들었다.

비가 농다. 멍엊나다. 하루새 내리는 비 읏에서는 내가 놉 가앚 남능 비다. 엊자 팀에 낭아 씽는데 엊자 팡에서 눼 노닝이 룽라후프를 론리고 씽다. 허리가 아니라 곰으로 람이다. 비가 멍엊 오는데 람이다. 그 모붓이 마치 늫를리지 낭는 기욷 탁다. (비가 온다. 엄청나다. 하루새 내리는 비 중에서는 내가 본 가장 많은 비다. 정자 밑에 앉아 있는데 정자 앞에서 웬 노인이 홀라후프를 돌리고 있다. 허리가 아니라 목으로 말이다. 비가 엄청 오는데 말이다. 그 모습이 마치 흔들리지 않는 기둥 같다.)

노인 너머로 자전거 대여점이 보였다. 아무도 대여하지 않은 자전거들이 줄줄이 늘어서 있다. 타볼까. 남원장과 '아나' 생각하다 보니 머리가 터질 것 같았다. 혼자라면 엄두가 안 났겠지만 노인이 버티고 있으니 창피한 것쯤 괜찮지 않을까. 주머니를 뒤져보았다. 삼만 원이 들어 있었다. 임부장 이놈. 개구리 뒷다리 두 개쯤 떼어 줘야겠다, 고 생각하다가 아내가 가지고 나갔다는 걸 떠올리고 헐, 웃었다.

폭우가 쏟아지는 공원에서 자전거를 타본 일이 있는가. 한번

타보시라. 생각보다 그리 유쾌하지 않은 일이다. 박과장도 타보고
서야 알았다. 줄줄 온몸으로 오줌 싸고 있는 것 같았다. 그만 탈까.
자전거 대여 시간이 한 시간이므로 조금만 더 타보기로 했다. 공원
을 둥글게 둥글게 돌았다. 돌다 보니 이상하게 더 빨리 돌고 싶어졌
다. 발목에 힘을 줘서 힘껏 페달을 밟았다. 한참 지나자 페달을 밟
지 않아도 자전거는 최고 속도로 공원을 돌기 시작했다. 페달에서
발을 떼고 뒤이어 두 손도 떼었다. 자전거는 저절로 공원을 둥글게
돌고 있었다. 기분이 좋았다. 갑자기 이티 자전거가 생각났다. 이러
다 자전거가 하늘을 향해 날아오르는 게 아닐까. 상상하면서 박과
장은 하늘을 향해 눈을 감고 팔을 쭉, 뻗어 올렸다. 허파가 부풀어
올랐다.

얼굴에 떨어지는 빗줄기가 너무 아파 다시 눈을 떴다. 이런 날
엔 이티도 자전거 안 탈 거다. 훌라후프 노인은 여전히 훌라후프를
돌리고 있다. 자세히 보니 노인의 목이 엄청 굵다. 노인 쳐다보다가
하마터면 연못으로 고꾸라질 뻔했다. 온몸이 흙투성이가 되었다.
쓰러진 자전거를 일으켜 끌고 다시 정자로 돌아왔다. 맨손으로 흙
이며 물기며 떨어내는데 누군가 쑥, 손수건을 내밀었다.

"엄미정씨?"

"우선 이걸로 닦으세요."

"여긴 어쩐 일로……."

얼결에 손수건을 받아든 박과장은 얼굴이 빨개지다 못해 온몸
의 장기들까지 붉게 달아오르는 기분이었다. 엄미정의 손에는 테

이크아웃 커피잔이 들려 있었다.

"가끔 머리가 아플 때 오는 곳이에요."

"그랬던가? 몰랐군."

엄미정이 쓰고 온 것인 듯 정자 기둥에 세워진 우산에서 흐른 물이 바닥을 타고 흘렀다. 박과장은 대충 닦아낸 손수건을 그대로 들고 앉았다. 엄미정이 옆에 와 나란히 앉았다. 그래야 하는 건가 싶어서 엉덩이를 조금 떼어서 엄미정과 거리를 약 십오 센티쯤 넓혔다. 엄미정이 비 오는 공원을 쳐다보다가 훌라후프 노인에게 목 인사를 까닥 했다.

"아는 노인인가?"

"아니요. 올 때마다 저러고 계셔서요."

"그런가?"

하고는 그냥 앉아 있다가, 그냥 앉아 있기 좀 뭐해서 박과장은 노인에게 말을 건넸다.

"좀 쉬었다 하시죠? 비도 많이 오는데."

"나?"

노인이 손가락을 들어 자기를 가리켰다.

"네. 비가 너무 많이 오잖아요."

"비가 오면 맞으면 그뿐이지. 비 온다고 쉬고, 눈 온다고 안 하면 언제 하나?"

엄미정은 커피를 홀짝거리고 있었다. 별로 대화를 거들 생각이 없어 보였다. 왜 박과장 옆에 계속 앉아 있는 건지 알 수도 없었다.

“그거, 매일 하시는 겁니까? 왜요?”

“왜라니. 이 사람이, 몰라서 묻나? 여길 보라구. 십오 년 동안 하루도 빼지 않고 훌라후프를 돌렸더니 이렇게 됐어.”

노인은 훌라후프를 계속 돌리면서 뒤로 돌아 가까이 왔다. 박 과장은 자리에서 일어나 노인에게 다가갔다. 근육이 잘 발달된 뒤통수는 밑에서부터 위로 검은 머리가 번져가고 있었다. 정수리만 하얀 게 꼭 거기만 백발로 염색한 것처럼 보였다.

“중요한 건 어제도 하고 내일도 하는 거야. 비가 오나 눈이 오나 말이야. 그럼 시간도 거꾸로 돌릴 수 있다니까.”

“하!”

벼락이 쳐도 노인의 훌라후프는 여전히 돌았다. 입으로 으쌰 으쌰, 구령까지 붙였다. 더 물을 말도 없어서 박과장은 또 그냥 앉아 있었다. 그러다 또 그냥 있기가 뭐해서 뭐라도 엄미정에게 말을 붙이고 싶어졌다.

“두통은 괜찮은가?”

“네…….”

분명, 엄미정이 말꼬리를 흐렸다. 뭔가 덧붙이고 싶은 말이 있다는 뜻 아닐까.

“저기…… 말이야…….”

“네…….”

엄미정이 박과장을 쳐다봤다가 다시 노인 쪽으로 시선을 돌렸다. 손가락은 커피잔의 빨대를 쥐었다 놓았다 했다.

"아니, 그게…… 엄미정씨가 어떻게 생각할지 몰라서. 이걸 물어봐도 되는 건지 아닌 건지……."

엄미정이 조금 웃었다. 하지만 그게 무슨 뜻인지는 잘 알 수 없었다. 어쨌든 박과장의 목에 걸렸던 말이 튀어나오게 할 수 있는 정도로는 충분했다. 왠지 엄미정에게 고마운 마음이었다.

"어젠…… 고마웠어. 덕분에…… 뭐랄까, 영원히 잃었다고 생각했던 걸 다시 찾았달까. 나는 그랬는데……. 엄미정씨는 어땠는지…… 혹시 내 무엇이 엄미정씨의 빗장을 열게 만든 건지……."

엄미정의 눈은 계속 훌라후프 노인을 쳐다보고 있었다. 간간이 낮은 한숨도 쉬었고, 옅은 미소도 지었다. 그러다 얼음이 다 녹아버린 아이스커피도 한 모금 마셨다. 아는 것과 말하는 건 엄연하게 다른 종류의 일이다. 박과장은 충분히 기다릴 수 있는 마음이었다. 지금이 지나면 버려진 다이어리 대신 창고 깊숙이 넣어둘 일이다.

이상하게 심장이 두근거렸다. 드디어. 엄미정의 입술이 조금씩 열리기 시작했다. 박과장은 그 입술에서 세상이 뒤집어질 대단한 비밀이 흘러나오기라도 할 것처럼 긴장된 마음으로 기다렸다. 빗줄기가 더 거세졌다. 천둥이 두둥, 천지를 울렸다. 두둥 소리는 천지를 울리고 박과장 심장을 파고들었다. 박과장은 그 소리가 심장에서 나온 건지 심장으로 들어간 건지 헷갈렸다. 지난밤 내내 가슴속에서 울려 나왔다고 생각했던 소리가 실은 천둥이 치고 벼락이 내리꽂히는 소리였을까. 엄미정의 입술 사이로 빗줄기처럼 색깔 없는 음색이 흘러나오기 시작했다.

"어제…… 제게, 놀라운……"

"말씀 나누시는 데 실례 좀 해도 괜찮을까요?"

엄미정의 희미한 억양을 가로지르고 굵은 음색이 끼어들었다. 박과장은 지금 막 심장이 멎어버린 사람의 얼굴로 돌아다봤다. 한마디로 험악한 표정이었다.

"인터뷰 잠깐 해도 될까요? 어제 오늘 내린 비로 수많은 사람들이 죽었고, 주택이 침수되고 도로가 유실되는 등 피해가 심했는데요, 어떻게 생각하시는지요?"

우산을 받쳐 든 기자는 피곤해 보였고, 카메라 기자는 비닐을 씌운 방송용 카메라를 어깨에 메고 있었다. 박과장은 코앞에 들이닥친 마이크를 내려다보며 잠깐 눈을 깜박였다. 그리고 그 자리에서 일어났다.

"사실 제가 그 점에 대해서 할 말이 무척 많은 사람입니다. 이게 어디 있을 수 있는 일입니까. 명색이 글로벌 시티, 메트로 시티 아닙니까. 여기가 무슨 세계적인 도시입니까. 삼백 미리 빗줄기도 제대로 처리하지 못하면서 무슨 일류 서울이냐구요. 안 그렇습니까. 그래놓고 저들은 연일 책상 앞에서 싸우느라 정신없죠. 거기다 요즘은 애들 밥 먹이는 문제로 치고 박고 있지 않습니까. 투표라도 할 모양인데 그러면 그 비용이 또 얼맙니까. 그 돈 아껴 수해 입은 사람들 도와주고 애들 밥 가지고 왈가왈부하지 말고 부자 감세, 이거 다시 생각해봐야 하는 거 아니냔 말씀입니다. 이래 가지고서야 나라 꼴이 어떻게 되겠습니까?"

　박과장의 목구멍 깊숙한 곳에서 흘러나온 침방울이 마이크와 기자의 목덜미에 튀었다. 한 걸음 뒤로 물러난 기자는 좀 어리둥절한 표정을 짓고 카메라 기자는 녹화 버튼을 끄고 자리를 뜰 채비를 했다. 박과장이 기자에게 한 걸음 다가가 귀에 대고 속삭였다.

　"이거…… 언제 방송 나옵니까?"

　기자가 머리를 긁적이면서 곤란한 표정을 지었다.

　"원래는 오늘 밤 아홉시 뉴슨데 인터뷰 내용이 좀 과해서……."

　노인은 여전히 목으로 훌라후프를 돌리면서 기자를 향해 한 걸음씩 다가오고 있었고, 빗줄기는 여전히 세차게 바닥으로 내리꽂히고 있었고, 엄미정의 입술도 그대로 벌어져 있었다.

돌다방 별곡

첫째 마당

바람이 분다, 봄
바람이다. 바람에는 아직,
미련이 남은 겨울이 묻어 있어 사뭇,
차갑다. 그럼에도 바람은 봄,
바람이다.
아흐 동동 휘이 얄리 두어렁셩 날라리날라

비가 온다. 이 비는 봄,
비다. 겨울이 섞여 있는 봄바람 때문에 에고,

빗줄기는 똑,

바로 떨어지지 못한다. 그럼에도 어쩔 수 없이 위,

에서 아래로 내려온다.

아흐 동동 휘이 얄리 두어령셩 날라리날라

　빗줄기는 바람에 실려, 아니, 바람을 타고 서지오와 김학봉이 살고 있는 낮은 건물 지붕에 내려앉는다. 김학봉은 지금 집에 없는 모양이다. 있으면 이렇게 조용할 리가 없지. 멍 때리고 창밖을 내다 보던 서지오는 제 입에서 흘러나오는 가락에 저도 모르게 고개까지 까딱거리고 있었다. 기분이 좋다. 백반전문집에서 저녁도 해결하고 술도 적당히 얻어 마셨다.

　비가 그치자 달이 떴다. 맞은편 백반전문집 슬레이트 지붕골이 환하게 드러났다. 낡은 슬레이트를 뚫고 불쑥 솟아난 새싹이 봄비에, 봄바람에, 아직 남아 있는 겨울의 차가운 한숨에, 하르르 몸을 떤다. 두어령셩 날라리날라.

　아직 차가운 봄바람이 들이쳐 서지오는 창문을 닫고 구석에 밀쳐놓은 이부자리를 도로 펴고 자리에 누웠다. 푹 자고 일어나 내일은 일하러 갈 것이다. 마장역에서 우시장 가는 길에 신축 아파트 단지에 있다고 했지?

　낮에 백반전문집에서 사람들과 술추렴을 하면서 위원장 놈을 안주 삼아 씹고 있는데 극단에 있을 때 서지오의 매니저 일을 했던 동식이 형에게서 전화가 왔다. 공연비 천팔백만 원을 들고 날아버린 뒤 못 봤으니까 이 년 만이었다. 그래도 한때는 예술적 동지가 아니었던가. 반가웠다.

"어. 동식이 형? 오랜만이네."

"그래. 이 새끼야. 뭐하고 사냐?"

"그냥 살지 뭐. 알잖아."

"그땐 미안했다. 그건…… 내가 할 말이 없다."

"됐고. 난 과거에 사는 사람 아닌 거 알잖아. 웬일로?"

"내가 새끼야, 너를 그래서 좋아해. 너 안 바쁘냐?"

"뭔데?"

"별건 아니고…… 카페 개업식인데 니가 좀 도와주라. 대충 피에로 연기에 풍선만 몇 개 불어주고 와라."

"그러지 뭐. 어차피 놀고 있는데 용돈이나 벌게."

"그런데 그게…… 공연비가 십만 원이다."

나쁜 새끼. 거기서 또 떼먹으려는 수작이군. 전화를 확 끊어버릴까, 하다가 천팔백만 원도 꿀꺽한 놈인데 그깟 이삼십만 원쯤이야, 하는 생각이 들었다.

"알았어. 어딘데?"

한참 잘나갔을 때 같으면 어림없는 일이지만 지금은 사정이 다르지 않은가. 비몽사몽 잠결에 이렇게 된 게 모두 경은이를 만나고, 헤어진 후부터구나, 하고 중얼거린다.

맨 처음 경은이를 봤을 때 서지오는 경은이의 손톱 위에 피어 있는 붉은 장미 꽃송이에서 눈을 떼지 못했다. 함박눈이 펑펑 내리는 한겨울에 보는 붉은 꽃잎은 일종의 아련한 추억 같은 거였다. 서지오는 그때 어릴 적 집 안 마당에 피어 있던 덩굴장미를 떠올렸는지도 모를 일이다. 장미가 피어 있는 계절이면 서지오는 덩굴장미 아래서 흙을 파고 꽃잎을 따고 때론 먹으면서 놀곤 했다. 머릿속에서 비처럼 내리는 붉은 꽃잎을 하염없이 바라보며 까무룩 잠이 드는 서지오. 그런데. 이건 또 무슨 소리지?

뚱땅 뚝딱. 탁탁탁, 쿵쿵. 듣드르르득득. 휘이 얄리 두어려--엉---셔엉@#$%&*^~

에이씨. 왔다, 김학봉. 온종일 아무 소리 안 나길래 오늘은 안 들어오려나 보다 좋아했는데, 젠장. 정녕 김학봉은 세입자도 잠을 자야 하는 인간이란 걸 모른다는 말이던가. 서지오는 입속에서 한숨을 씹어 삼켰다.

김학봉이 혼자 사는 일층은 말이 집이지 문밖까지 온통 고물 투성이여서 쓰레기장과 다를 게 없다. 듣기로는 전기를 만든다는데 저런 폐품들로 무슨 전기를 만든다는 걸까, 싶다. 게다가 아이엠에프 때 사업 망해먹고 술과 도박에 쩔어 살다가 급기야 마누라를 패기 시작해 견디다 못한 마누라가 자식새끼들만 챙겨 야반도주하고는 혼자 이리 들어와 사는 거라는 소문이 돈다. 그 후 속 차려서 트럭으로 양말 장사 하고 페달 밟으면 전기가 생기는 그런 자전거를 만들어서 산간벽지에 갖다주곤 한다는 소문. 오십 대 중반은 돼 보이는 괴팍한 늙다리가 동네 사람들과 말도 트지 않고 지내면서 자가발전 자전거 따위를 만든다는 걸로 봐선 그만 한 사연쯤 간단하게 지니고 있는 게 분명하다.

따가딱딱 따가가가가가. 득득드드드드륵 드륵. 휘이 얄리 두어려--엉---셔엉@#$%&*^~

참다 못해 벌떡 일어난 서지오. 창문 밖으로 주먹감자를 쑥 내민다. 창문 옆에 이층 높이로 매달린 팔랑개비가 맹렬하게 돌아가고 있다. 김학봉이 매달아놓은 건데 바람이 아니라 전기로 돌아가는 거다. 돌돌돌돌돌돌. 그걸 한참을 들여다보고 있자니 정말이지 머리가 돌 지경이다. 푹 자긴 다 글렀다. 저절로 발이 아래층으로 향했다. 뚜껑이 열리는 기분이다.

"잠 좀 잡시다."

"온종일 노는 놈이 낮에 자고 밤에도 잔다고?"

김학봉은 일층 공간을 거의 다 차지하고 있는 원반모양의 무언가를 만드는 중이었다. 그 가운데는 이인용 의자가 세팅되어 있었고, 알 수 없는 전선들과 버튼이 가득 들어차 있었다. 누가 보면 꼭 우주선 같다고 할 수도 있을 만한 거였다.

"니가 생각하는 그거 맞어."

뭐? 서지오는 잠깐 정신이 멍했다. 저게 우주선이라도 된다는 건가.

"그렇다니까."

말도 안 돼. 저런 걸로 어떻게 우주에 간다고. 서지오는 김학봉이 살짝 돈 건 아닌가 의심했다. 사람이 너무 오래 혼자 있다 보면 충분히 그럴 수 있는 일 아닌가.

“안 믿는군. 삼 년 전에 내가 이걸 타고 우주에 갔다 왔지. 자가 발전하는 전기로 연료 공급 없이 움직이는 우주선인데 그게 고장 나서 수리 중이거든.”

“거기 가서 뭐 했는데요?”

서지오는 코웃음치면서 이죽거렸다.

“뭐 하긴. 얘기했지.”

“뭔 얘기요.”

“지구동력 시스템에 대해서. 대체 지구는 무슨 힘으로 유지되고 있는 건지 궁금해하더라구.”

“그래서 뭐라 그랬는데요.”

“뭐라 하긴. 너도 알잖아.”

알긴 개뿔. 참 노는 방법도 가지가지다. 이쯤 되면 기네스북감 아닌가. 아닌가? 서지오는 비웃었다.

“그러지 말고 내려온 김에 이거나 좀 잡아봐.”

김학봉은 서지오의 이의제기 따위는 귓등으로 흘리고 서지오 더러 글쎄, 조수 노릇을 하란다. 그러더니 용접 마스크를 건네는 게 아닌가. 김학봉의 용접기에서 불꽃이 사방으로 튀고 있었다. 서지오는 까치발을 들어 불꽃 파편을 요리조리 피했다.

“저보고 이런 걸 하라구요? 저는 예술하는 사람이라구요.”

“예술은 개뿔.”

흥, 하고 코웃음 치는 김학봉을 보고 꼭지가 확 돌았다. 한 대 패고 개값 치러? 하다가 꾹 눌러 참았다. 어쨌든 집주인 아닌가. 아무리 지랄해봐야 김학봉과 서지오 사이에는 엄연히 '갑'과 '을'이 존재하지 않는가. 낮에 들었던 목욕탕 신씨의 말이 맞다.

그날 밤, 김학봉과 서지오의 불협화음은 깊은 새벽까지 이어졌다.

둘째 마당

낮에 서지오는 백반전문집에서 점심을 먹고 한동안 거기 눌러앉아 있었다. 백반전문집 주인 할매는 콧노래를 부르며 여기저기 비질을 하다가 때마침 탁 소리 나게 문을 열고 들어오는 세탁소 장씨의 얼굴을 훅 쓸어버렸다. 장씨, 코를 두 손으로 싸잡으며,

"아이쿠, 내 코야."

하고.

"오메. 이 냥반이 웬일로 이러코롬 일찍 일어났다냐. 해가 동쪽에서 뜨다가 확, 꼬꾸라지겠구만, 잉? 아니지. 벌써 해는 머리 꼭대기에 와 있응께 이따 해가 서쪽으로 질려다가 도로 동쪽으로 떨어져부릴랑가? 어따, 그놈의 엄살은."

할매는 인상을 잔뜩 찌푸리고 자신을 노려보는 장씨를 보고 히죽거렸다. 장씨, 험악한 표정이다가 금세 얼굴을 풀었다. 외상으로 술 마실 수 있는 곳이 또 있던가.

"할매, 오늘 따라 배춧국이 죽여주는구만, 잉?"

다분히 정치적인 장씨의 멘트와 함께 능글맞은 윙크를 건네받은 할매, 갓 무친 봄동김치를 탁, 탁자 위에 부려놓으며,

"지랄헌다."

한마디를 장씨에게 토스했다.

"껄끄럽기가 보리까시락 같은 세상 만고풍상萬古風霜에 겪은 한숨이 쌓였으면 태산이 됐겠구만은 이놈의 봄은 여지없이 또 올 건가 보구만."

이 동네 사십오 년 전통을 자랑하는 낡디낡은 목욕탕인 갑을탕 주인 신씨다. 잠깐 졸고 있느라 들어오는 걸 못 봤지만 안 봐도 비디오다. 이 동네서 문자 쓸 사람이라곤 신씨밖에 없잖은가.

"어이, 왔는가. 이리 와서 배춧국 한 사발 하지. 자네는 속이 멀쩡한가? 나는 죽겠구만."

장씨가 앞자리를 가리키며 손수 수저까지 챙겨 놓아주었다. 보아하니 어제의 역전 용사들이 슬슬 모여드는 모양이었다. 할매가 국그릇과 밥 한 그릇을 쟁반으로 받쳐 들고 주방에서 나왔다.

"술들 좀 작작 처먹어라, 잉?"

할매의 핀잔에 신씨, 이랬다.

"새봄이 돌아오면 매화꽃이 벙실벙실 춘흥春興을 자랑할 텐데 우리 누이 하다못해 이쁜 꽃무늬 젖달가리라도 사다줘야 쓸 텐데 말여, 흐흐흐."

"미친놈, 니 마누라 궁둥짝 돌아가는 소릴랑 걷어치워라, 잉.

그라고 그놈의 문자질 좀 고만허고. 정신 사나워 죽겄네.”

큭. 저도 모르게 웃음이 터졌다. 잘 참고 있었는데 ‘문자질’에서 그만 무너지고 말았다. 누가 들으면 할매하고 신씨가 정말 휴대폰 문자라도 주고받는 줄 알겠다. 큭큭.

“어? 뭐야?”

서지오가 허리를 일으킴과 동시에 막 의자에 앉으려던 신씨가 우르르, 바닥으로 무너져 넘어지며 비명을 내질렀다.

“너 거기 있었어? 언제부터 있었어?”

장씨와 신씨는 깜짝 놀라 술이 다 깬 얼굴이 되었다. 할매는,

“아이고메, 놀래라. 이놈이 시방 다 늙은 할매 관 짜줄라고 그러나. 아 거기 있으면 기척을 해야지. 난 아까 밥 먹고 벌써 내뺀 줄 알았잖여.”

서지오는 그제서야 머쓱한 얼굴로 헤벌쭉 웃었다.

“괜찮았어요?”

서지오가 있던 자리에 의자 하나가 사라졌다. 할매와 장씨, 신씨가 의자가 있었으나 지금은 텅 빈 공간과 그 옆에 멀쩡하게 서 있는 서지오를 번갈아보며 갸우뚱하다가……

“너 오늘은 의자 노릇 하고 있었냐?”

했다.

“내가 누누이 말했잖아요. 의자 노릇을 한 게 아니라 의자였다니까. 도대체 몇 번을 말해야 알겠어요? 지난번에 빈 그릇이었을 땐 할매가 뜨거운 물을 들이붓는 바람에 홀랑 머리가 벗겨질 뻔했

다니까. 쓰레기통이었을 땐 어떻구. 할매가 쉰 나물들을 쏟아붓는
바람에 며칠을 목욕해도 냄새가 안 가시더라구."

"그랬지, 너 땜에 우리 목욕탕에 딴 손님이 안 들었었잖아."

신씨가 거드는 데 장씨가 한마디 보탰다.

"니네 목욕탕엔 원래 손님 없잖아. 길 건너 보석사우나에 가
지, 너 같으면 다 쓰러져 가는 갑을탕 같은 델 가겠냐? 이름은 또 갑
을탕이 뭐야?"

"이놈아 그게 얼마나 심오한 뜻인 줄이나 알고 까부는 거냐?
인간은 두 가지로 나뉜다. 갑甲, 혹은 을乙. 아닌 연놈 있음 나와보라
그래."

아흐 동동 휘이 얄리 두어렁셩 날라리날라.

"그러니까, 이놈아 나는 지금부터 물통이오, 하거나 지금은 의
자니까 그런 줄 아쇼, 라거나 뭔 말이 있어야지. 한두 번도 아니고."

할매가 미안한 마음인지 슬몃 말꼬리를 내리면서 갓 쪄낸 옥
수수를 들고 와 서지오에게 내밀었다. 장씨가 얼른 옥수수 한 개를
집어들며 서지오를 거들었다.

"아, 이놈이 언제는 안 그런다요. 다 그런 게 재미 아니겄소. 안
그런가, 할매? 덕분에 이런 희한한 구경도 하고 을매나 좋아? 우리
가 언제 이런 걸 구경이나 하겠냐고. 이걸 뭐라 그랬지? 마……."

신씨가 쏙 끼어들었다.

"마임, 이놈아."

옥수수알을 우물거리는 서지오에게 봄동김치를 씹던 신씨가

한마디 더 보탰다.

"너는 참 희한하게도 논다. 완전 신묘불측神妙不測인데 그런 재주를 이런 데서 썩히자니 여북하겠냐마는 그래도 항심恒心을 갖고 열심히 살다 보면 좋은 날이 오지 않겠냐? 너나 나나 말이다."

"이놈은 아직 청춘잉께 그렇다 치고 갑을탕엔 뭔 볕들 날이 온다고. 느자구없는 놈. 할매 참이슬 한 병. 오리지날 빨간 걸루다가."

장씨가 서지오 앞에 수저 한 벌을 놓아주었다.

"앉아라. 해장술이나 한잔하게."

할매가 당연한 듯 잔 네 개를 들고 와 한 자리를 차지하고 앉았다. 신씨가 빈 콩나물 무침 접시를 들고 주방으로 가 한 접시를 가득 채워 왔다. 금세 얼굴들이 불콰해졌다. 장씨가 때려 부술 듯 술잔을 내려놓고 미역줄기 볶음을 한입 가득 넣고 씹고 씹어 꾸역꾸역 삼켰다.

"위원장 그 새끼. 개기름 줄줄 흐르는 그 낯반대기 확 후려주려다가 인격수양하는 맘으로 꾹 눌렀다. 너 알재?"

"그 새끼라고 꼭 그러고 싶어서 그러는 건 아닌 거 같드라고. 마누라에 새끼들이 셋이나 딸렸는데 여직 구린 냄새 나는 변소에서 똥누는 사람은 자기들뿐이라고 밤마다 볶아댄다는데 그놈인들 어쩌겠냐."

"그게 어디 저뿐이여? 그게 내 잘못이나 말여."

"이놈이 또 지랄헌다, 지랄혀."

할매가 장씨의 빈 잔에 술을 꾹꾹 눌러 따랐다.

"그래도 할매랑 이놈은 다르잖여."

"다르긴 뭐가 달라, 이놈아. 아무리 그렇기로서니 니놈이 그렇게 개판 쳐놨으니 이제 어쩔 거냐. 전주해물탕 정사장도 니놈 다시 끌고 오면 나까지 출입금지란다. 깨진 술병에 유리잔들이 몇 갠 줄이나 알어?"

"그럼, 정신이 우주 방문 중인 놈 아니구서 그 상황에서 안 돌 놈이 어딨어. 내, 그 새끼 입을 확 꼬매버릴래다⋯⋯."

"자, 자. 한잔허고 차분히 얘기 좀 해보자고. 그런다고 해결책이 생기는 거 아니잖여."

신씨가 일어나 새 소주병을 꺼내왔다. 장씨가 소주병을 빼앗아 목을 확 비틀자, 투둑, 소주병 목에서 신경줄 끊어지는 소리가 났다.

"백날 얘기허믄 뭔 수가 생기는데? 수틀리면 나는 구청 앞에 가서 확 칼로 배때시라도 찌를랑께."

"이놈이 대낮부터 뭐라고 씨부렁거린다냐. 뻘짓 그만허고 얼릉 가 세탁소 문이나 열어. 아, 장사 안 할 거여?"

이 판국에 장사가 문제랑까? 하면서도 장씨, 주섬주섬 자리에서 일어나 백반전문집 새시문을 탕 열고 나갔다. 삐그덕 닫히던 새시문이 반동으로 도로 빼꼼 열렸다. 허리춤까지 끼워진 투명 유리에 빨간 아크릴로 '백반전문'이라고 씌어 있다. '반' 자와 '전' 자 위에 얹혀 있던 빗방울이 눈물처럼 주르르 흘러내렸다. 제법 굵은 빗줄기는 소리로 먼저 제 몸을 드러냈다. 흐득, 흐드득, 흐드득득. 빗줄기는 위에서 아래로가 아니라 아래에서부터 솟아나고 있는 것만 같았다. 썩은 내장의 냄새가 묻어 있었다.

문득 고개 들어 서지오와 김학봉이 살고 있는 식당 맞은편 낮은 건물 지붕 위를 건너다보았다. 탁탁, 타다닥. 무정형의 리듬이 지붕과 빗줄기 사이에서 생겨나 사방으로 흩어졌다. 서지오는 가만, 흩어진 리듬을 엮어 귓바퀴에 슬쩍 걸어놓았다. 저 리듬이 되어볼 순 없을까. 고민했다. 안 되겠지? 그럼 지붕이 되어볼까. 서지오는 빗줄기를 맞은 온몸에서 흘러나오는 리듬을 상상했다. 타닥, 타다다닥, 흐드드드드득……. 아흐 동동 휘이 얄리 두어령셩 날라리 날라…….

셋째 마당

그렇다. 우리의 서지오는 이 동네에선 대통령이나 잘나가는 연예인만큼 구경하기 힘든 마임이스트 되시겠다. 이 동네 사람들에게 나는 마임이스트입니다, 라고 했을 때 모두들 마…… 뭐? 뭐이스트? 빵 부풀릴 때 쓴다는 그거? 그럼 너 빵 만드는 사람이냐? 빵집에 취직할려구? 이 동네는 빵집이라곤 저 아래 동사무소 옆에 있는 거 하나뿐인데? 장사 안돼서 때려치울까 말까 한단 얘기 들은 지가 얼마 안 됐는데?…… 이랬다.

"아니요. 그거 아니고, 저는 배우예요. 대사 없이 몸동작만으로 연기하는 사람을 마임이스트라고 해요."

"그게 뭔데? 말 한마디 안 하는 배우가 어딨어. 에이. 니가 시방 왕십리 구석에 처박혀 사는 사람들이라고 놀려먹는 것이여? 어른들 놀리면 못쓴다, 잉."

"나 참. 아! 거 왜 있잖아요, 판토마임. 판토마임 아시죠? 이상한 까만 모자 쓰고 제비꼬리 달린 양복 입고 나와서 아무것도 없는데 뭐 마시는 시늉도 하고 바느질하는 시늉도 하고 그러는 거."

"아. 그거? 알지. 야가 시방 왕십리 산다고 무시하는 거 맞네, 맞어. 우리가 그것도 모를까 봐. 긍께 고것이 없는데 있는 척하는 거 말하는 거잖아."

"흐흐. 맞아요, 그거. 그게 마임의 일종이에요. 전부는 아니지만."

그리고 서지오는 그 자리에서 맛보기로 빈손을 움직여 차를 한 모금 마셨다. 그렇게 뜨거운 줄 미처 몰랐다. 입천장이 데도록 뜨거워서 자리에서 일어나 방방 뜨고 입안에 손부채질을 하고는 다시 차를 호호 불어 식혀 느긋한 마음으로 찻잔을 비운 다음, 담배까지 한 대 피워 물고 필터 끝까지 피웠다. 점심 먹은 게 체했는지 속이 더부룩해서 담배를 피우는 중간중간 나오는 트림을 시원하게 해댔다. 그제야 속이 편안해져서 탁, 손가락으로 퉁겨 담뱃불을 끈 다음 일 미터 전방의 쓰레기통에 휙 던져 넣었다.

"야, 야. 진짜 같다야."

"나는 야가 진짜 입천장이 홀랑 까진 줄 알고 깜짝 놀랬잖여."

"그거 나도 한번 갈쳐주라. 배우면 나도 할 수 있을랑가?"

하면서 사람들은 간간이 추임새와 감탄사를 넣어가며 좋아했다. 그렇다면 우리의 서지오는, 말하자면 이 동네 사람들은 난생 처음 보는 예술가썩이나 되어가지고 어쩌다가 이 왕십리 구석까지 흘러 들어오게 된 걸까. 그 이야기는 이 동네 사람들 중 가장 식자識者임을 자처하는 갑을탕 주인 신씨의 증언으로 재구성해보면 이렇다. 물론 깊어가는 밤 시간, 막걸리 잔들을 앞에 두고서였다.

서지오는 저 옛날, 그러니까 호랑이 담배 먹던 시절……이라 하면 좀 과장이 있겠으나 어차피 십 년 전이나 오십 년 전이나 백만 년 전이나 옛날이긴 매한가지가 아니겠는가. 이 도시에 처음 진이 들어와 유행하던 무렵, 그중에서도 써지오 바렌테라는 브랜드가 상륙해 인천상륙작전 때보다 훨씬 더 큰 파급 효과를 이 도시 젊은 이들에게 미쳤으니, 청춘을 즐길 줄 안다는 사람 치고 써지오 바렌테 청바지 하나 없으면 어디 가서 명함도 못 내밀 때. 서지오는 바로 그때 사람이다. 그러니까 대충 후려쳐도 삼십 대 후반쯤?

그러나 나이를 밝히지 않는 것이 업계의 관행이라 서지오는 여전히 스물일곱 살이다. 워낙에 동안인 얼굴 덕에 그럭저럭 믿어줄 만한 데다 공연 때는 현대 메이크업 기술의 혁명적인 발전에도 일조를 받고 있는 터라 앞으로도 한동안은 그렇게 살 수도 있겠다, 다만.

서지오는 스스로에 대해 잊지 않기 위해 예명을 서지오라 지었다. 써지오와 서지오. 자신이 그때 청춘을 통과한 사람이란 걸 기억하기 위해서 말이다. 그리고 대외적으로 밝히는 이름은 서지오知吳.

즉 자기 자신을 알라, 라는 저 물 건너 옛적에 살았던 한 철학자의 명언을 오늘에 되살린 것이다…… 라고 떠들고 다니면 사람들이 좀 있어 보인다고 생각한다. 아무튼.

서지오는 어릴 적부터 세상이 무지하게 무서웠다. 혹시나 뒤처진 성적으로 돌아오는 날이면 엄마, 아빠에게 죽도록 얻어터지는 게 죽기보다 싫었다. 그래서 밖에 잘 나가지도 못했고 늘 주눅 들어 있었으며 주위에는 친구 하나 없었다. 점점 더 혼자 있는 시간이 많아졌고, 혼자서 놀 수 있는 방법을 연구하기 시작했다. 침대에게 너는 맨날 남들을 재워주느라고 힘들겠다, 의자에게 남들 궁둥이 냄새만 맡고 사는 게 지겹지 않니? 책꽂이에 꽂혀 있는 책들에게는 보기만 해도 머리가 지끈거리는 것들을 한가득 안고 살아야 되니 니 신세도 참…… 이렇게 말이다. 그러다 의자와 침대와 책상과 책들의 입장을 이해해보려고 직접 의자가, 침대가, 때론 걸레가 되어보기 시작했다. 그렇게.

서지오의 마임 인생은 시작되었다. 방 안에서 혼자 놀던 걸 무대에서 혼자 놀면 되는 것이었으니 힘들 것도 없었고 새로울 것도 없었다. 부모의 가공할 만한 반대의 위력을 뚫고 집을 나와 당당히 마임이스트가 된 우리의 서지오. 그때 이후로 부모의 생사도 알 수 없다는 서지오는 다만 약 사 년 전 어느 봄날, 엄마를 한 번 본 적이 있었다. 아르바이트 삼아 논현동에 신장개업한 '엉터리 생고기'집 개업식 날에 중세기사 복장으로 석고상 연기를 하고 있었다. 말 그대로 석고처럼 서 있다가 누군가 지나가면 기습적으로 악수를 청하고 눈길을 끌어주면 되는 일이었다. 무심코 악수를 나눈 한 아줌마의 얼굴을 보는 순간, 서지오는 진짜 석고상이 되어버렸다. 서지오와 눈이 마주친 아줌마도 잡고 있던 손을 흘낏 내려다보고는 곧 손을 빼내 빠른 걸음으로 서지오를 지나쳐 갔다. 그러니 사 년 전에는 엄마가 살아 있는 게 분명했다.

어릴 때부터 그렇게 마임이 몸에 밴 서지오이므로 그 실력은 상당했고, 왕년에는 큰 무대에도 서고 돈도 꽤 벌었다. 본인 말에 따르면 청와대에 가서 공연한 적도 있고, 단 한 번 공연에 천팔백만 원을 받은 적도 있다고 하니까, 이 동네 사람들에겐 대통령을 만난 것보다 더 유명 인사를 만난 셈이었다. 그런데 지금은 무대에 서는 것 같지도 않고 늘 집구석에 처박혀 있으면서 돈도 못 버는 것 같다. 거기다 찾아오는 친구나 가족도 없으니 빛 좋은 개살구 신세다.

넷째 마당

서지오는 경은이에게 빠져들었다. 처음 마임 연기에 빠져들 때처럼 순식간이었다. 한사코 자신을 내치던 경은이를 일 년 가까이나 따라다녀 결국 경은이와 연인이 되었다. 그 후 서지오는 경은이를 자신의 운명이라 생각했고, 경은이를 위해 연기했으며, 공연이 없는 날이면 경은이가 운영하는 네일숍에 출근하다시피 했다. 집안이 엄해 외박은 안 된다며 늦은 밤 서지오의 방 침대에 함께 누워 있다가도 어김없이 털고 일어나는 경은이를 보며 서운했지만 심지가 굳은 여자라고 속으로 존경했다. 집에 데려다주는 길에도 버스정류장에서 한 발짝도 더 갈 수 없었지만, 집안이 엄한 만큼 경은이는 반듯한 여자인 거란 생각에 더욱 경은이에 대한 애정이 깊어졌다.

무서울 게 없었다. 연이은 방송 출연과 대형 공연 무대 스케줄이 빡빡했고, 수입 관리는 예술가가 신경 쓸 일이 아니라고 생각해서 동식이 형에게 모든 걸 맡겼다. 그리고 드디어, 서지오는 청와대에 들어가 '소통'을 주제로 마임 공연을 펼쳤다. 이 나라의 운명을 짊어지고 있다고 생각하는 사람들이 모두 모여 있는 곳에서 서지오는 혼신의 연기를 펼쳤고, 가장 높은 자리에 있는 사람으로부터 기립 박수와 함께 '국정을 살피는 데 언제나 오늘의 공연을 마음에 새기겠다'는 다짐을 들었다.

'거기'에서 나오자마자 서지오는 팥알만 한 다이아가 박힌 반지와 붉디붉은 장미꽃 백 송이를 들고 경은이를 찾아갔다. 그러나 경은이의 표정은 예상과 사뭇 달랐다. 네일숍에서 나와 근처 커피숍까지 걷는 동안 경은이는 한마디도 하지 않았다. 뭔지 모를 불안이 서지오의 걸음을 자꾸만 꼬이게 만들었다. 너무 좋아서 그럴 거야. 모든 게 완벽하니까 낯설어서 그런 거야. 서지오는 뜨거운 커피를 잘못 들이켜다 입천장을 홀랑 데었다. 아픈 줄도 몰랐다. 카푸치노를 한 모금 삼키려던 경은이가 갑자기 헛구역질을 하기 시작했다. 깜짝 놀랐다.

"왜 그래? 어디 아파? 병원 가자, 당장."

자리에서 벌떡 일어난 서지오는 경은이의 팔을 잡아끌었다. 서지오가 고집부리기 시작하면 아무도 못 말린다. 아니야, 하며 손사래를 치는 경은이의 손톱이 서지오의 손등을 확 긁었다. 경은이의 손톱 위에는 붉은 장미 꽃잎이 얹혀 있었다, 처음처럼. 금세 부어오르는 붉은 금을 보며 경은이는 혼자 화장실로 뛰어갔다. 서지오는 화장실 앞까지 따라가 안절부절. 자리로 돌아온 경은이는 간헐적으로, 계속해서 헛구역질을 했다. 빨리 병원에 데리고 가야 하는데…… 하다가 혹시…… 하다가 아하! 이거였군. 그래서 망설이는 거였군. 경은이의 반듯한 성격에 받아들이기 힘든 일일 게 틀림없으니.

"너 혹시……. 그렇구나? 괜찮아. 하하하. 얼마나 좋은 일이니? 걱정할 거 하나도 없어. 내가 다 알아서 할게."

서지오는 어쩔 줄 몰랐다. 이 나라에서 가장 높은 자리에 있는 사람보다 더 높아진 것만 같았다. 경은이가 슬며시 서지오의 손을 꼭 잡기 전까지는 말이다.

"니 애 아니야."

가장 높은 자리에 있었으므로 서지오는 경은이의 말이 잘 들리지 않았다. 너무 멀었다. 저 높은 곳에서 바닥으로 내려오는 데 아주 긴 시간이 흐른 것만 같았다.

"그게 무슨 말이야?"

"미안해. 처음부터 말하려고 했는데 니가 너무…… 암튼 입이 떨어지지 않았어."

지금 같이 살고 있는 딴 남자의 애라고 했다. 경은이 말에 의하면 말이다. 부모님이 반대하셔? 광대 따위한테 딸 줄 수 없다고? 그럼 내가 직업을 바꾸면 될까? 그렇게. 다시 공부해서 의사나 검사, 뭐 그런 거 될까? 하지만 끝내 경은이에게선 진실을 들을 수 없었다. 경은이는 지갑에 꽂혀 있던 사진 한 장을 꺼내 서지오에게 보여주었다. 웬 놈팡이와 뽀뽀하고 있는 사진이었다. 제기랄. 나랑 헤어지려고 저런 연극까지 하는구나. 딴 놈 애를 가진 시늉까지 하는 여자를 더 어떻게 붙잡겠는가.

"가라."

고개를 떨구니까 손등에 그어진 붉은 금이 눈에 들어왔다. 선명했다. 이후 육 개월쯤 술독에 빠져 사는 내내 서지오는 눈앞에 아른거리는 붉은 금을 보았다. 가슴속이 온통 붉은 금투성이라 아무리 비워내도 무대에 설 수 있을 만큼 텅 비워지지 않았다. 동식이형이 모든 수입을 들고 잠수 탄 게 그즈음이었다. 그러고 나자 술값이 없어서 무대에 서야 했다.

어린이용 〈백설공주와 일곱 난쟁이〉 마임극이었다. 백여 명의 어린애들 눈이 무대를 쳐다보고 있는데 갑자기 난쟁이 분장을 한 서지오의 뺨에 눈물이 주룩, 흘렀다. 독사과를 먹고 잠든 백설공주를 쳐다보고 있던 어린 애들의 눈이 일제히 서지오의 눈물에 꽂혔다. 그중 몇몇이 훌쩍거리기 시작했다. 깜짝 놀란 서지오는 그 자리에서 스스로를 지워 무대 뒤의 배경이 되었다. 그러자 숲이 더욱 풍

성해졌다. 결국 그날 공연은 백설공주와 여섯 난쟁이의 이야기로
끝났다.

그리고 서지오는 다시 무대에 서지 못했다. 월세 보증금까지
까먹으며 간신히 연명하다 흘러온 곳이 이 골목이다. 집주인 김학
봉은 보증금 없이 월 삼십만 원만 내라 했고 이 동네가 왕십리 뉴타
운 지구라 언제 헐릴지 모른다는 건 백반전문집에서 신고식을 치
른 후 장씨한테서 들은 이야기다.

다섯째 마당

김학봉의 쓰잘 데 없는 놀이에 애꿎은 희생양이 된 서지오. 잠
을 설쳐 시뻘건 눈으로 잠에서 깼다. 머릿속에서 무슨 파편 같은 게
구르릉구르릉 굴러다녔다. 끙. 간신히 이불 속에서 기어나와 밖으
로 나왔다. 배가 고팠다.

눈이 부셨다. 서지오가 밤새 뒤척이는 동안 남아 있던 겨울이
봄 햇살에 바싹 말라 사라져버린 모양이었다. 봄의 맨살을 비집고
백반전문집에 갔더니 텅 비었다. 다들 어디 갔지? 문도 열어놓고.
새마을금고 마크가 찍혀 있는 벽시계는 한시가 가까웠고, 서지오
의 배꼽시계는 아우성치다 폭발 직전이었다. 무릎도 아픈 노인네
가 어딜 간 거야? …… 아, 참. 오늘 돌다방에서 이차 회합이 열린다
고 했었지?

서지오는 주방으로 들어가 밥통에서 밥을 푸고 냉장고에서 반찬을 꺼낸 다음, 국통에서 국을 떴다. 오늘은 쑥국이군. 햇쑥 냄새가 죽였다. 밥 한 그릇을 다 비우고 더 퍼다 먹은 서지오는 설거지통에 쌓인 그릇을 깨끗하게 닦고 바닥청소까지 했다. 흥얼흥얼 가락이 절로 흘러나왔다.

살어리 살어리랏다. 왕십리에 살어리랏다.
쑥국이랑 배춧국이랑 먹고, 왕십리에 살어리랏다.
아흐 동동 휘이 얄리 두어령셩 날라리날라

우러라 우러라 새여, 자고 니러 우러라 새여.
널라와 시름 한 나도 자고 니러 우니노라.
아흐 동동 휘이 얄리 두어령셩 날라리날라

가다가 가다가 드로라.
부엌에 밥 푸러 가다가 드로라.
팔랑개비, 장대에 올아서
김학봉 김학봉 하고 우는 소리를 드로라.
아흐 동동 휘이 얄리 두어령셩 날라리날라

식당 구석에서 바퀴 시체가 네 구 발견됐다. 서지오는 싱크대 안쪽에서 튜브형 바퀴 제거제를 꺼내 종이에 발라 구석구석 놓아두었다. 요즘 들어 무릎이 더 부어오른 할매는 서지오의 궁둥이를 두들겨주면서 잘했다 이놈아, 하겠지. 끄윽. 배부른 서지오는 뭐 할 까 하다가 돌다방에 가보기로 했다.

먼지투성이 골목길을 따라 걷다 다시 돌아와 돌다방 이 미터 전. 김학봉과 서지오가 사는 집의 옆에 있는 명학부동산 옆, 처마 밑. 낡은 기와 바로 밑에 매달린 스피커에서 라디오 소리가 흘러나오고 있었다. 〈두시의 데이트〉 시간인가 보다. 단단하고 정직한 윤도현의 목소리가 들렸다. 그 바로 밑에 놓인 빨간색 낡은 소파. 누군가 버린 걸 김학봉이 거기다 가져다 놓고 스피커도 매달았단다. 그렇다. 바로 여기가 이 골목 사람들이 애용하는 돌다방 되시겠다. 말이 다방이지 심심하면 동네 사람들이 나와 노는 일종의 '마당'이다.

갓 삶은 다슬기가 들어 있는 대접을 들고 사람들이 모여 설왕설래하고 있다. 어제 동네 사람 몇몇이 용문리에 다슬기 잡으러 갔다더니 기어이 겨울잠에서 덜 깬 다슬기를 잡아온 모양이었다. 유난히 이 동네는 호남 사람들이 많다. 그래서 유대도 어느 동네보다 끈끈한데 어제 이 골목 사람들이 가만히 앉아 있으면 울화가 치밀어 못 살겠다고 하면서 몰려들 간 것이다.

"저, 대수리 처먹는 것 조께 보소. 염병허니 말은 지지리도 안 들음서 처묵기는 오질라게도 처묵네."

할매의 실한 욕지거리를 대충 칭찬으로 알아듣는 사람들이 헤벌쭉 웃으며 대수리, 아니 다슬기를 쪽쪽 빨아먹고 있다. 서지오는 불쑥 끼어들기가 좀 뭐해서 슬쩍 사람들 뒤쪽으로 돌아가 섰다.

"당신 누구야?"

신씨가 서지오를 돌아보며 뜨악한 표정을 지었다.

"저 밑에 있는 빵집 주인인데요."

"빵집 주인? 자네가? 그런가?"

긴가민가하는 표정으로 장씨가 다슬기를 쪽 빨아먹었다. 이 골목으로 온 뒤, 서지오는 자주 마임 속으로 빠져들었다. 맨 처음 서지오가 어렸을 적 혼자 마임을 시작하던 그때처럼 말이다. 외부의 영향을 받지 않고 온전히 나 자신으로 있을 수 있는 모습. 빵집 주인이 된 서지오는 가만, 사람들 속에 섞여 들었다.

바람이 분다 봄, 바람이다. 먼지가 일어나고 새싹이 흔, 들린다. 팔랑개비가 돌고, 깃발이 펄럭인다.

'내 재산은 내가 지킨다'

-왕십리 뉴타운 저지 연합회-

"아무리 낙장불입落張不入이라도 인지상정人之常情이란 게 있잖여? 보상금 몇 푼 더 받아서 해결될 게 아니잖여?"

신씨가 씹던 다슬기를 꿀꺽하고 위원장을 달랜다.

"그러니까 내 말을 잘 들어봐. 어차피 이건 위에서 하는 건데 우리가 뭔 수로다 반델 하냐구? 보상금이나 더 받을 수 있는 방법을 생각해봐야지, 안 그래?"

위원장은 최대한 부드러운 말투로 사람들을 설득하면서 슬쩍 신씨를 돌아다본다. 세탁소 장씨가 주먹으로 벽을 퍽 친다. 신씨와 위원장 모두 입을 다문다. 보증금, 권리금도 없이 쥐꼬리만 한 임대료를 내고 세탁소를 운영하고 있는 장씨 사정을 누구보다 잘 아는 사람들 아닌가.

"이런, 깨고랑창에 대가리를 파묻어버릴 놈 쪼까 보소? 에미애비도 몰라볼 놈이네, 이놈이. 어디서 그라고 패악질이여, 패악질이."

할매가 저도 모르게 소파에서 벌떡 일어나 장씨의 머리를 콕 쥐어박는다. 그러고는 무릎을 짚어 끙 앓는 소리는 낸다. 퇴행성관절염을 앓고 있는 할매의 무릎은 어제보다 더 부어올라 있다. 병원에 가서 인공관절을 박을 엄을 못내는 할매는 매일같이 연골을 사다 먹고 있지만 얼마 안 가 지팡이를 짚고 절름거릴 게 뻔하다.

"자, 자. 흥분하지 말고. 이런다고 될 일이 아니잖은가. 누구 잘못도 아니고."

'왕십리 뉴타운 추진 위원회' 위원장은 최대한 잡음 없이 이 사태를 해결하라는 특명을 받고 있는 사람이다.

"뭣이여? 누구 잘못이 아니라고? 왜 아니여? 니가 앞장서서 집집마다 도장 받으러 다녔잖여."

지켜보던 사람들이 말리고 나섰지만 장씨를 비롯한 세입자들은 금방이라도 판을 엎을 기세다. 장씨의 눈에서 레이저와 표창이 마구 튀어나와 돌다방을 초토화시켰다. 분위기를 감지한 신씨가 나섰다.

"위원장 너도 그렇다. 만구성비萬口成碑에 인덕만리人德萬里라고

니가 이참에 힘 좀 써라. 그러면 우리가 니놈을 몰라라 하겠냐? 있
는 놈들 편에서 개 노릇 하지 말고. 그러다 토사구팽兎死拘烹 당할라.”

“뭐? 개? 근데 이 새끼가? 말 다 했어?”

“이놈아, 견문발검見蚊拔劍하덜 말고.”

“이놈이 어디서 자꾸 문자질이야? 좋게 말할랬더니. 어떻게 한
푼이라도 더 받게 해줄라고 이리 뛰고 저리 뛰고 했더니, 뭐?”

큭. 큭큭. 어제부터 왜 ‘문자질’에서 빵 터지는 건지. 큭큭거리
는 웃음소리에 아슬아슬했던 긴장이 깨졌다. ‘왕십리 뉴타운 저지
연합회’와 ‘왕십리 뉴타운 추진 위원회’가 제대로 붙은 것이다.

“웃어? 대갈빡에 똥배끼 안 든 놈의 새끼가. 아나 묵어라.”

장씨는 위원장에게 주먹감자를 야무지게 먹였고, 위원장은 신
씨의 엉덩이를 향해 발길 똥침을 정확하게 가격했다. 그 서슬에 다
슬기가 잔뜩 들어 있던 사발이 바닥에 엎어졌다. 온 사방에 다슬기
가 흩어져 사람들의 발에 밟혔다. 으득, 으드득, 이빨 가는 소리가
났다.

“그러지들 말고 내 말 좀 들어봐요.”

갑작스런 목소리에 사람들이 일제히 빵집 주인을 쳐다봤다.
바닥에 구르던 다슬기도 입을 다물었다.

“우리끼리 이래봐야 아무 소용없어요. 그러니까 다 같이 이 나
라에서 젤 높은 사람들이 있는 곳에 갑시다. 가서 당당하게 얘기하
자구요.”

“거기가 어딘데?”

신씨가 갸우뚱 어리둥절한 표정을 지었다. 장씨는 무슨 수작인가 싶어 도끼눈을 떴다.

"내가 알아요. 가본 적 있어요."

"자네가 거기 가는 길을 안다고? 어떻게?"

위원장이 슬그머니 장씨의 멱살을 놓고 물었다.

"그 사람들 앞에서 공연을 한 적도 있는걸요."

"공연? 무슨?"

신씨가 빵집 주인 앞으로 바짝 다가섰다. 일촉즉발의 분위기였다. 빵집 주인은 뜨끔, 가슴을 쓸어내리며 사람들을 설득했다.

"아니, 그게 아니라…… 암튼 그 사람들이 내 말은 언제나 가슴에 새기겠다고 했다구요."

"거기 가는 길도 아는 데다 당신 말은 다 들어준다고 했다고?"

사람들이 못 믿겠다는 듯, 서로를 쳐다보며 고개를 저었다. 생전 처음 들어보는 소리가 아니던가. 누구도 몰랐던, 알고 싶었지만 누구에게 물어도 알려주지 않던 바로 그 길을 안다지 않는가.

"못 믿겠으면 지금 가요. 전부 다 같이 가자구요."

그러자 사람들이 쭈뼛거리면서 빵집 주인을 뒤따랐다. 장씨는 깃발을 들고 뒤따랐다. 봄바람에 깃발이 날려 '뉴' 자와 '왕' 자가 겹쳐 보였다. 어떤 사람들은 벌써 문제가 다 해결된 것처럼 들뜬 표정이었다. 아무도 길을 아는 사람이 없어서 갈 엄두를 내지 못했던 곳이 아니던가. 봄바람이 살랑 불더니 기어이 봄이 오긴 오려나 보다. 사람들의 눈에 벌써 봄 햇살이 가득했다.

사람들과 나란히 걷다가 문득 손목시계를 내려다본 빵집 주인. 아, 참. 마장동 가야 하는 걸 깜빡했네. 이미 서둘러야 할 시각이었다. 어쩌나……. 이 년여 만에 들어온 일 아닌가. 고민하고, 고민했다. 그곳엔 마장동에 다녀온 뒤에 가면 되지 않을까. 내일 당장 그곳이 없어지는 것도 아니고, 나는 그곳으로 가는 길을 잘 아니까. 그래. 내일 가자. 빵집 주인은 사람들이 설왕설래하는 틈을 타 슬그머니 서지오로 돌아왔다.

"어, 이 사람 어디 갔어? 빵집 주인 어디 갔냐구?"

눈이 주먹만 해진 장씨가 주위를 돌아보다가 위원장에게 시선을 박아넣었다. 양손을 펼치고 어깨를 으쓱하는 위원장을 본 장씨가 그걸 거봐라, 또 속았지? 하는 제스처로 생각한 모양이었다.

"너 이 새끼, 또 사기 쳤구만. 거기 가는 길을 아는 사람이 어딨다구. 내 그럴 줄 았았어. 이 새끼야."

장씨가 허공에 대고 발길질을 하기 시작했다.

"이 새끼 싸가지 없는 거는 세상이 다 아는 거 아녀? 쩌번에 금마차 미스박 그 가시내를 어떻게 들앉혀볼라고 내가 그렇게 했는디 이 새끼가 그 가시내 빤스를 쌔배서는 주머니에 너갖고 다녔잖여? 니가 멀 잘혔다고 꼴아봐?"

장씨의 일격에 허걱, 한위원장이 한 호흡을 가다듬고 되받아쳤다.

"그래. 이 새끼야. 그래서 니놈이 우리 마누라한테 다 불었잖아? 야, 이 뒷간에 대가리 처박고 뒤질 놈아. 내가 니놈 땜에 삽질한 거 생각하믄. 넌 국물도 없는 줄 알어.”

“뭐? 이 새끼가. 조놈의 주뎅이를 자방틀로 확 꼬매뿌까.”

장씨와 위원장이 바닥에서 얼크러졌다. 우왕좌왕 말리던 사람들도 한데 뒤엉켜 단체 레슬링이 시작됐다. 누군가는 김학봉이 매달아놓은 팔랑개비를 뽑아 와 장대를 휘둘렀고, 또 누군가는 낑낑거리며 기어이 소파를 들어 올려서는 바닥에 내리찍었다. 누군가의 머리칼이 한 줌 바닥에서 흩날렸고, 셔츠에서 떨어져 나온 단추가 바람에 굴러 멀어져갔다.

흥분한 장씨가 벌떡 일어나더니 벽에 매달린 스피커를 똑 떼어 오는 게 아닌가. 어. 어. 사람들이 주춤주춤 뒤로 물러나는 순간, 퍽. 산산이 부서지며 장렬하게 전사한 김학봉의 스피커.

위원장이 주춤거리며 뒷걸음질하는 찰나, 장씨가 위원장의 손가락을 물어뜯었다. 금세 바닥에 핏방울이 떨어지고 악, 비명이 사방에 흩어지고, 필사적으로 장씨를 밀쳐낸 위원장의 손가락이 하나, 공중에 덜렁거렸다. 허연 손가락뼈가 툭 튀어나와 하늘을 찌르고 나섰다. 눈 튀어나온 위원장이 마구 사지를 흔들어대자 핏방울이 여기저기 가 달라붙었다.

여섯째 마당

퇴근시간 전인데도 버스 안에는 앉을 자리가 없었다. 커다란 가방을 바닥에 내려놓고 손잡이를 잡고 섰는데 주머니 안에서 휴대폰이 울렸다. 무슨 일이지? 혹시 오늘 일이 또 삐긋했나? 싶어 얼른 휴대폰을 꺼내는데 버스가 급커브를 틀었다. 기우뚱 몸이 쏠리다가 한쪽 다리를 들어 간신히 균형을 잡고 손잡이를 잡는데 아뿔싸. 휴대폰이 떨어졌다. 바닥에 누워서도 계속 몸을 떠는 휴대폰을 얼른 집어 들었다. 여보세요.

"월세는 언제 줄 건가? 벌써 석 달 치가 밀렸는데."

이런, 젠장할. 김학봉은 도대체 왜, 인생에 도움이 안 되는 거야.

"드립니다. 드리면 될 거 아닙니까. 지금 일하러 갑니다, 가요. 일을 해야 월세를 드릴 거 아닙니까."

하고, 전화를 끊으려는데 김학봉의 목소리가 뒤꼭지를 잡아챘다.

"그건 그렇고……."

버스가 이번에는 급정거하는 바람에 하마터면 앞자리에 앉은 어떤 여자의 무릎에 가 앉을 뻔했다.

"어젯밤에 자네가 보고 들었던 거 말인데……."

뭐요, 라고 하다가 그 말도 안 되는 우주선이라는 물체가 떠올랐다.

"그래. 그거. 함부로 입 열지 마. 사실 그거, 아주 중요한 국가적인 대외비거든. 나라에서도 알고 있는 일인데 딴 나라에서 모르게 하려고 그냥 왕십리 구석에 숨어 있는 거거든."

정말 기가 막히고 코가 막힌다, 그죠? 서지오는 어이가 없어

화도 안 났다. 돌아도 제대로 돌았구만. 나는 절대 혼자 늙어도 추해지지 말아야지. 서지오는 대충 예, 예. 그러지요. 암요. 국가 기밀인데요, 라면서 김학봉을 놀렸다. 그걸 아는지 모르는지 김학봉은 이번 달도 밀리면 보증금에서 까겠다, 고 말하다가 아 참, 원래 보증금 없이 들어왔지, 하다가 암튼 이번에도 밀리면 안 된다, 우주선에 꼭 필요한 부품을 사야 한다, 고 주절거리다가 끊었다. 돈 좀 모이면 방부터 구해야겠다고 마음먹은 서지오는 버스가 마장역을 막 지나치는 걸 보고 여기 내려요, 소리치고는 가방을 들쳐 메고 간신히 버스에서 내렸다.

다행히 늦지 않았다. 김학봉 따위는 잊어버리고 우시장 쪽으로 부지런히 걸었다. 잘나가는 거대 영화사가 주인이어서 요즘 방송 프로그램 여기저기에 전투적으로 나온다는 베이커리 카페의 마장동 지점이었다. 동식이 형은 잠깐 와서 지점장과 만나 봉투를 받아서는 얼마쯤 빼낸 나머지 쥐꼬리를 서지오 손에 쥐여주고 가버렸다. 네 시작은 미약하였으나 그 끝은 창대하리라…… 미혼모의 아들이 그러지 않았던가. 서지오는 주머니에 봉투를 구겨 넣으면서 중얼거렸다.

잠시 후 화장실에 들어갔다 나온 서지오. 피에로가 되었다. 무지갯빛 가발에, 색동에다 배가 툭 튀어나온 피에로 공식 의상을 입고 하얀 얼굴 바탕에 웃는 얼굴을 그렸다. 그리고 마지막으로 피에로의 애환을 모두 실어 눈 밑에 검은 눈물을 점점이 찍어 넣었다. 이제 슬퍼도 언제나 웃고 있는 얼굴이 된 우리의 서지오.

커다란 풍선 아치 밑에 우뚝 선 피에로는 시끄러운 음악에 맞춰 궁뎅이를 흔들흔들하면서 풍선도 불어주고 저글링 묘기도 선보였다. 근처 학교에서 교복 입은 어린것들이 한꺼번에 쏟아져나와 피에로에게 얼른 자기도 풍선을 달라고 보채고, 보챘다. 피에로는 빛의 속도로 풍선을 불어댔다. 온 나라 어린것들이 다 몰려드는 것만 같았다. 애고 어른이고 상관 있나. 두 눈 똑바로 뜨고 피에로의 손짓 따라 데굴데굴 눈동자를 굴려주니 피에로의 가슴속에는 봄꽃이 벌렁벌렁 피어났다.

줄 서. 피에로가 위엄 있는 목소리로 말하자 아이들은 깔깔거리면서 피에로가 말도 한다며 짝짝짝 박수 쳤다. 피에로는 즐거웠고, 풍선을 불어대느라 머리가 어지러웠다. 그래도 신이 난 우리의 피에로. 그걸 보고 와하하 어린것들이 웃음을 토해냈다. 웃음소리에 지나던 사람들이 몰려들었고, 사람들이 많아질수록 피에로는 힘이 생겨났다. 원래 웃는 얼굴에 더 크게, 더욱 크게 웃음이 번져 갔다.

개업일이라 안으로 들어오는 손님보다는 피에로가 나누어주는 공짜 커피와 베이글을 손에 들고 가던 길 쭉 가는 사람들이 더 많았다. 피에로에게 막대 풍선을 받아든 남녀 한 쌍이 잠시 머뭇거리다 가게 안으로 들어갔다. 일명 똥싼바지라 부르는 밑위가 축 늘어진 배기바지에 스킨헤드, 눈썹에 피어싱을 한 남자애와 딱 봐도 심한 거식증을 앓고 있는 게 뻔해 보이는 파리한 여자애였다. 피에로는 곁눈질로 그 애들을 쳐다봤다.

남자애가 커피를 주문하는 동안 여자애는 가게 안을 둘러보는 척하다가 진열장에서 머핀 두 개를 슬쩍했다. 구석 자리에 앉아 뜨거운 커피를 한 모금 마신 여자애가 머핀을 한 입 크게 베어 물어 씹는가 싶더니 구역질하기 시작했다. 그러다 손으로 입을 가리고 화장실로 뛰어갔다. 한참 지나 젖은 손을 바지에 쓱 닦으면서 자리에 돌아온 여자애는 머핀을 다시 입에 쑤셔 넣었다. 그러고는 조금 씹다가 또 화장실. 커피 한 모금 + 머핀 한 조각 + 저작咀嚼행위 십 초 = 화장실.

여자애는 점점 파리해져갔다. 남자애가 뭐라 하면서 여자애 어깨를 감싸고 토닥였다. 다 괜찮아질 거야, 이번 달 피시방 아르바이트비 받으면 병원에 가보자, 라고 했을까. 아니면…… 혹시 여자애는 거식증이 아니라 임신을 한 건 아닐까. 난데없이 경은이가 생각났다. 경은이도 카페에 앉아 구역질을 했었다. 경은이가 아프니까 하늘이 노래지고 그날 이 나라에서 가장 높은 사람 앞에서 공연했다는 사실 따위 단번에 잊어버렸었는데. 실은 임신했던 거였지.

연이어 한숨을 바닥에 내리꽂던 남자애가 스킨헤드를 손으로 싹싹 문지르더니 여자애한테 뭔가를 한참 얘기했다. 수술비를 걱정하고 있는 걸까. 아니면 수술은 무서워서 못 하겠으니 차라리 낳아서 어디 부잣집으로 입양 보내자고 의논하고 있을까. 혹시…… 여자애는 똥싼바지 남자애가 아닌 다른 녀석의 애를 밴 건가.

막대 풍선을 하나씩 손에 쥔 녀석들이 다른 걸 더 보여달라고 서로 아우성이다. 피에로는 예정에 없던 마임 연기를 하기 시작했다. 허공에 커다란 꽃다발이 날아다녔고, 힘차게 날아올라 움켜쥔 피에로의 품속에서 그 꽃다발은 풍선 다발이 되었다. 없던 소파가 갑자기 나타나 거기에 편안한 얼굴로 앉아 있던 피에로는 껌을 씹다가 그 껌이 옷깃에 붙어 어쩔 줄 몰라하다가 도로 그 껌이 발바닥에 붙어 걸음을 떼기가 어려워지기도 했다.

삐요 삐요 삐요용. 구식 아반테 경찰차 한 대가 괜히 경광등을 시끄럽게 울리면서 다가와 개업집 앞에 섰다. 아랑곳하지 않고 풍선으로 꽃이며 강아지며 토끼며 모자를 만들고 있는 우리의 피에로. 진압봉을 허리에 찬 경관 하나가 가게 안으로 들어가 지점장을 찾는다. 툭 튀어나온 배 때문에 허리에 매달린 진압봉이 우스꽝스럽게 앞뒤로 흔들린다. 지점장과 함께 밖으로 나온 배불뚝이 경관,

"여기 너무 시끄럽다고 신고 들어왔습니다."

하면서 연신 가게 안과 지점장을 번갈아 쳐다봤다. 음악에 맞춰 여전히 춤을 추고 있는 우리의 피에로. 여자애는 벌써 네번째 화장실을 들락거리고 있다. 남자애는 뭔가 쉼 없이 얘기하고 있다. 아무래도 병원비를 걱정하고 있는 게 분명하다. 한참이나 남자애의 말을 듣고 있던 여자애가 갑자기 절에서 부처님께 인사할 때처럼 양손을 들어 올려 보이며 어깨를 으쓱하고는 자리에서 일어났다. 여자애는 들어올 때보다 더욱 하얘진 얼굴로 비틀, 걷는다. 남자애가 여자애를 부축하고 매대 옆을 지나치면서 쓱, 베이글 두 개를 훔쳐 티셔츠 속에 넣고는 표정 없는 얼굴로 걸어나간다. 어느새 봄 햇살이 진 거리에 싸늘한 밤이 몰려들고 있었다.

“신고요? 오늘이 개업날이라 주변에 미리 양해를 구했는데요.”

“글쎄, 그건 난 잘 모르겠고. 신고가 들어왔으니 어쩔 거요. 이것들 당장 철수하고 음악 꺼야지.”

“아니, 그러지 마시고. 이제 곧 끝납니다. 다 아시면서.”

“알긴, 내가 뭘 알아?”

경관이 괜히 진압봉을 만지작거리면서 언성을 높였다. 지점장이 뭔가 눈치챈 듯 가게 안으로 들어갔다. 나오면서 손에 봉투를 들고 나왔다. 비틀거리며 멀어져가는 여자애의 뒷모습이 위태로워 보였다. 걸어가면서도 구역질이 나는지 간혹 허리를 꺾었다. 경은이…… 도 그랬었다. 얼음이 되어 꼼짝 못 하고 서 있는 서지오를 버려두고 뒤돌아 걸어가면서 헛구역질을 하느라 간간이 그 자리에 주저앉곤 했었다.

생각해보니까 엄마도 그랬다. 아들과 육 년 만에 마주쳐 얼떨결에 악수를 나눈 다음, 가던 길을 다시 걸어가면서 자꾸만 제자리걸음을 걸었다. 하지만 경은이도 엄마도 뒤돌아보지 않았다. 양미간으로 그때의 기억이 몰려들었다. 서지오는 잠깐 고개를 들어 하늘을 봤다. 코도 한 번 크게 들이마셨다. 그리고 서지오는 무언가에 저항하듯 스스로 피에로가 되었다.

나오지 않던 말이 갑자기 터져 나온 듯 꽥꽥 소리를 지르기 시작한 피에로. 시선이 점점 더 멀리 날아가기 시작했다. 피에로는 이제 피에로의 연기를 하는 게 아니었다. 어느새 우리의 피에로는 그냥, 피에로였다. 이리저리 뛰어다니고 어린것들이 들고 있는 막대 풍선을 퐁퐁 터뜨리고 오디오 볼륨을 더 높이고 궁둥이를 있는 대로 흔들어댔다.

"이건 또 뭐야?"

지점장이 건넨 봉투를 은근 슬쩍 받아들어 주머니에 쑤셔 넣은 경관이 피에로를 돌아다보며 인상을 구겼다. 피에로는 소리 높여 웃기 시작했다. 깔깔깔, 킥킥, 하하하. 아흐 동동 휘이 얄리 두어령성 날라리날라. 그러다가 느닷없이 배불뚝이 경관의 진압봉을 빼들어 휘두르기 시작했다. 와하하. 구경하던 어린것들이 신이 나서 발을 굴렀다. 공중에 대고 진압봉을 휘두르던 피에로가 아치형으로 붙어 있던 풍선을 두들겨 터트리기 시작했다.

"이 새끼, 뭐야?"

얼굴이 새빨개진 경관이 피에로의 팔을 잡았지만 괴력의 피에로, 그 손을 팽개치고 가게 안으로 들어가 이번에는 진열된 빵들을 가게 밖으로 던지기 시작했다. 테이블을 밟고 올라가 노래 부르고 곳곳에 놓인 쿠션의 솜을 빼내 공중에 날렸다. 갓 내려진 커피를 가져다 바닥에 붓고는 그 위에 엎드려 발장구쳤다. 뒤따라 들어간 경관의 얼굴에 대고 뿡. 뿌웅. 피에로가 큰 소리로 방귀를 꼈다.

가게 안으로 우르르 따라 들어온 어린것들, 바닥을 뒹굴며 웃어댔다. 귀밑까지 벌개진 경관이 무전기로 지원을 부르고 경관 둘이 더 와서야 피에로에게 간신히 수갑을 채울 수 있었다. 경관들에게 끌려 경찰차에 타면서 피에로는 개업하자마자 폐업할 것처럼 엉망이 된 카페를 향해 뒷발질을 계속했다. 어느새 봄밤이 깊어졌다.

"이 싸가지 없는 새끼야, 아까 맨치로 해봐야?"

"이 자식이 어따 대고 지랄이여, 지랄이. 대그빡에 똥배끼 안 든 새끼가."

"요놈들 쪼까 보소. 느그덜은 우아래도 없냐? 늙은이 앞에서 뭣하는 짓덜이여? 뺨딱지를 탁 쌔려불까 그냥."

경찰서 안에서부터 시끄러운 욕지거리가 홍수 져 흘러넘치고 있었다. 피에로는 경관들에게 질질 끌려 들어갔다. 손가락에 붕대를 친친 감은 한 남자를 둘러싸고 사람들이 한데 뭉쳐 핏대를 세우고 있었다. 그중 두 사람은 옷이 여기저기 찢겨 나가고 머리칼은 듬성듬성 빠져 있었다. 피에로는 큰 소리로 웃으며 계속 장난질쳤다. 사람들이 일제히 끌려 들어오는 피에로를 쳐다봤다. 피에로의 얼굴엔 웃음이 가득했다.

"아따. 저 자식은 뭐다냐."

"여기가 어디라고 저러코롬 염병을 한다냐."

"광대 노릇 하느라 그런 갑재."

사람들이 잡았던 멱살을 놓고 수군거렸다.

"저 사람들은 뭐야?"

피에로를 끌고 들어온 배불뚝이 경관이 눈을 힐끔거리며 물었다.

"옆 동네 사람들인데 치고 박고 싸우는 걸 잡아 왔어. 인원이 많아서 파출소에 수용불가라고 이쪽으로 보냈어."

싸움을 말리던 경관이 피에로를 아래위로 훑어보며 대꾸했다. 우리의 피에로. 정수기를 발로 차고 수갑 찬 손으로 경관들의 진압봉을 빼앗아 마구 휘둘렀다. 계속 히히 웃으면서 유치장의 쇠창살을 머리로 들이받았다. 사람들은 곧 피에로를 잊고 다시 싸움질로 돌아가 목청을 높이고 서로 주먹을 들이대고 멱살을 잡았다. 일대의 소동을 보고만 있던 배불뚝이 경관이 피에로의 호주머니를 뒤져 휴대폰을 찾아 들었다. 그리곤 누군가와 통화를 했다.

"그러니까, 소동, 아니 난동을 피우다가 여기 잡혀 왔으니까 얼른 와서 신원보증서 한 장 쓰고 데려가라구요."

그러고도 한참이나, 김학봉이 도착할 때까지 말이다, 경찰서 안은 설왕설래와 욕지거리와 박장대소와 오두방정과 핏빛방울이 난무했다.

후줄근한 잠바를 걸치고 쭈뼛거리는 걸음으로 등장한 김학봉.
"자네가 여긴 웬일이당가?"
두 무릎을 쭉 펴고 바닥에 주저앉아 있던 할매가 고개만 빼고 알은체를 했다.
"바로 앞에 삼서 얼굴 한 번 안 비추드만 우릴랑 데려가려고 왔능가?"
"아닙니다."
처음 들어보는 할매의 살가운 말을 한마디로 뚝 자르고 배불뚝이 경관을 찾는 김학봉. 옆에서 눈 뒤집어 까고 낄낄거리고 있는 피에로를 슬쩍 흘겨보았다.

"그런데 왜 나한테 연락한 거요?"

"그럼 어째요? 저놈은 상태가 저런데. 전화기 통화버튼을 누르니까 당신이 나온걸. 잘 아는 사이 아뇨?"

김학봉은 경찰서까지 와놓고는 그 자리에서 한참 고민했다. 그러다 역시 경찰서까지 왔는데, 하는 표정으로 순순히 배불뚝이 경관이 내민 서류에 사인했다.

"뭐야? 저 광대 아는 놈이야? 우리가 아니고 저 광대 데려가려고 온 거였어?"

사람들이 어이없어했다. 그러거나 말거나. 김학봉은 대꾸도 없이 피에로 옆구리에 팔짱을 끼고는 걸어나갔다. 성동 경찰서 밖으로 나오자 칼바람이 한꺼번에 몰아닥쳤다. 칼이 된 바람이 피에로의 폐부를 찌르자 그제서야 서지오는 정신이 들었다. 피에로에서 서서히 빠져나와 서지오로 돌아가고 있는 것이었다.

"어떻게 된 겁니까? 내가 왜 당신하고 있는 거냐구요?"

"내가 묻고 싶은 말이다. 내가 왜 니놈 보호자 노릇을 해야 하는 건지 모르겠단 말이다."

피에로 복장을 하고 있는 스스로를 내려다보니까 대충 알 만할 것 같기도 해서 서지오는 급하게 입을 다물었다. 추웠다. 사라진 줄 알았던 겨울이 어둠을 타고 다시 돌아온 것 같았다.

"타."

“예?”

“타라구.”

김학봉은 이미 트럭의 운전석에 오르는 중이었다. 가끔 집 앞에 세워져 있던 그 양말 트럭이다. 뒤에는 각종 양말이 산더미처럼 쌓여 있고 그 가운데에는 색동 수면 양말을 신고 있는 마네킹 발이 거꾸로 삐죽 솟아 있다. 한쪽 구석에 자전거가 한 대 모로 누워 있었다. 어쩔까, 하다가 어쩔 수 없어서 올라탔다. 아무 말도 없이 시동을 걸고 기어를 넣고 주차장을 빠져나와 대로로 들어선 양말 트럭. 그때까지 네온을 밝히고 있는 왕십리역 민자역사 건물이 휘황찬란했다.

“어떻게 갚을래?”

“뭐 말입니까?”

“내가 한가해서 이 밤에 경찰서까지 온 건 아니거든.”

“어쩌면 되는데요.”

“내가 돈이 좀 모자라서 자가발전 할 수 있는 부품을 못 샀어. 그러니까 그거 니가 대신해.”

뭐요? 라는데 김학봉이 이랬다. 삼 년 전에는 모든 걸 완벽하게 갖추고 혼자 다녀왔다. 그러나 지금은 사정이 다르다. 내가 우주선을 조종하는 사이 전력을 만들어줄 사람이 필요하다. 뒤에 실려 있는 자전거가 바로 그거다. 그러니까 니가 내 우주선에 동승해서 열심히 자전거를 타는 거다. 알아듣겠냐. 그쯤 되자 서지오는 이 사람이 진심인 거 아닌가, 하는 강렬한 의심이 생겼다. 그리고 머릿속에 중력도 없는 허허벌판에서 땀을 뻘뻘 흘려가며 자전거를 타는 자기 모습이 떠올랐다. 젠장. 이러다 서지오도 돌아버릴지 모를 일이다.

밤안개가 장막처럼 트럭 주위를 감싸고 돌았다. 느닷없이 트럭에 붙어 있던 확성기에서 잔뜩 쉰 김학봉의 목소리가 흘러나왔다. 세 켤레 단돈 천 원. 수면 양말, 무좀 양말, 등산 양말, 신사 양말, 숙녀 스타킹, 미끄럼 방지 양말. 단돈 천 원. 천 원에 모십니다. 자, 자, 양말 트럭이 왔어요. 싸고 좋은 양말이 아주 많은 양말 트럭이요. 아줌마, 아저씨 모두 나와서 돈 벌어 가세요.……

"이게 왜 이러지?"

당황한 김학봉이 확성기를 멈추게 하려고 트럭 여기저기를 만지작거렸다. 확성기 소리는 조용하고 차가운 밤공기를 뚫고 멀리 멀리 퍼져나갔다. 차라리 양말을 머리에 뒤집어쓰고 싶어진 서지오. 양손으로 귀를 막고 김학봉에게 물었다.

"사람들은 어딨어요?"

"누구? 골목 사람들? 저 안에 다 있잖아."

김학봉의 시선이 경찰서를 가리켰다. 고개를 갸웃하던 서지오. 그제야 기억났다.

"잠깐 차 좀 세워요."

뭐? 하면서 급브레이크를 밟은 김학봉을 내버려두고 서지오는 트럭에서 내려 경찰서로 돌아갔다. 들어가려다 다시 나와 피에로 옷을 벗어던진 서지오. 순식간에 빵집 주인이 되었다.

"저 새끼 뭐야. 아까는 우리를 놀려먹고 발르더니 왜 또 나타난 거야?"

가장 먼저 장씨가 격하게 반겼다. 사람들의 목청이 더욱 높아졌고 경관들도 더 높은 공중에서 진압봉을 휘둘렀다.

"갑시다. 이제 갈 때가 됐어요. 내가 거기에 가는 길을 안다니까요."

빵집 주인의 단호한 말투에 어따 대고 또 사기를 치려구, 저 새끼 말 다 거짓말이야, 속지 마, 하면서 으르렁거리는 사람들. 이상하게 엉덩이는 주춤주춤 자리에서 일어나고 있었다. 빵집 주인이 앞장서자 경관들이 말릴 새도 없이 사람들이 우르르, 몰려 경찰서 밖으로 나왔다. 밖에는 한 사단이나 되는 경관들처럼 어둠이 빽빽하게 진을 치고 있었다.

"뭐야? 이 사람들."

자신의 트럭 앞에 우뚝 선 사람들을 보고 놀란 김학봉이 기다리던 서지오는 잊은 채 막 트럭에 올라타려고 할 때였다. 빵집 주인이 트럭에 누워 있던 자전거를 끄집어 내려 일으켜 세웠다. 빵집 주인이 훌쩍 올라타 자전거 페달을 밟자 꺼졌던 전력이 살아나 주위가 환해졌다. 앞길을 가로막던 어둠이 사라지자 한 떼의 사람들이 '거기'를 향해 걷기 시작했다. 우리는 이제 '거기'로 간다. 걷다가 지루해진 사람들이 노래를 부르고 덩실거리기 시작했다. 텅 빈 도로를 널따란 마당 삼아 사람들은 흥을 돋웠다. '거기'로 가는 길은 유쾌하고 신이 났다. 목소리 높여 떠들고 노래하는 사람들과 열심히

돌아가는 둥근 자전거 바퀴, 그리고 내 자전거 내놔, 라고 소리치며
그 뒤를 따르는 김학봉.

　내일은 돌,
　다방에 앉아서 할매가 삶아준 다슬기나 쪽,
　빨아먹어야겠다.
　아흐 동동 휘이 얄리 두어령성 날라리날라

어쩔까나

★

이 소설은
『조선왕조실록』세종 41권 10년(선덕 3년)에
실려 있는 이야기를 바탕으로 했습니다.

*

　살진 전답과 아름다운 산천 무궁화 삼천리에 풍년이 들고 곱디고운 단풍도 물들건마는 한줄기 들려오는 구슬픈 가락은 과연 누구의 설움 진 소리더란 말인가…….

　오늘은 여러분께 노생*이 가슴 절절한 이야기, 눈물 없이는 들을 수 없다는 그 이야기, 바로, 가혹한 운명의 사랑이야기를 한 자락 보내드릴까 합니다요. 자, 자, 이쪽으로 더 다가들 앉으시라구요. 그쪽 너무 밀지 마시고요. 저 뒤에 총각! 앞에 앉은 처녀한테 그리 딱 달라붙으면 쓰나. 좀 떨어져 앉으라고. 애들은 가라, 애들은

---

* 노생老生 – 말하는 사람이 자신을 낮춰 부르는 말

가. 눈물과 한숨이 절로 흐를 오늘의 이야기는 그야말로 십구금이라 정말 눈물과 한숨뿐일까, 아니란 말씀. 구멍에서 나오는 게 어디 눈물뿐이겠습니까요. 흠, 흠.

오줌 누실 분들 빨리빨리 가서 누고 오시고. 혹시 배 아픈 분들도 얼른 가서 볼일 보고 오시고. 그거 말고 딴 거 마려운 분들도 잽싸게 가서 해결하고 오시고. 자고로 속이 편안해야 이야기도 더 재밌는 법. 은밀한 부분에는 귀를 쫑긋 세워야 하니 마음의 준비들 하시고, 그럼…… 시작합니다요.

*

때는 세종 십년 구월 어느 날. 고요히 잠들었던 하늘이 동쪽으로부터 희끄무레 밝아지기 시작하더니 아침 일찍부터 시작된 장사치들의 외침 소리로 하루의 노동이 시작되었다. 팔려는 사람, 사려는 사람들로 어느새 대구 감영의 선화당 앞 장터는 시끌시끌, 와자지껄. 거기다 오늘은 죄인의 교수형이 있는 날이 아니던가. 온 동리 사람들이 다 쏟아져 나와 목을 빼고 어서어서 죄인이 형장으로 들어오기를 기다리고 있었다.

이윽고, 형졸들이 소복을 입은 가이加伊를 끌고 나와 바닥에 꿇어앉히자 가이는 아무 힘 없이 털썩 자리에 몸을 나리었던 것이다. 그 모양을 보매 사형대 앞에 운집한 군중들 속에서 탄식과 신음이 절로 흘러나오는 것이었건마는 안색이 창백하고 앙상하게 마른 가이는 그저 처연한 표정을 짓고 멍하니 하늘만 우러르는 것이었다. 그렇다면 가이가 보고 있던 하늘은 어떠했을까. 지난밤 가을비가 한차례 쏟아지고 난 하늘은 더할 나위 없이 푸르렀지마는, 다만 가이는 더 이상 눈물도 나오지 않는 충혈된 눈으로 속울음을 토해내고 있었던 것이었다.

"아아. 낭군님은 지금 어느 곳, 어느 하늘을 헤매고 계실까. 한 맺힌 삶 억울한 죽음을 맞이했으니 구천을 떠돌고 있는 건 아닐까."

흠, 흠. 계집의 목소리 같지요? 그것도 아주 꽃다운 여인 말이오. 노생처럼 다 늙어빠진 사내놈이 간드러진 여성의 목소리를 이리 잘 낼 수 있다는 게 이상하지요? 그러나 이래 봬도 남녀노소 할 거 없이 백팔 명의 목소리를 다르게 낼 수 있는 노생입니다, 그려. 그건 차차 얘기하기로 하고……. 자, 돌아갑니다.

그럼 이때 가이의 목소리는 어떠했는가. 낭군도 이 세상에 없고 천지 사방 혼자 몸인데 목전에 죽음을 두고 있으니 피맺힌 목소리로 중얼거리는 것이 아니었겠는가. 구름 한 점 없는 장천長天만 애달픈 한숨 내쉬는 가이를 내려다보고 있었으니 형졸들조차 고개 돌려 눈물을 훔치는 것이었다.

"이제 죽고 나면 저 하늘도 두 번 다시 볼 수 없겠지. 그러나 내가 이제 와서 더 살아 무엇하리. 차라리 죽는 게 행복이 아니겠는가. 죽고 나면 저 높고 높은 하늘에서 내 낭군 부금夫金과 다시 만나 천년만년 해로할 거 아니겠는가."

그렇게 생각하니 가이는 죽음도 두려울 게 없을 거 같았다. 부금의 넓고 따뜻한 품에 안겨 끝없는 하늘을 자유롭게 날 수만 있다면. 관의 눈치를 보지 않아도 되고 사람들이 손가락질하지 않는 그곳에서 부금과 더불어 가없이 행복하겠지. 입가에 절로 미소가 지어졌다. 가이는 사형대 앞에 구름같이도 몰려 있는 많은 사람들을 둘러보았다. 호기심과 질시와 경멸이 뒤섞인 가운데 간간이 동정과 연민과 두려움이 어린 시선들이 가이에게 쏟아지고 있었다.

"그저, 조용히 낭군과 함께 알콩달콩 땅 일구며 살고 싶었는데……. 죽고 나면 부금의 영혼이 내 가여운 몸뚱이를 껴안아주겠지. 그러면 나는 그 넓은 가슴에 안겨 목 놓아 울리라. 여보시오, 형졸 나리……."

가이가 갑자기 고개를 반짝 들어 곁에 선 형졸을 부르는 것이었다. 막 가이의 목에 밧줄을 걸려던 형졸이 깜짝 놀라 들고 있던 밧줄을 떨어트리고는 가이를 내려다보았다. 밧줄을 놓친 형졸의 손끝이 벌벌 떨리고 있었다.

"왜 그러시오."

이쯤에서 한마디 보태겠습니다요. 이 형졸이 왜 그렇게 놀라 자빠질 지경이었느냐. 생각해보소. 죄 없는 줄 천지가 다 아는 가이를 제 손으로 목에 밧줄 걸어 죽여야 하는 자신의 운명이 그러잖아도 기구하다 생각하고 있던 형졸이 아니겠습니까요. 죽어 구천을 떠돌 가이의 혼백이 자신을 원망할 거라고 생각하지 않을 수 없었던 것이지요. 그래서 행여 가이가 마지막 가는 길에 자신에게 저주를 퍼붓지는 않을까, 하마 속으로 조마조마했던 참이지요. 죽음에 임하는 사형수에게 저주를 받은 자는 삼대 안에 집안이 멸한다는 속설이 있지를 않았겠습니까. 그러니 가이의 부름에 염통이 벌렁벌렁했던 것이지요. 물론 곧 죽어야 하는 자를 함부로 대하면 안 된다는 뜻이었겠습니다마는 사형 집행을 담당하는 형졸들 사이에서는 일종의 금기 같은 것이 되었던 것입니다요.

얼마 전에 죽은 옆 동리 형졸 한 놈이 떠오르기도 했더랬습니다. 그 형졸은 한 사형수에게 네놈 아들이 어미와 붙어먹을 것이다, 라는 저주를 받았었는데, 얼마 지나지 않아 과연 정신이 헤까닥 돈 아들놈이 침을 질질 흘리면서 다 늙은 제 어미의 쭈글쭈글한 옥문*을 희롱한 일이 생겼지 뭡니까요. 그 충격으로 마누라는 목매 죽고 정신이 돌아온 아들놈은 낫자루로 뱃가죽을 쑤셔 죽었으니 그 꼴을 본 형졸은 홧병으로 따라 죽었습지요. 에고, 무서워라. 그건 그렇고, 다시 이야기 속으로 돌아갑지요…….

형졸이 벌벌 떠는 걸 알 턱 없는 가이는 다만 애절한 눈빛으로 형졸을 올려다볼 뿐이었더랬습니다.

"부디 내게 한 약조를 꼭 지켜주시오."

가이의 말을 들은 형졸, 그제야 한숨을 내쉬며 가이가 몰래 건넨 옥비녀를 떠올리는 것이었다. 형졸은 안타까운 마음 달랠 길이 없었지만 어쩌겠는가. 나랏님의 지엄한 명이요, 엄연한 자신의 직분이거늘.

---

* 옥문玉門 - 여자의 성기

“걱정 마시오. 뒷일은 내가 책임치고 수습할 테니 모든 원망일랑 다 떨쳐버리고 좋은 곳에서 낭군과 더불어 운우지락雲雨之樂을 나누시오.”

가이는 이 말을 듣고 안심한 듯 조용히 눈을 감는 것이었다. 일순간, 장터의 소음과 형졸들이 부산하게 움직이는 소리, 어딘가에서 밀려오는 희미한 국밥 냄새와 동리 거지들이 여기저기 지려놓은 오줌, 똥 냄새가 사라지고 온전한 적막이 찾아왔다. 고요한 물속처럼 안온한 기분이 된 가이는 눈을 감고 생각하자 지나온 짧은 한평생이 한낱 꿈만 같았다. 부금과 함께해온 나날들 아니었던가. 부금이 아니었더라면 평생 외롭고도 슬펐을 삶이었다. 누군가 결국 죽음에 이르도록 만든 그 사랑을 후회하는가 물으면 가이는 아마 이렇게 대답할 것이다.

“그렇게 묻는 걸 보아하니 당신은 가슴속에서 벚꽃 몽우리가 한꺼번에 터져 그 진동하는 향내에 머리가 어질어질하고, 두둥실 보름달이 꽉 차올라 가슴이 터질 것만 같은 그런 사랑을 해보지 않은 것이구려.”

라고 말이다.

*

경북 청송의 양반가에서 외동딸로 나고 자란 가이는 어릴 적부터 반듯한 용모에 천성이 착하고 인정이 넘치기로 인근에 소문이 자자했다. 가이의 부모 또한 그런 가이를 더없이 귀여워하였다. 가이는 어쩌다 거리에 나서기라도 하면 지나가는 거지들을 몽땅 집으로 끌고 들어와 배불리 먹이고 제 옷까지 주어 보내기 일쑤였다. 그럴 때마다 가이의 곁에는 사노私奴 부금이 그림자처럼 따르곤 했었는데 부금은 혹여 동리의 무뢰배들이 천진난만한 가이 아가씨를 해하지나 않을까, 언제나 노심초사하는 것이었다. 가이가 강보에 싸여 있을 때부터 봐왔던 부금이 아니었던가. 가이는 부금을 오빠처럼 친구처럼 따랐던 것이었다. 크게 풍족하지 않았어도 부족할 것 없는 나날들이었다.

불행은 가이가 열네 살이 되던 해 여름에 몰아닥쳤다. 인근 고을에서 창궐한 전염병이 청송까지 번져 수많은 목숨을 앗아갔는데, 가이의 부모 또한 전염병의 사악한 기운을 이겨내지 못하고 허망하게 지하로 돌아간 것이었다. 가이의 부모는 죽기 직전, 마지막으로 부금에게 가이를 잘 보필할 것을 명했다.

"이리 창졸간에 죽게 되니 아직 나이 어린 가이를 어찌하겠는가. 모쪼록 험한 세상에 가이가 잘 살아갈 수 있도록 네가 밤낮으로 아가씨를 잘 돌봐야 하느니라."

상상도 해보지 못한 부모의 죽음 앞에서 가이는 그저 하염없는 눈물을 흘리고 있었으니 부금은 주인의 명을 가슴에 아로새기면서 반드시 아가씨를 지키겠노라고 다짐하고 또 다짐하는 것이었다. 드디어 부모가 마지막 숨을 놓자, 가이는 그 자리에서 까무라쳤다. 부금은 가녀린 몸으로 통곡하다 지쳐 쓰러진 가이가 안타까워

쉼 없이 눈물을 흘리는 것이었다.

부모가 졸한 뒤, 가이는 집안의 모든 대소사를 부금과 의논해 처리했다. 부모의 명복을 빌기 위해 주왕산의 절에 갈 때도 부금이 앞장섰으며, 험한 산길을 내려올 때는 기꺼이 가이를 등에 업었다. 가이는 따뜻하고 넓은 부금의 등이 너무나 좋았다. 세상천지 혼자 남게 된 자신에게 든든한 버팀목이 되는 부금이 아니던가. 가이는 슬프거나 외로울 때 혹은 울고 싶을 때나 부모가 그리울 때도 부금을 찾았다. 다른 사람들 앞에서는 한없이 당당하고 씩씩한 가이였으나 오로지 부금을 대할 때는 어떤 마음의 벽이나 경계가 없었던 것이다. 그러니 어찌 되었겠는가. 한번 상상해보시라. 하긴 뻔한 일이긴 하지만 말이다.

날이 가고 시절이 흐르면서 인근에 소문이 날 정도로 용모가 활짝 핀 가이, 온갖 일로 굳게 다져진 근육과 다부진 어깨, 구릿빛으로 그은 살갗에 가이에 대한 절대적인 애정을 갖고 있던 부금……. 어느덧 열여섯 살이 된 가이는 익을 만큼 익어 멀찍이서 바라봐도 막 터지기 일보 직전인 처녀가 되어 있었다. 그야말로 선남선녀가 아니고 그 무엇이겠는가. 어느새 서로를 바라보는 눈길에는 수줍은 설렘이 가득했고, 서로를 스치는 손길에는 뜨거운 욕망이 아로새겨져 있었던 것이다. 하지만, 때가 어떤 때인가. 양반과 노비의 신분이 하늘과 땅만큼 차이 지던 조선시대가 아니던가. 신분 질서를 목숨처럼 여기던 시대였으니 부금은 감히 상상 속에서도 가이를 품을 수 없어 나날이 괴로워했다.

그런 마음을 과연 가이가 몰랐겠는가. 가이 또한 언젠가부터 부금을 볼 때마다 부끄러웠고, 부금의 몸에서 나는 냄새를 맡을 때마다 폐가 풍선처럼 부풀어 올랐으며, 부금의 손길이 닿기라도 할라치면 심장이 파르르 떨려 온몸을 진저리치게 되었다. 농립農笠을 쓰고 웃통을 벗어젖힌 채 땀방울을 뚝뚝 흘리며 일하고 있는 부금의 뒷모습을 볼라치면 이유 모르게 마치 심장이 바닥으로 뚝 떨어진 것처럼 가슴이 철렁, 하면서 아랫도리가 불끈거리는 것이었다.

아담한 안뜰에 피어 있던 벚나무에서 한창 꽃망울이 터질 때였다. 한가득 차오른 보름달이 마당을 비추고 있었다. 가이는 이리 뒤척, 저리 뒤척. 쉽게 잠들지 못하고 한숨을 들이쉬고 내쉬다가 바람이나 쐴 요량으로 마당으로 나섰다. 깊은 밤, 나 말고 누가 또 잠 못 들어 하겠는가, 싶어 겉저고리도 걸치지 않은 채였다. 마당 가득 들어찬 꽃향기가 달빛에 환하게 드러난 가이의 몸을 더더욱 달뜨게 만들었다. 가이는 숨을 깊숙하게 들이마시며 이리 걷다 뒤돌아 다시 걷다…… 걷다가 벚꽃이 흐드러진 벚나무 아래서 딱, 부금과 마주치게 되었다. 어디서 온 건지 모를 열기로 잠들지 못한 사람이 어디 가이뿐이었겠는가.

"아가씨……."

"부금……."

"왜 안 주무시고……."

"잠이 안 와서. 그러는 부금은?"

"소인도 잠이 잘 안 와서……."

라고 대답하는 부금의 눈에 속적삼 밑으로 환한 달빛에 드러난 가이의 뽀얀 속살이 드러났다. 부금은 깜짝 놀라 얼른 눈을 바닥으로 떨어트렸다. 바닥에는 소복하게 쌓인 벚꽃잎들이 하얗게 빛나고 있었다. 가이 또한 웃통을 풀어헤치고 잠방이만 겨우 걸친 부금의 몸에 저절로 눈이 가 멈췄다. 단단하고 믿음직한 몸이었다. 불끈 솟아오른 목덜미며 팔뚝의 힘줄에 시선이 가 닿은 순간, 가이는 이상하게 숨이 차올랐다. 마치 온 세상의 공기가 다 없어져버린 것만 같았다. 가이는 견딜 수가 없었다.

"부금……."

"아가씨……."

둘은 서로를 부른 채 어쩌지 못하고 달빛 아래 서 있을 뿐이었다. 흩어지는 꽃잎이 가이의 속살 위에 살포시 떨어졌다. 세상천지 모든 것이 가뭇없이 사라져버리고 오로지 가이와 부금만 남은 것 같았다. 가이가 저도 모르게 부금의 가슴팍으로 뛰어들었다.

"앗. 아가씨. 이러시면 안 됩니다."

"부금…… 왜 안 돼? 말해봐. 부금은 나랑 마음이 다른 게야?"

"아니, 그게 아니라……."

부금은 억센 팔로 가이를 떼어놓는 것이었지마는 가이는 기를 쓰고 부금의 허리를 꽉 끌어안고 부금의 목덜미에 어깨를 묻었다. 목덜미에서 풍겨오는 익숙한 부금의 살내음이 가이의 모든 감각을 일깨웠다. 배운 적 없으나 그야말로 생이지지生而知之요, 익힌 적 없으나 말 그대로 천지생물지심*이 아니고 무엇이겠는가. 가이를 밀어내는 부금의 팔에 힘이 빠지고 있었다. 부금의 품에 안겨 고개를 반짝 든 가이의 입술이 점점 벌어지고…….

잠깐, 쉬어갑시다요. 워. 워. 이런 이런, 저 뒤에 앉은 처자 귓불이 왜 그리 새빨갛소? 총각! 침 좀 그만 삼켜요. 꿀꺽하는 소리에 처자가 놀라잖아요. 자, 이리하여 어찌 되었겠습니까요? 어찌 되긴요, 아시면서…….

벚꽃 잎이 흐드러진 달빛 아래 들리는 소리라곤 서로의 입술과 혀를 빨아들이는 쪽쪽 소리밖에 없었더랬다. 봄바람도 숨을 죽이고 구름도 잠시 멈춰 이들의 하는 양을 물끄러미 넘겨다보고 있었으니 다만 월하노인月下老人만 지긋한 미소를 지으면서 오늘도 한 건 했구먼, 또 어디 좋은 짝이 될 성싶은 남녀가 없나 찾아보자, 하면서 훠이훠이 먼 하늘을 나는 것이었다. 하긴, 하늘에 사는 노인 따위야 지상의 법도와 무슨 상관이리. 그저 굿이나 보고 떡이나 먹으면 그만인 것을. 무슨 신이 떡을 먹냐굽쇼? 아님 말구요. 어찌 됐든.

마음을 확인한 가이와 부금. 아름다운 청춘남녀의 사랑이 막 시작되었던 것이었으니, 먼 곳에서 서서히 폭풍이 일어나는 소리조차 이들의 귓가엔 들리지 않았던 것이다. 양반가의 딸과 노비의 사랑이라니. 아시다시피 섶을 지고 불로 뛰어든다는 옛말은 똑 이럴 때 쓰라고 있는 것이 아니라 할 수 없는 것이었습니다. 그러나 자고로 사랑을 해본 사람은 누구나 알 일이지만 말입니다요, 사랑

---

* 천지생물지심天地生物之心 – 여기서는 하늘의 섭리, 즉 본능

에 빠져 서로만 보이는 남녀에게 어디 그런 거 안중에나 있었겠습니까요. 내일 닥쳐올 폭풍보다야 지금 내 품에 안은 정인의 숨결이 훨씬 더 벅찬 거 아니겠습니까요. 이들도 그랬지요.

시간과 공간이 모두 멎어버린 듯 벚나무 둥치에 기대 서로를 파고들어 어우러지던 가이와 부금. 달도 지쳐 돌아갈 때가 되어서야 제정신이 들었다. 그러자 당장 그들을 기다리고 있는 현실이 생각났다.

"부금……. 이제 어쩌지?"

"어쩌긴요. 뭘 어쩔 수 있겠어요."

"남자가 대답이 뭐 그래? 이럴 땐 여자를 위해 뭐든 척척 알아서 해줘야는 거 아냐?"

"아가씨, 저는 노비입니다요."

"그럼, 어째? 난 이제 부금 말고 다른 사내에겐 맘을 줄 수가 없는데."

"……."

"혼인해."

"예. 예?"

"누가 알겠어? 우리만 잘 살면 그만이지. 날 밝으면 혼례식도 치르자."

"하지만……."

"하지만은 없어. 우린 혼인해야 해. 우리가 서로 말고 누구랑 혼인할 수 있겠어?"

"그건, 그렇지만."

"이제 부금은 내 낭군이 되는 거야. 나는 부금의 예쁜 아내가
돼줄게."

새벽이슬을 맞고 서 있는 가이는 그야말로 홍안미색紅顏美色에
절세가인이 따로 없었다. 부금 아니라 그 누군들 자신과 혼인하자
는 말을 거스를 수 있겠는가.

*

날이 밝자마자 가이는 총총걸음으로 집 안팎을 분주하게 오
갔다. 부금에게 따로 일러 마당에 차일을 치게 했고 병풍과 탁자를
꺼내다 놓아 전안청* 역할을 하게 했다. 가이는 광에서 아껴두었던
안동 소주를 꺼내왔다. 합환주로 쓰기 위함이었다. 기러기 대신 뒷
마당에서 닭을 잡아 와 탁자에 올렸다.

가이와 부금은 그렇게 둘만의 혼례를 치렀다. 단정한 새 옷을
꺼내 입은 가이와 달리 부금은 화려한 사모관대 따위는 바랄 수도
없는 것이었고, 그저 남루한 단의短衣에 미투리를 꿰신은 차림이었
어도 온 우주가 자신을 우러르고 있는 것만 같았다. 아무도 축복해
주지 않고 아무에게도 알릴 수 없는 혼례식이었지만 둘의 마음만
은 굳은 바위 같았다. 떠들썩해야 할 잔칫날이건만 세상이 죽어버

---

* 전안청奠雁廳 - 전통혼례에서 신랑이 기러기를 가지고 신부 집에 가서 절하는 전안의 예를 치
르기 위해 차려놓은 자리

린 듯 고요하기만 했고, 음식 냄새로 가득차야 할 마당은 마른 바람에 폴싹이는 먼지 냄새만 풍겨올 뿐이었다. 다만 이울어가는 햇살이 따뜻하게 둘을 비춰줄 뿐이었으니 가이와 부금은 애써 미소를 지으며 서로를 향해 절을 올리는 것이었다. 표주박 잔에 소주를 한 잔 따라 나눠 마신 가이와 부금은 감모여재도* 앞에 절을 올리면서 부모님께 혼인했음을 알렸다.

드디어 부부가 된 가이와 부금. 신행길조차 없이 그저 가이가 머물던 방을 신방 삼아 서로 손을 맞잡고 들어갔다. 신방 안에는 응당 분위기를 돋워줄 술상이 차려져 있는바, 정갈한 소반 위에 주효^{酒肴}가 올라 있는데 그 안주 등물을 볼작시면, 가리찜, 제육찜, 풀풀 뛰는 숭어찜, 포도동 나는 메추리 순탕에 울산에서 나는 대전복을 잘 드는 칼로 갈매기 눈썹처럼 어슥어슥 썰어놓고, 염통산적, 양볶음과 생률과 숙률, 잣송이며 호두, 대추, 석류가 그득했다. 술병치레 볼작시면 티끌 없는 백옥병과 벽해수상 산호병이 놓여 있는데 술 이름을 이를진대 이적선 포도주, 안기생 자하주, 산림처사 송엽주, 과하주, 방문주, 금로주, 펄펄 뛰는 화주……. 그야말로 임금이 부럽지 않은 술상…… 그런 거 다 없었습니다요. 흠. 흠. 소반 위에는 그저 소주 한 잔에 하얀 무김치와 오이김치, 콩잎나물이 정갈한 꼼새로 올라 있었지요. 그러나 신혼부부 눈에는 나라님이 받는 수라

---

* 감모여재도^{感慕如在圖} – 사당과 위패를 그린 그림으로 집 안에 조상의 사당을 따로 갖지 못한 집에서 흔히 사용했다. 보통 낡은 기와집 사당을 배경으로 그림 중앙에 위패 자리와 제사상이 있었는데 사당 주위에 소나무나 화조, 물고기 등이 도식화된 형태로 그려졌다.

상보다 훨씬 귀한 술상이었습니다요. 그렇다면 베개 두 개가 나란히 놓여 있는 이부자리 옆에 앉아 있는 신혼부부는 어떠했는가.

감히 가이를 똑바로 쳐다보지 못하는 부금. 가이는 다소곳한 몸짓으로 부금의 잔에 술을 한 잔 따르는 것이었다. 그 잔을 들어 홀짝 들이켠 부금. 그래도 목이 타들어가 맹물을 한 사발 벌컥 들이켰다. 대저 신방에서는 신랑이 판을 깔아주는 게 도리 아니겠는가. 그러나 두려움과 괴로움과 묘한 성취감이 범벅된 부금의 손은 쉽게 가이를 향해 뻗지 못했다. 가이라고 어찌 두려움이 없겠는가. 부금과는 또 다른 종류의 두려움과 설렘과 호기심으로 머뭇거리는 것이었고, 혼례를 치르고 신방까지 들어와놓고도 뭘 어쩌지 못하는 부금이 살짝 원망스러웠다. 가이는 부금의 허벅지를 세게 꼬집었다.

"아얏. 아가씨? 갑자기 뭐하는 짓이랍니까?"

"낭군님, 저는 이제 낭군님의 색시랍니다."

"아. 낭군님……. 색시……."

우리 사이에 이런 호칭이 가당키나 했던가. 부금은 혹시나 밖에서 누가 듣고 있는 건 아닌지 귀를 쫑긋 기울였다. 하지만 문밖에는 소리 없이 달빛만 천천히 차오르고 있을 뿐이었다. 가슴을 쓸어내린 부금이 가이를 깊디깊은 눈으로 바라다보는데, 색시라 말해놓고 얼굴을 붉히는 가이. 화용설부花容雪膚가 따로 없었다. 그 모양을 보매 문득 전에 없던 용기가 불쑥 솟는지라. 부금은 일이 이리된 마당에 뭘 더 두려워하랴, 이제 가이는 내 여자가 아니던가, 내

여자를 즐겁게 해주는 일 또한 사내가 응당 해야 할 일이 아니던가,
싶었다.

부금은 떨리는 손으로 간신히 가이의 옷고름에 손을 대었다.
스륵, 풀려 내려간 옷고름 사이로 봉긋, 솟아난 가이의 젖무덤. 흡,
숨을 몰아 들이쉬곤 내처 저고리를 벗겨내자 살벌, 하게 속적삼 사
이로 속살이 드러났다. 속적삼이 풀어지자 드러난 가녀리고 동그만
어깨. 부금은 저도 모르게 그 어깨에 쪽, 입맞춤하고 치마 여밈새마
저 떨궈냈다. 이어 가이에게서 벗겨져나간 다리속곳, 속속곳, 바지,
단속곳…… 어이구야, 많기도 많다. 이래서 언제 들어가고 언제 뭘
하나, 싶은 순간. 가이는 온전한 알몸으로 부금 앞에 드러났다.

이것이 무엇인가. 여기가 어디인가. 나는 또 누구인가. 부금은
정신이 아득한 게 붕새를 타고 태산을 나는 듯했고, 그러다 뚝 떨어
져 바다 속으로 곤두박질치는 듯했다. 바닷물이라도 들이켠 듯 껄
껄 숨을 몰아쉬었고, 지옥불이라도 삼킨 듯 온몸이 훨훨 타올랐다.
이때 환한 달빛이 방으로 스며들었다. 달빛을 받은 가이. 오로지 한
곳, 풍성하고 검은 숲이 달빛을 가리고 있는 가이의 문 앞으로 부금
의 시선은 전진, 전진. 부금은 눈앞에 있는 것이 꿈인가 생신가 몰
라 고개를 절레절레 젓다가 점점 온 우주가 한곳으로 몰려들어 터
지기 일보직전이 되었다.

가이는 또한 어떠한가. 사내 앞에서 알몸이 된 것이 부끄럽기
도 하다가, 터질 듯 탱탱한 처녀의 몸이 일순간 자랑스럽기도 하다
가, 구석에라도 숨고 싶어 고개를 외로 꼬다가, 뭔지 모를 야릇한

마음으로 슬그머니 부금 쪽으로 다가들면서 부금의 목덜미에 깊은 숨을 내뿜다가…… 어느새 훌훌 옷을 벗어던진 부금을 머리부터 아래로 쭉 훑어보았다. 훑어보다가 우주의 중심인 듯 우뚝 선 그것에 눈이 가 멈췄으니 잘 자란 버섯 같기도 하고, 관목숲에서 삐죽 솟아나온 늠름한 삼나무 그루 같기도 했다. 가이는 문득, 두려움과 설렘에 몸을 가눌 수가 없어서 덥석, 그것을 두 손으로 잡고서 몸을 지탱하니 흔들흔들하던 몸이 그제서야 떡하니 바닥에 단단히 붙어 있게 되었다.

혁. 가이의 두 손에 양물을 잡힌 부금은 짧은 비명을 토해내고 그 반동으로 가이의 젖가슴을 잡아 쥐고 흔드니 양손에 가득 들어찬 젖살이 물컹물컹, 흔들리다가 발딱, 일어선 꼭지가 손바닥을 간질였다. 아히힝. 염소 울음소리와 함께 바닥에 쓰러져 누운 가이. 그 위에 그대로 겹쳐 누운 부금. 네 다리가 서로 꼬여 돌아가다가 그만 부금의 우렁찬 두려움이 축축하게 젖은 숲을 지나 깊디깊은 가이의 성문을 활짝 열어젖혔으니. 가이의 옥문 앞에서 드디어 만난 두 사람.

오직 부금에게만 열린 그 문으로 들어가려다 말고……. 부금은 또 머뭇했다. 여기서 무를 수 있지 않을까. 아직 안 했고, 아무도 모르지 않는가. 세상의 모든 눈이 자기를 뚫어져라 보고 있는 듯했다. 감히 모시던 양반의 딸을 내자로 삼다니, 가당키나 한 일이던가 말이다. 부금의 양물은 세상의 법도에 가로막혀 쉽사리 옥문을 통과하지 못하고 근처를 맴돌았다. 옥문 근처엔 무엇이 있던가. 잘 떠올려보시라. 부금의 주저와 세상의 금기는 오히려 옥문을 점점 더 부풀게 하고 가이를 하늘로, 하늘로 이끄는 것이었으니 가이는 문을 열지 않고도 이미 천국에 가 닿는 것만 같았다. 일전에 이러한 황홀함을 맛본 적이 있었던가. 가이는 아득해지는 가운데 저도 모르게 스스로 부금의 양물을 옥문 안으로 이끌었다. 부금의 우려와 의지를 버려두고 스스로 제 갈 곳을 찾아 들어간 그것. 천지자연의 이치가 지상의 모든 것을 넘어서는 순간이었다.

"아얏."

"아프오?"

"아파. 아파. 살살……."

굽이굽이 깊은 사랑, 시냇가 수양같이 척 처지고 늘어진 사랑, 화우동산 목단화같이 펑퍼지고 고운 사랑, 포도 다래같이 휘휘친친 감긴 사랑, 연평바다 그물같이 얽히고 맺힌 사랑아, 은하 직녀 직금* 같이 올올이 이룬 사랑, 하늘 선녀 침금같이 결마다 감친 사랑, 은장 옥장 장식같이 모모이 잠기고 다물다물 쌓인 사랑, 네가 모두 사랑이로구나. 어화 둥둥 내 사랑아! 어화 둥둥 내 사랑이로구나!

마침내 가이의 옥문 깊은 곳에서 만난 두 사람, 체념과 성취감과 완전함이 그득 차올라 두 사람 주위에는 소리 없는 노랫가락이 흘러넘쳤으니, 이들의 탈 승짜乘 노래 좀 들어보소. 나는 달리 탈 바 없어 가이배 잡아타고 탈 승짜로만 둥둥둥 놀아보자. 만첩청산 늙은

---

* 직금織金 – 남빛 바탕에 은실이나 금실로 봉황과 꽃의 무늬를 섞어 짠 직물

범이 살진 암캐 물어다 놓고 이는 빠져 먹던 못하고 흐르렁 흐르렁 어루는 듯, 북해상의 황룡이 여의주를 물고 채운* 간에 넘노는 듯, 부금이 와락 달려들어 가이의 가는 허리를 후리쳐 안고 이리 돌고 저리 돌고. 돌고 도는 물레방아, 덩더쿵. 쿵더쿵. 찧는 소리가 하늘에 닿으리니 이것은 지상의 법을 넘은 승리요, 법도의 금기 위에 일어 선 봉기요, 마치 목숨이라도 건 혁명인 듯 뜨거운 저항이었다.

마침내 새하얀 요 위에 피어난 붉은 꽃무늬. 저항의 흔적인 듯, 봉기의 훈장인 듯, 두 신혼부부의 사랑의 맹약인 듯, 붉고 진하기만 했으니. 부금은 안쓰럽고 고맙고 자랑스러운 마음에 그 붉은 핏자 욱을 부드럽게 쓰다듬는 것이었다. 그 모양을 보매 가이는 더더욱 부금에 대한 사랑이 솟아올라 다시금 부금의 허리를 부여잡고 끌 어당기는 것이었다. 아픔을 지난 그곳에 지극한 즐거움이 뒤따랐 으니, 세상의 온갖 보물 중에 최고라는 육보와 인간의 모든 유희 중 에 최고라는 육희가 제대로 맞아떨어져 그 재미가 자못 진진津津 하 였다.

그렇다면 육보六寶와 육희六喜는 무엇이냐. 이쯤에서 노생이 잠 깐 끼어듭지요. 자고로 육보란 평생을 규방에 사는 규수들이 듣기 만 해도 가슴이 벌렁벌렁, 사타구니가 움찔움찔, 온몸의 열릴 것은 열리고 벌어질 것은 벌어지게 만든다는 바로 그것이었으니, 높이 솟고(앙昂) 따뜻하며(온溫) 머리가 큰 데다(두대頭大) 줄기는 길고(경

---

* 채운彩雲 – 무지개구름

장^壯長) 그 움직임이 힘차며(건작健作) 끝나기는 또 더뎌서 밤을 지새고도 남는다는(지필運筆) 양물이 바로 육보가 아니겠습니까요. 거기, 처녀, 고개 들어요. 괜찮다니까. 처녀도 미리미리 배워두면 좋은 일이지. 안 그렇습니까요.

반면에 육희는 또 무엇이더냐. 거기, 총각. 이 사람이 무슨 말을 할지 아는 얼굴이네, 그려. 고만 웃으라니까. 오늘 밤에 총각 방에 요강 넣어주지 마쇼, 깨집니다. 알았어요, 알았어. 얘기한다니까. 육희란 무엇이냐. 거기 말이지, 뭐. 거기가 말입죠. 이리, 가까이 들 와봐요. 육보가 떡하니, 들어가는 데 좁디좁은 데다(착窄) 뜨겁고(온溫) 또 꽉 물어 잘근잘근 깨무는 것도 모자라(교嚙) 엉덩이는 이리저리 잘도 도는데(요본搖本) 벌어진 입에서는 즐거워 숨 막히는 소리가 끊이지 않고(감창甘唱) 음액이 지체 없이 나오는(속필速畢) 그런, 거시기가 바로 인간 세상의 최고 육희다, 이 말입지요. 저, 저, 저 뒤에 상투도 안 튼 총각이 고개를 끄덕이는 건 뭐요? 어젯밤이 생각나나 보네. 흠흠. 자, 이제 이 사람 말이 맞는지 아닌지는 오늘 밤에 일단 한번 해보고 내일 다시 와서 말씀하쇼, 들. 그럼, 다시 이야기로 돌아갑니다요.

그렇게 육보와 육희가 만났으니, 하. 후아, 후아. 이 노릇을 어쩔까나. 입에서는 깔딱깔딱 숨넘어가는 소리, 밑에서는 쿵덕쿵덕 달밤에 방아 찧는 소리, 밖에서는 지나가던 월하노인이 멈춰 서서 침 삼키는 소리. 부금과 가이는 그야말로 양귀비를 삼킨 듯, 봉황을 타고 나는 듯, 또는 이 세상과 저세상을 무시로 넘나드는 듯 무아지경이니, 날 새는 줄도 몰라 방문 밖으로 새나오는 환성에 하얗게 질린 달도 달아오를 지경이었다. 달마저 잠들고 해가 떠오르기 시작한 시각이 되어서야 온몸이 땀범벅인 두 사람은 깊은 잠에 빠져드는 것이었으니, 가슴속엔 삼생가약*의 맹세가 굳게 새겨져 있었다.

*

세월은 흘러 어느덧 가이와 부금이 혼인한 지도 일 년이 지난 어느 날. 두 부부는 여전히 금슬지우琴瑟之友가 넘쳐 행복한 나날을 보내고 있었다. 마당에서 장작을 패고 있는 부금과 그 곁에서 갓난아이에게 젖을 물리고 햇볕을 쬐고 있는 가이. 시간은 흐르는 듯, 멈춘 듯, 평화롭기만 하고 서로를 바라보는 부부는 연신 미소를 짓고 있었는데…….

탕, 탕, 탕.

거칠게 문 두드리는 소리가 들려왔다.

"누구요?"

"문 여시오. 관아에서 나왔소."

관아라는 말에 가슴이 철렁, 내려앉는 가이와 부금. 가이는 얼른 저고리를 수습하고 부금은 떨리는 손으로 문을 빼꼼 열었더니. 우르르 쏟아져 들어오는 나졸들, 다짜고짜 가이와 부금을 포박하

---

* 삼생가약三生佳約 – 전생과 현생으로부터 후생까지 이어질 굳은 언약

는데…… 간신히 부엌 어멈에게 아이를 맡기고 끌려가는 가이와 부금. 올 것이 왔구나, 하는 결연한 표정에 두고 가는 아이에게서 눈을 뗄 줄 몰랐으니.

여기는 청송 관아. 마당 앞에 꿇어앉은 가이와 부금을 향해 현감이 뇌성벽력처럼 호통을 치는 것이었다.

"근자에 노비 놈이 양녀와 혼인한 일이 있다는 소문이 돌더니만, 감히 네 연놈들이 지엄한 나라법을 어기고도 살기를 바랐더냐?"

"아닙니다요. 쇤네들은 다만 둘이 함께 살기를 원한 것뿐이옵니다. 부디 굽어살펴주시옵소서."

"닥쳐라. 양반의 딸과 노비 놈이 사통한 것도 모자라 나라의 근간까지 흔들려고 하는 것이더냐?"

호통 치는 현감의 소리에 듣는 이 모두 모골이 송연해지는 것이었지마는, 오로지 부금과 가이는 눈을 부릅뜨는 것이었다.

"우리가 사람을 죽였습니까? 도둑질을 했습니까? 어찌 우리더러 죄인이라 하십니까?"

"네 연놈들이 음사淫事에 빠져 사리분별이 안 되는 게로구나."

격노한 청송 현감은 이 사건을 경상도 감영에 보고했으니 경상도 관찰사로부터 하명된 판결은 이러했다.

"대저 양반의 딸과 천민 노비가 서로 혼인하는 것은 나라법으로 엄하게 금지하는 일이다. 그러므로 이는 강상*의 죄를 저지른 것이라고 할 수 있다. 또한 양녀 가이는 양반의 위신을 땅에 떨어뜨렸으니 용서할 수 없다. 노비 부금과 이혼시키고 왜관에 있는 왜인 손다孫多에게 시집보낼 것을 판결하노라."

자, 이것은 어떠한 판결인가. 노비와 혼인했단 이유로 나라에서 강제로 이혼시키는 것도 모자라 왜인에게 억지로 재가를 시키라는 명이었으니, 당시 왜인은 섬나라 사람이라 하여 조선에서는 노비보다 더 천하게 여겼다. 그러니 양반의 위엄을 땅에 떨어뜨린 가이에게 죽음보다 더 치욕스러운 벌을 내린 것이다. 사랑하는 사람과 헤어지는 것도 분통이 터져 죽을 일인데 말도 통하지 않는 천한 왜인에게 시집을 가야 한다니. 가이는 자신의 기구한 운명 앞에 어쩔 줄 모르고 하염없이 눈물만 흘리는 것이었다.

"아. 아. 이럴 수는 없는 일이다. 부금! 아가! 이제 나는 어찌해야 한단 말인가."

이튿날, 강제로 왜관으로 끌려가는 가이는 목이 터져라 울부짖었다.

"부인, 부인. 내 꼭, 꼭 무슨 수를 쓰더라도 꼭, 찾아가리다. 부디 밥 거르지 말고 건강하게 살아만 있어주오."

아이를 안은 부금은 나졸에게 가로막혀 더 이상 가이에게 가다가지 못하고 애타게 부르짖었으니 품 안에 안긴 어린것은 몸을 떨며 앙앙, 날이 새도록 울 뿐이었다.

왜인 손다와의 결혼 생활은 지옥 같은 것이었다. 억지로 시집

---

* 강상綱常 – 삼강오륜에 벗어난 죄. 부모나 남편을 죽이거나 노비가 주인을 죽이는 등의 반인륜적인 범죄로 대역죄 다음으로 중한 범죄다.

온 것만도 복장 터질 일인데 하물며 손다가 가이를 학대하는 것이 아니겠는가. 하긴, 이해가 안 되는 일도 아닌 것이 손다로서도 제 나라를 떠나 머나먼 타지에 와 살고 있는 것만도 서러운데 나라에 큰 죄를 짓고 그 벌로 자신에게 시집온 여자가 아닌가. 거기다 가이는 이미 결혼했던 몸으로 딴 놈의 아이까지 낳아 기르던 몸이 아니더란 말인가.

"아아. 여자 몸으로 태어나 한 남자를 사랑한 것이 이리도 죄란 말인가."

죄 없이 죄인이 된 가이는 하늘을 우러르며 하루도 원망과 탄식으로 지새지 않는 날이 없었다. 이 얼마나 서글프고 비참한 운명이더란 말인가. 가이는 섬섬초월纖纖初月이 뜰 때나 보름달이 가득 찰 때나 그저 달을 보매 부금과 아이가 그리워 하염없이 눈물만 흘릴 뿐이었다.

*

이러한 세월이 흘러갔다. 꽃피고 새 우는 봄철이 지나가고, 한여름 만산은 푸르게 천하를 유혹하고, 산에서 들려오니 제비는 강남을 찾아가고, 낙엽은 부끄러운 듯이 인간 발밑에 밟히고, 마른 나뭇가지에 낮에도 바람이 물결치며, 백설과 빙판으로 하늘이 뒤덮이고 찬바람 부는 북풍 엄동설한이 몇 번이고, 몇 번이고 흘러갔던 것. 흘러가는 세월은 잡을 수가 없으며 마치 영원처럼 길기만 한 것이었으니.

부금은 매일 가이 생각을 하면서 가슴을 쥐어뜯지 않은 날이 없었다. 어미 없는 어린것은 엄마를 찾아 울다 지쳐 잠드는 것이었으니. 딱 한 번만이라도, 가이 얼굴을 단 한 번만이라도 볼 수 있다면 죽어도 좋을 것만 같았다. 열여섯 꽃다운 나이에 혼례를 치르고 달빛을 받으며 신방에 앉아 있던 가이는 얼마나 고왔던가. 꼭 쥐면 터질까, 혹 불면 날아갈까. 낮에도 밤에도 노심초사, 오매불망. 그리 귀히 여기던 가이가 아니던가.

"그래. 가자. 죽기밖에 더하겠는가."

부금은 주저 없이 자리를 박차고 일어났다. 수년의 시간이 흘러 관아의 감시도 소홀해진 때였다. 경북 청송에서 부산 왜관까지 거리가 얼마나 되는지도 몰랐다. 몇날 며칠을 걸었는지 몰랐다. 가지고 간 미투리도 다 헤져 싸구려 짚신을 신고 걷고 또 걸었다. 입술이 부르트고 얼굴은 검게 타들어가 동네 거지꼴이 다 되었을 무렵, 왜관에 닿았다. 묻고 또 물어 손다의 집을 찾은 부금. 마침 손다는 출타하고 없었으니, 드디어 뒷담 아래서 몰래 가이를 만날 수 있게 되었다.

"아…… 낭군님."

"여보…… 부인."

부금과 가이는 한마디도 할 수 없었다. 맞잡은 두 손 사이로 떨어져 흐른 눈물만 흥건할 뿐이었다. 꽃처럼 곱던 가이는 마치 불치병 환자인 듯 해쓱했고, 몸은 비쩍 말라 피골이 상접해 있었다. 남편 잘못 만나 그 곱던 사람이 이리 되었구나. 이 죄를 어찌할꼬. 대체 이 노릇을 어쩌면 좋단 말인가. 부금은 면도칼을 가지고 가슴을 갈래갈래 찢는 것만 같았다.

"낭군님. 돌아가시어요. 이곳은 위험합니다."

"부인, 어찌 이리 상했단 말이오. 모두 내가 못난 탓이니, 이런."

"그런 말씀 마시어요."

가이는 부금의 품에 얼굴을 파묻고 흐느껴 우는 것이었다.

"이만 돌아가시어요. 저는 이미 그 옛날의 가이가 아니랍니다."

"그 무슨 말이오. 당신의 이 모든 고초가 나 때문이거늘. 당신은 여전히 내게 꽃처럼 아름다운 사람일 뿐이오."

부금과 가이는 서로 목 놓아 우는 것이었다. 이토록 애틋한 이들이건마는 무엇을 어찌할 수 있겠는가. 가이를 만나고 돌아온 부금은 속이 홧홧해 잠을 이룰 수 없었다. 밤마다 짐승 같은 손다 놈에게 학대를 당할 가이를 생각하니까 한시도 편한 방 안에 앉아 있을 수가 없었다. 몇날 며칠 비탄의 한숨과 분노의 탄식을 내뱉던 부금. 결심한 듯 입을 앙다물고 떨쳐 일어나 이웃에 친하게 지내던 이내근내李乃斤乃를 찾아갔다. 전답의 반을 주기로 약조한 부금, 이내 근내와 함께 다시 동래의 왜관으로 향했으니…….

달도 없는 그믐밤이었다. 하늘도 내 처지를 딱히 여겨 나를 돕는 것인가. 부금은 불 꺼진 손다의 방문 앞에서 깊은 숨을 들이쉬었다 도로 내뱉었다. 손에 쥔 낫자루의 날카로움도 어둠에 가려 숨죽이고 있었다. 스르륵.

“누구요.”

“쉿. 부인, 나요.”

놀라 깨어 일어난 가이는 부금의 목소리를 듣고 심장이 떨어지는 줄 알았다.

“어찌…….”

가이가 뒷말을 물을 새도 없었다. 부금과 이내근내는 손다에게 다가들었다. 술에 곯아떨어져 깊이 잠든 손다를 내려다보고 있자니 지난 세월 가이가 겪었을 서러움이 생각나 분기가 충천하였다. 낫을 든 팔을 높이 치켜든 부금, 가이를 한 번 뒤돌아보고는 그대로 내리쳤다. 착, 핏줄기가 이불 위에 흩뿌려지고 외마디 비명도 내지르지 못한 손다는 눈이 튀어나올 듯 커지다가, 입이 찢어질 듯 벌어지다가, 손을 들어 올리려다 말고, 그대로 숨통이 끊어졌다. 목줄기에서 콸콸, 쏟아지는 피가 방바닥에 검붉게 번져갔다. 두려움에 목소리조차 나오지 않는 가이. 벌벌 떨며 굵은 눈물을 흘리는 가이. 피칠갑이 된 부금의 손을 잡고 소리 없는 통곡을 하는 것이었다. 옷고름을 뜯어 부금의 얼굴을 닦아주는 가이. 옷고름엔 금세 피눈물이 물들었으니, 부금은 그 자리에 낫을 던져버리고 이내근내와 함께 가이를 부축하고 방에서 나왔다. 피웅덩이를 밟고 나온 발자국들이 걷는 걸음마다 낙인인 듯 바닥에 붉게 가로 새겨졌다.

부금과 가이는 어둔 밤을 틈타 도망쳤다. 달빛도 구름 뒤에 숨어 이들의 발길을 재촉했다. 산을 넘고 고개를 지나, 다시 고개를 넘고 넘어…… 아리랑 아리랑 아라리요, 아리랑 고개를 넘어 간다.

고개는, 고개는 끝도 없이 가이와 부금의 발목을 잡고 고개는, 고개는 사랑하는 이들의 가슴을 쥐어뜯어 고개는, 고개는 눈물과 한숨으로 켜켜이 쌓여갔나니. 정신이 나간 듯, 혼백이 빠진 듯, 휘이휘이 바닥을 딛지 못하는 걸음은 어느새 청송의 정겨운 집, 이들이 만나고 사랑하고 헤어졌던 바로 그 집으로 향하고 있었다. 깊은 밤 동네 앞에 당도한 가이와 부금. 잠시 멈칫하는 것이었으나 달리 이곳 말고 어디로 갈 수 있겠는가. 가이와 부금은 힘겹게 미소 지으며 서로를 바라보는 것이었다. 그리고 두 손을 꼭, 맞잡은 채 그립고도 그리운 집으로 들어갔다.

이 얼마 만에 맡아보는 냄새인가. 방에 들어서자마자 가이는 두 팔을 벌리고 익숙한 내음을 깊숙이 들이마셨다. 방 안에는 가이가 나고 자라면서 공기처럼 자연스럽게 호흡했던 편안하고 향기로운 냄새가 가득 차 있었다. 그래, 내가 있어야 할 곳은 여기야. 바로 부금의 옆자리인 게야. 가이는 헝클어진 머리를 손으로 쓸어 넘기고 흙투성이 옷매무새를 가다듬었다. 부금은 그저 하염없이 가이를 바라다보고 있었다. 다른 건 아무것도 필요 없었다. 가이가 이렇게 옆에 있으니 무엇이 더 필요하겠는가. 부금은 와락 가이를 끌어안았다.

그렇게 떨어져 있던 둘이 드디어 하나가 되었으니. 죄도 없이 죄지어서 더욱 불타는 마음들이 아니겠는가. 피 묻은 그리움과 서러운 눈물이 범벅되어 서로의 더러운 옷가지를 벗겨내는 손길은 더없이 간절하기만 했다. 여지없이 드러난 속살, 어느새 빈 몸이 된 가이와 부금은 서로를 향해 가만가만 다가갔다. 불꽃에 덴 듯 타오르는 눈길들. 그래 이제 다시 혼자가 아니구나. 무슨 말이든 해서 무엇하랴. 고요한 언어가 둘을 감싸 안고 뜨겁게 흘러다녔다.

몸짓으로 풀어낸 흥건한 그리움, 가이는 너무나 기쁜 맘으로 부금의 품으로 몸을 나리었다. 갈 곳 몰라 쓸쓸하던 몸과 몸이 다시 만나 요철凹凸이 딱 들어맞으니 그 황홀경은 천국과 지옥을 넘나들고 삶과 죽음을 가로지르며 하늘과 땅 사이를 무시로 널뛰는 것이었다. 춤이거나 바람이거나 눈물이거나…… 가이가 기뻐 내지르는 소리에는 눈물이 묻어 있고 가이의 허리를 꽉 부여잡은 부금의 손등에는 핏물이 묻어 있었다.

"미, 안, 하, 오……."

"미, 안, 해, 요……."

찔꺽찔꺽. 꺽꺽 넘어가는 숨소리에 미안하단 한마디가 지극한 애무인 듯, 뜨거운 유혹인 듯, 눈물과 함께 흘러내렸다. 무모함은 금세 거짓말처럼 아물고 할딱이는 가쁜 숨은 무덤가에 불어넣는 깊은 호흡인 듯 하리하리 꽃으로 피어나고 옥문 안에서 만난 두 사람은 어느새 우뚝 산 하나를 지어내었다. 그 산 주위를 싸고 도는 깊고 검고 질척한 늪. 찐득한 늪 속에 마지막 한 방울 눈물이 돌아드니 가이와 부금은 눈물 속에, 늪 속에 빠져 온몸이 푹 젖어들었다. 운우지정雲雨之情으로 꼬박 지샌 밤이었다.

창호지 바른 문 틈으로 하얗게 바랜 햇살이 비쳐 들어서야 두 사람은 서로에게서 떨어져 나왔다. 그 빛에 부신 듯 서로를 바라보는 가이와 부금. 새하얗던 요는 땀과 눈물과 애액과 정액이 스며들어 질척거렸다. 밤새 거친 길을 필사적으로 달려, 내달리느라 시퍼렇게 멍든 온몸, 서로에게 부딪치며 서로에게 파고들며 죽을 듯이 교합하던 지난밤의 고스란한 흔적이었으니 가이와 부금은 서로의 몸에 새겨진 푸른 멍을 손으로 쓰다듬고 혀로 핥았다. 그리고 나란히 누워 밝아오는 새벽빛을 바라보았다. 새 우는 소리가 방문을 넘어 들어왔다. 그러고 있자니 순간이 영원인 듯, 세상이 멈추고 이대로 굳어진 듯, 고요하기만 했다. 오로지 너를 사랑한다는 한마디, 건네고 싶었다. 어쩔까나, 이내 사랑…….

*

청송의 어느 마을 어둔 방 안에서 시간이 멈춰 흐르지 않는 듯, 혹은 온 우주의 폭풍이 다 그곳으로 쏟아진 듯 출렁이고 있던 그 시각. 부산의 왜관에선 그야말로 난리가 났더랬으니 나라에서 허락한 일본과의 유일한 외교 통로가 왜관이 아니었던가. 그곳에서 일어난 살인 사건은 그야말로 온 나라를 발칵 뒤집어놓는 큰 일이 아닐 수 없었다. 유래 없이 빨리 사건 소식이 한양까지 들어갔고 형조에서는 지체 없이 부금과 가이를 용의자로 지목해 두 사람을 잡아들였다. 사안이 중한지라, 형조판서 노한이 직접 심문했다. 결국 애정 문제에 얽힌 치정살인으로 밝혀졌으나, 노한은 내심 가이와 부금이 안쓰러운 마음이 들었다. 그래서 세종에게 다음과 같이 계를 올렸다.

"가이라는 양녀가 전남편 부금과 이웃 사람 이내근내와 공모하여 남편 손다를 죽였으니, 가이는 나라법에 의해 능지처참陵遲處斬해야 할 것이나 사정을 살피자면 이렇습니다. 가이는 애초 나라의 강제명령에 의해 남편 부금을 버리고 손다에게 억지로 시집갔던 것이니, 음란하고 방자해서 남편을 죽인 경우와는 사뭇 다릅니다. 청컨대 가이는 일등을 감해 교형에 처하는 율로 비부*하고 부금은 참수형에 처하며, 이내근내는 공모자일 뿐이니 교형絞刑에 처하소서."

세종이 사연을 듣고 보니 딱한 맘이 들었지마는 나라의 기강에 관련된 문제인 데다, 사대부들이 두 눈을 부릅뜨고 지켜보는지라, 비록 왕이라 하더라도 이들을 구제해줄 수는 없었다. 다만 노한의 청을 받아들여 가이를 능지처참하는 것만은 막도록 처결했던 것이었다.

잠깐, 노생이 좀 끼어듭지요. 여기서 능지처참이란 무엇이냐. 일단 죄인을 죽인 다음, 그 시체를 머리, 왼팔, 오른팔, 왼다리, 오른다리, 몸통의 순서로 찢어 각지에 보내 여러 사람들에게 보이는 형벌입지요. 그러니 죽어서도 편안히 잠들지 못하고 그 혼백이 구천을 떠도는 무시무시한 형벌입지요. 또한 참형은 회자수劊子手라 불리는 망나니가 목을 베어 죽이는 것을, 교형은 목매달아 죽이는 형벌을 말합니다요. 아무튼.

---

* 비부比附 – 죄에 맞는 조항이 없을 때 비슷한 조문條文이나 전례에 따라 적용하던 일

각각 참수형과 교수형을 받게 된 부금과 가이. 판결이 떨어지자마자 사형수들은 대구 감영으로 압송되었다. 옥사에 쓰러져 있던 가이, 마지막 힘을 내 일어나 관찰사 뵙기를 청했다.

"그래, 무슨 일이냐."

"죽기 전에 청이 한 가지 있사옵니다."

"말해보아라."

"제 남편 부금의 시신을 제가 스스로 수습할 수 있도록 허락해주십시오. 이렇게 복망伏望하옵니다."

가이는 이마를 땅에 조아리며 진심으로 빌었다. 자고로 죽음을 앞에 둔 사람에게는 누구나 너그럽게 대하는 법. 인면수심의 잔인한 사람이 아니라면 누군들 외면할 수 있으리오. 관찰사는 측은한 마음에 그렇게 해도 좋다는 영을 내렸다. 그렇게 해서 가이의 형 집행은 부금의 처형일 다음 날로 정해졌다. 가이는 묏자리를 청송의 집 근처로 하고 싶었으나 대구 감영에 갇힌 처지가 아닌가. 가이는 청송을 바라보고 누운 작은 언덕 위, 바람과 달빛이 무시로 드나드는 한적한 곳에 부금을 안장할 채비를 마쳤다.

마침내 부금의 참수형 날. 가이는 마지막으로 부금을 만날 수 있었다.

"……"

"……"

서로를 마주한 가이와 부금. 손을 맞잡은 채 아무 말도 할 수 없었다. 그저 하염없이 눈물만 흐를 뿐이었다.

“미안하오. 나와 혼인하지 않았다면 양반과 결혼해 행복하게
잘 살았을 것을……”

“그런 말이 어디 있답니까. 우리는 서로 다른 날 이 세상에 왔
으나 죽음을 함께하니 죽어서도 함께 있을 것입니다.”

“부인……. 지켜주지 못해 미안하고, 또 미안하오.”

“잊지 마시어요. 저는 당신의 가이입니다.”

서로를 바라보는 가이와 부금의 눈길은 그 어느 때보다 사랑
으로 가득찼다. 마치 처음 사랑에 빠졌을 때와 같았으니, 열여섯 꽃
같던 그때, 다부진 몸으로 세상이라도 짊어질 수 있을 것만 같던 그
때, 환한 달빛 아래 가슴 떨리던, 두려움과 설렘으로 숨 가쁘게 서
로의 품을 찾아들었던 바로 그때로 돌아가고 있었다.

“부금……”

“가이……”

둘은 마지막 입맞춤을 했다. 비록 더럽고 무서운 옥사 안이었
으나 길고도 진한 입맞춤은 지상에서 끝나지 않고 하늘로 이어질
듯 황홀한 것이었다. 마침내 형졸들에 의해 사형장으로 향하는 부
금. 오라에 묶인 가이는 멀리서 부금의 모습을 지켜보았다. 대구 감
영 선화당 앞 공터에 사형대가 만들어졌다. 관찰사는 이미 도착해
있었다. 부금이 끌려나오자 모여 있던 사람들 입에서 저마다 탄성
이 터져 나왔다. 부금은 웃통이 벗겨지고, 겨드랑이에는 긴 장대를
넣어 묶이고, 양쪽 귀에는 화살이 꽂혀 있었다.

귀에 화살은 왜 꽂는 것이나굽쇼? 참수형을 당하는 사형수가

최후의 순간에 발악하는 것을 막기 위함이지요. 화살이 귀에 꽂힌 고통으로 인해 형 집행 전에 벌써 정신이 나가버리니까요. 부금도 이미 정신이 혼미해진 듯 눈빛이 흐려져 있었습지요. 형은 지체 없이 진행되었습니다요. 사형수가 정신이 돌아오기 전에 끝내야 하니까요.

판관이 판결문을 읽자 곧이어 회자수가 커다란 칼을 들고 등장했다. 사람들이 흡, 숨을 죽이는 순간이었다. 회자수는 부금을 싸고 돌며 덩실덩실 춤을 추었다. 갑자기 하늘이 캄캄해졌다. 먹구름이 해를 가리고 천지를 호령하듯 번개가 몰아치더니 비가 쏟아지기 시작했다. 마른 가을 하늘에 흔치 않은 큰비였다. 사람들이 여기저기서 웅성대기 시작했다. 누군가 억울한 죽음 때문에 하늘이 노한 것이라 했고, 누군가는 양반 노비가 없는 세상이 있었으면 좋겠다고 속삭였으며, 또 누군가는 억울하게 죽는 자의 혼백이 이 나라에 저주를 내릴 거라 중얼거렸다.

사형은 중단 없이 진행되었다. 회자수가 탁주를 한 모금 입에 물더니 푸우, 칼에 내뱉은 뒤 다시 형장을 돌며 춤을 추었다. 거칠게 내리는 빗줄기도 따라서 이리저리 흔들렸다. 그때, 회자수의 칼이 빗줄기를 가르며 부금의 목 위로 떨어졌다. 칼이 떨어진 곳에서 핏줄기가 거꾸로 솟았다. 보던 사람들도 파르르 몸을 떨었다. 가이는 눈을 질끈 감았다 떴다. 쓰러지려는 몸을 기어이 버티며 꼿꼿하게 서 있었다. 모든 것이 현실 같지 않았다. 눈물도 나지 않았다. 눈을 다시 감았다 뜨면 꿈에서 깨어날 수 있지 않을까. 그저 눈만 연신 깜박이는 것이었다.

형졸들이 소반에 부금의 머리를 얹어 판관에게 가져가 보였다. 판관이 고개를 끄덕였다. 죄인의 죽음을 확인하는 절차였다. 약속대로 부금의 시신을 수습한 가이. 야트막한 언덕 위에 부금을 묻고 그 옆에 앉아 하염없이 청송 쪽을 바라보았다. 내일이면 여기에 같이 누워 그 옛날 행복했던 때로 다시 돌아가 영원히 함께 살 수 있겠지. 흙 한 줌을 손에 쥔 가이는 희미한 미소를 지으며 저 멀고도 높은 하늘을 우러러보았다.

"내가 죽은 뒤에 이곳에 함께 묻어주오."

가이는 옥사로 돌아온 뒤 형졸에게 옥비녀를 뽑아주며 마지막 당부를 했다.

"세상이 다 그런 거요. 너무 억울하다 생각지 말고 저세상에서는 양반 노비 없는 곳에서 남편과 함께 행복하게 사시구려."

비녀를 받아 든 형졸은 안타까운 마음에 가이의 부탁을 꼭 들어주겠노라 다짐하고 또 다짐하는 것이었다.

*

이튿날. 한바탕 가을비가 쏟아지고 난 하늘은 시리게 푸르렀다. 형장 바닥엔 어제 부금이 흘린 피가 채 씻겨나가지 않은 채 말라붙어 있었다. 바로 그 위에 설치된 단 위에서 오라에 묶인 가이가 형 집행을 기다리고 있었다.

"죄인은 고개를 들라."

관찰사의 목소리가 날카로운 창인 듯 가이의 심장을 찔렀다.

"죽기 전에 하고 싶은 말이 있는가."

"아무런 원망도 남아 있지 않습니다. 다만 소인이 죽은 뒤 부금과 함께 묻어주시기를 청하나이다."

가이의 말에 모여 있던 군중 속에서 또 탄식이 터져 나왔다. 여인네들은 눈물을 훌쩍거리기도 했다. 형졸들도 들리지 않게 혀를 찼다.

"그리 하라."

가이는 자리에서 일어나 관찰사에게 절을 올렸다. 진심으로 고마운 마음이었다. 지체 없이 판관이 판결문을 읽었다. 형졸들이 가이를 일으켜 세워 목에 밧줄을 걸었다. 가이는 잠깐 먼 하늘을 바라본 뒤 눈을 꼭 감았다. 감은 눈에 미소를 짓고 있는 부금이 떠올랐다. 가이도 또한 열여섯 처녀처럼 수줍게 미소 지었다.

"형 행刑行!"

관찰사의 명이 떨어지자마자 덜컹, 가이의 발아래 판자가 밑으로 떨어졌다. 새하얀 소복을 입은 가이가 허공에서 대롱대롱 발버둥치다가 이내 축 늘어졌다. 여인들은 비명을 질렀고, 사내들은 혀를 끌끌 찼다. 사람들이 흘린 눈물이 흘러흘러 바닥에 지워지지 않는 골이 새겨졌다. 구름 한 점 없이 푸르고 높은 하늘이 마치 탄식하듯 일순간 어두워졌다. 마지막 숨이 끊어진 것을 확인한 형졸들이 공중에서 가이를 끌어내려 바닥에 눕혔다. 핏기 없는 죽은 자의 얼굴에는 아직 미소가 희미하게 남아 있었다. 형졸들은 가이의 시신을 수습하면서 속으로 좋은 곳으로 가기를, 그래서 죽은 부금과 함께 이제는 눈물 없이 행복하기를, 진심으로 빌어주는 것이었다. 그리고 각자 집으로 돌아가 자식들에게 살고 싶으면 절대, 양반들에게 대들면 안 된다고 가르치고 또 가르치는 것이었다.

■ 여러 가지로 도움 말씀을 주신 이수광님께 감사드립니다.

첫눈과 소원과
백일몽 사이에 숨겨진
잔인한 변증법

터널을 빠져나오면서 다시 눈발이 시작되었다. 첫눈답지 않게 굵은 눈송이가 열차 창에 부딪히면서 차가운 제 체온을 잃고 눈물처럼 흘러내렸다. 낯선 소도시 풍경을 배경 삼아 흘러내리는 눈雪물은 주르륵, 흐르지 못하고 중간에서 뚝뚝 끊겨 눈물이라기보다는 콧물처럼 보이기도 했다.

나는 괜히 코를 훌쩍, 들이마셔 콧물을 단속하고는 바닥으로 추락하거나 혹은 열차 창에 부딪혀 액화液化하는 첫눈을 멍하니 바라보았다. 그러다 저항하듯 커튼을 쳤다. 평일 낮 시간이라 그런지 승객이 많지 않았다. 화농성 여드름이 잔뜩 나 있는 군인은 휴대폰으로 누군가와 통화를 하고 있었는데 무슨 일인지 목에 핏대를 세우고 있는 바람에 여드름이 더욱 붉게 도드라졌고, 고개를 흔들어

대며 자고 있던 초로의 남자는 군인이 큰 소리로 떠드는 통에 놀라 깨서는 멍한 눈으로 주위를 두리번거렸으며, 인조 퍼 코트를 걸친 젊은 여자는 차려 입은 티가 역력하지만 싸구려 티가 나는 바람에 어쩐지 애처로워 보였다. 그리고 한 쌍의 젊은 연인. 맨 구석 자리에 깊숙이 앉아 있어 뭐 하고 있는지 눈에 보이진 않지만, 무슨 짓거리를 하고 있는지 훤히 알 만해서 그들의 흥분과 달뜬 열기 때문에 도무지 여자의 다이어리를 읽는 내내 집중하기가 어려웠다.

　　…… 양진으로 들어설 때면 나는 늘 기묘한 공기의 흔들림으로 내 영혼의 위치를 실감하곤 한다. 장소나 공간에 의해 한 사람의 생이 달라질 수 있는 가능성은 얼마나 될까. 내 경우에는 마치 전생과 이생처럼 그 경계가 뚜렷하다. 내가 살았던 대도시와 다르게 양진의 공기는 더 차갑게 가라앉아 있으며 그 달콤하고 신선한 냄새는 내가 이방인이라는 사실을 새삼스럽게 깨닫게 해준다. 양진에서 나는 완전한 외부인이며 일종의 장기 여행자에 불과하다. 나는 양진에서 오로지 시간을 소비하고 있을 뿐이며, 그럴 수 있다는 사실이 맘에 든다. 기분 좋은 일이다. 마찬가지 이유에서 나의 양진행은 일종의 도피이기도 하지만, 동시에 안온한 해방이기도 하다. 적어도 그가 다시 나타나기 전까지는 그랬다. ……

다이어리에 빼곡하게 적힌 글들은 일기 같았지만, 내게는 풀기 어려운 암호 같아서 무슨 뜻인지 잘 알 수 없었다. 그랬지만 뭐랄까, 거기에는 엄청난 상품이 걸린 퀴즈처럼 강하게 나를 끌어당기는 힘이 있었다. 예를 들면, 수백만 원이나 한다는 샤넬백이 일등 상품인 다음과 같은 퀴즈. '빙하기에 갈라파고스에서만 서식했던 포유류로 다리가 여덟 개에서 열여덟 개까지 다양하며, 머리가 세 개인 데다, 코와 입 대신 배꼽으로 호흡하고, 다른 동물들이 싸놓은 똥을 먹이로 먹었으며, 교합을 할 땐 집단으로 한꺼번에 수백 마리가 모여 사랑을 즐겼다고 알려진 동물은 뭘까요?' 하는 문제. 요컨대 어처구니가 없지만 시크한 블랙 컬러에 은은한 광택이 도는 질감, 들고만 있어도 온몸에서 우아함이 줄줄 흐를 것 같은 그 백을 생각하면 포기하고 잊어버릴 수도 없는 희한한 문제.

나는 살면서 몇 번이나 내 영혼에 대해 궁금해했을까…… 생각하다 보니 갑자기 나 자신이 한심해지는 게 아닌가. 지금까지 큰일 없이 살아오면서 대단한 인물이라 생각해본 적은 없지만 그렇다고 한참 질 떨어지는 인간이라고 자책해본 적도 없는데. 어쩌면 나는 거기서 멈췄어야 했는지도 모른다. 하얗고 굵은 첫눈이 내리는 첫새벽, 아직 태양도 잠들어 제 할 일을 시작하기 전, 인적이 드문 길거리에서 어깨를 웅크린 채 잠시 고민하는 척하다가 그대로 집에 돌아가 더운 물에 몸을 씻고 발톱을 깨끗하게 깎은 다음, 어제 사다 놓은 장충동 할머니 족발을 뜯어 먹고 시원한 맥주를 꺼내 마신 다음, 그리고 발 뻗고 잤더라면. 그랬다면…… 약간 잠을 설치고 거기까지 따라온 쓸데없는 생각을 떨쳐내느라 좀 세게 가위에 눌렸겠지. 그랬어도 대충 일어나 언제 그랬냐는 듯 샤워를 하고 실컷

게으름을 피운 뒤, 어스름이 단칸방 창문을 점령할 때쯤 동대문 도매시장의 구두 매장으로 출근했겠지.

하지만 영혼 어쩌고 하는 생각은 속도가 절정에 이른 뜀박질처럼 적당한 선에서 멈추지 못하고 더 나아갔다. 내가 먹고사는 것 말고 좀더 고차원적인 문제에 대해 고민해본 적이 있었던가, 하는 일종의 회한과 반성과 갑작스런 깨달음의 감정이 마구 뒤섞인 채로 저 밑바닥에서부터 불쑥 밀려 올라와버린 것이다. 그러자 다른 무엇보다 나 자신에 대해 아는 일이 절실해졌다. 어쩌면 나는 그 때문에 갑작스레 열차를 타고 양진행을 택한 건지도 모른다. 그러나 고백하자면, 열차를 타고 오는 내내 설렘이나 호기심, 혹은 낯선 장소나 익숙지 않은 행동 패턴에 대한 두려움보다는 체념에 가까운 기분을 벗어나지 못하고 있었다. 내 처지에 영혼이나 정체성 따위를 운운한다는 게 대체 말이나 되는가 말이다. 단 한 번도 시도해본 적 없으니 실패할 건 뻔한 일 아닌가. 그러니까, 돌발적인 이 여행은 그 체념에 대한 확인 차원인 건지도 모른다.

"다음 도착할 역은 이 열차의 종착지인 양진, 양진입니다. 승객 여러분께서는 잊으신 물건이 없는지 다시 한 번 확인해주시고 가시는 목적지까지 안녕히 가십시오. 오늘도 저희 열차를 이용해주시어 대단히 감사합니다. 우리 열차는 승객 여러분의 편안한 여행을 위해……" 어쩌고 하는 안내 방송이 흘러나오자 연인들은 고개를 쑥 내밀어 주변을 살핀 후, 옷매무새를 가다듬기 시작했다. 오래된 시트 때문인지 뭔지 모를 비릿하고 음험한 냄새가 공중에 떠다니다가 사람들이 풀썩거리는 통에 살비듬 냄새에 뒤섞여 한층 더 은밀해졌다.

열차가 속도를 줄이기 시작했다. 엄청난 속도를 이기지 못해 형체 없이 흐르기만 하던 바깥 풍경이 차츰 제 몸을 반듯하게 일으켰다. 굵은 눈발이 쳐놓은 주렴 너머로 낯선 장소의 뒷모습이 드러났다. 철로 바깥쪽 플랫폼을 사이에 둔 그곳의 모든 건물과 주택들은 양진역을 등지고 있었다. 차마 건물이라 부르기도 민망한 낡은 상가 건물들의 뒷모습은 밋밋하고 지저분하며, 매끈한 구두 뒷굽에 나 있는 상처처럼 흉물스러웠다.

역 앞에서 택시를 기다리느라 한참을 떨었다. 유난히 겨울에 눈이 많이 온다는 명성답게 양진에서 나는 폭설 속에 간신히 버티고 서 있는 눈사람 신세였다. 한적한 시골역에선 열차 도착 시각에 맞춰 미리 기다리고 있는 택시란 기대하면 안 되는 것 중 하나인 모양이었다. 같이 내린 몇 안 되는 승객들은 벌써 어디론가 가버리고 혼자 꾸물거리다 어쩔 줄 모르고 서 있자니 몸속으로 얼음송곳이 파고드는 것 같았다. 역무원에게 도움을 청해볼까 싶었지만 좁아터진 역사 안 어디서도 사람 하나 구경할 수 없었다. 갑자기 장충동 할머니 족발이 사무치게 그리워졌다. 아! 시원한 맥주에다 족발 안주란⋯⋯. 슬슬 후회가 되기 시작하면서 밤새 꼬박 동대문 구두 매장에서 구두를 팔고 돌아온 온몸에 극심한 피로감이 몰려들었다.

별 수 있나. 걷기로 했다. 한 걸음⋯⋯ 열두 걸음⋯⋯ 서른네 걸음⋯⋯ 일흔여섯 걸음⋯⋯ 택시! 저기요! 택시!

“아저씨, 여기로 가주세요. 여기요, 여기.”

나는 얼음 입자가 박혀 잔뜩 곱은 손가락으로 힘겹게 여자의 다이어리를 꺼내 들고는 포켓에 꽂혀 있던 편지봉투를 내밀었다.

“어디요? 이거 눈이 어두워서 요즘은 통 글자가 안 보여놔서.”

택시 기사의 뒤통수는 눈폭탄을 뒤집어쓴 내 머리통보다 하얬다. 기사의 손등에는 까만 눈송이들이 잔뜩 내려앉아 있었다. 그러고 보니 이상한 냄새도 나는 것만 같았다. 나는 순간적으로 질 나쁜 병원균이라도 쫓아버리듯 손을 홰홰 내저었다.

“여기요. 여기 봉투에 적힌 주소요. 양진시 용길면 산하리 칠십칠 번지.”

“어디? 산하리?”

네, 산하리 칠십칠 번지요, 라고 대답하려는데 택시 기사의 늙은 목소리가 내 입을 막았다.

“이 아가씨가 장난해? 가뜩이나 손님도 없는데 눈까지 와서 마지막 손님만 태우고 들어가야지 했는데, 뭐?”

뭐가 문젠데요, 하려다가 예고 없이 밟은 브레이크 때문에 울컥, 몸이 앞으로 쏠렸다.

“엎어지면 코 닿을 데를 사지 멀쩡한 아가씨가 말야, 늙은이를 놀리는 것도 아니고.”

누가 알았나. 내쫓기듯 택시에서 내려 다시 걸었다. 걸어오던 방향이었다. 하지만 얼마 못 가 틀렸다는 생각이 드는 게 어찌된 일인지 갈수록 인가가 드물어졌다. 대신 추수가 끝난 너른 논에 하얗게 눈이 쌓이고 있었다. 방향을 바꿔 또 걸었다. 소복소복 머리통 위로 내리는 눈은 그칠 줄 몰랐고, 내 온몸은 얼어가는 중이었다. 그런 나를 버려두고 세상은 온통 고요하게 가라앉고 있었다.

역사 안으로 다시 들어서자 직원인 듯 보이는 한 노인이 마침 연탄집게로 연탄을 꺼내 나오고 있는 중이었다. 그러고 보니 한쪽 구석에 놓인 난로에서 온기가 번져오고 있는 게 느껴져 다리가 저절로 그쪽으로 이끌렸다. 외투 주머니에 들어 있던 두 손이 먼저 나와 난로 쪽으로 다가들었다. 살 거 같았다.

"이제 막 불 붙이려는 건데?"

좀 비켜봐요, 하면서 나를 밀치고는 난로 뚜껑을 여는 노인. 두 손이 수줍게 오므라들었다. 빨갛게 불이 붙어 있는 연탄 한 장이 그제야 통 속 깊숙이 들어갔다.

"아, 저기요."

돌아서서 어디론가 또 사라지려는 노인을 붙들었다. 노인은 눈으로만 뭐요? 하고 물었다. 철도청 소속 모자를 쓰고 있지 않았더라면 틀림없이 연탄 가게 주인으로 생각했을 것이다.

"저, 그게…… 이거요."

이게 아니었는데…… 생각하면서 내 손이 내민 건 국제항공 우편봉투였다. 서울 가는 열차표 물어보려던 건데…….

"연탄 한 장 더 가져오고 돋보기도 쓰고 올 테니 조금만 기다려요."

노인은 힐끔 봉투를 흘려 보고는 다시 돌아섰다.

“아니, 그게 아니고. 서울 가는 열차 언제 있어요?”

“내일 아침이요.”

“네?”

“내일 아침이라구. 젊은 아가씨가 혼자서 이런 덴 왜 들어왔을 꼬?”

어깨가 저절로 떨어졌다. 그와 달리 손은 난로 통 속으로 막 들어가려는 찰나였다. 손톱만 한 온기를 느끼고 나니까 진짜 좀 나아진 기분이었다.

“어디 보자. 응, 칠십칠 번지? 바로 코앞이구먼.”

연탄 한 장을 더 난로에 넣은 노인이 국제 우편봉투를 받아 들고는 코앞까지 가져가 읽었다.

“그런데 정말 오늘 서울 가는 기차 없어요?”

“없다니까. 여기는 영동선 종착역에서 연장된 선이라 하루 한 번만 열차가 들어오거든. 올해는 첫눈이 굉장하네.”

연탄 두 장이 들어간 난로에서 아지랑이가 피어오르기 시작했다. 내 눈이 개찰구 밖으로 노인의 시선을 따라갔다. 플랫폼과 선로엔 열차 자국이 뽀얗게 지워져 있었다. 흉터 같았던 그 너머 건물들 풍경도 하얗게 가려졌다. 노인이 어깨에 걸치고 있던 수건을 건넸다.

“고맙습니다.”

진심이었다. 뽀송뽀송한 수건이 물이 되어 떨어지고 있는 첫눈을 조용하게 빨아들였다. 도로 수건을 받아 든 노인이 솜이 누벼진 두툼한 바지를 수건으로 탁탁 털어냈다. 까만 분진이 공중과 바닥으로 흩날렸다.

"이런 시골엔 왜 온 거요?"

"켁켁. 저…… 그게 아는 언니를 찾아왔어요."

"그렇구먼. 바로 저기요. 산하리 칠십칠 번지."

노인의 기관지는 연탄가루에 익숙한지 연신 밭은기침을 내뱉는 나를 그저 멍하니 건너다보았다. 그러고는 손을 들어 개찰구 바깥쪽, 그러니까 열차를 타고 내리는 플랫폼 쪽을 가리켰다.

"네? 저기라뇨?"

폭설이었다. 눈앞엔 하얀 불투명 장막이 끝도 없이 쏟아져 내리고 있었다. 이 노인이 지금 장난하시나. 밤새 구두 매장에서 일하고, 더운 물에 씻지도 못하고, 청량리역으로 가서, 아침도 먹지 않고는, 열차에 올라타고 꼬박 네 시간을 달려온 것도 모자라, 열차에서 내리자마자 눈폭탄을 직격으로 맞고, 방금 전에 오늘 서울로 돌아가는 열차가 없다는 말을 들었다. 장난할 기분이 아니었다. 노인이 돋보기 너머로 호기심 가득한 눈을 똥그랗게 뜨고는 나를 건너다보았다.

"따라와요."

노인은 내 팔을 잡아끌고 개찰구 쪽으로 향했고, 영문을 모르는 나로서는 그저 이끄는 대로 따라갔다. 개찰구를 빠져나가 막 선로로 들어서다 말고 생각난 듯, 잠깐 기다려요, 하더니 다시 안으로 들어갔다가 나온 노인의 손에 까맣고 커다란 우산이 들려 있었다.

"나야 괜찮지만 아가씨는 눈을 더 맞다가는 큰일 나겠어. 써요."

　노인은 성큼 걸어 선로를 가로지르더니 반대편 플랫폼으로 올라섰다. 뒤따라 걸었다. 발목까지 빠지기 시작한 눈의 땅은 발자국 소리 따위 한입에 삼켜버렸다. 플랫폼 바로 앞에는 관목숲이 담장처럼 진을 치고 있었다. 열차 안에서는 못 봤던 건데? 생각하면서 두리번거렸다. 노인은 잎사귀가 다 떨어져나간 관목숲 앞에서 걸음을 멈춰 나를 돌아다보았다.

　“여기요.”

　여기? 어디? 관목숲은 온통 눈꽃 세상이었다. 정밀한 고요함이 가득했고, 아름다웠다. 노인이 웃었다. 그 미소 앞에 하얀 눈의 자막이 흘러내렸다. 노인은 관목숲 한가운데를 가리켰다. 다른 차원의 세상으로 통하는 입구가 스륵 열리듯, 그제야 숲 사이로 나 있는 좁은 오솔길이 눈에 들어왔다. 아주 좁아서 견갑골이 유난히 발달된 사람이 지나가려면 어깨를 있는 대로 옹송그려야 할 것 같았다.

　“지름길이오. 원래는 길이 없었는데 사람들이 하도 이쪽으로 다니다 보니까 길이 났지. 이 길을 따라서 조금만 가다 보면 곧 숲이 끝나고 주택가가 보일 거요. 거기서 세번째 집이 칠십칠 번지요. 우산은 가져가고.”

　눈의 나라에 온 걸 환영합니다, 라고 인사라도 하는 것처럼 발에 밟힌 마른 가지와 이파리들이 눈의 융단 속에서도 바스락 소리를 내주었다. 인적도 없는 곳에서 들리는 소리라곤 내 발자국 소리밖에 없다니. 거기다 도저히 우산을 쓰고 걸을 수 있는 길이 아니었다. 나는 접은 우산을 들고 저기요, 뒤돌아 다급하게 노인을 불렀지만, 어디로 사라진 건지 선로에도 개찰구에서도 노인은 보이지 않았다. 흡. 숨을 한번 크게 들이마시고. 후. 내쉬고……. 다시……. 한번 더. 긴장될 때마다 쓰는 방법이다. 그런데 정말 이 숲이 끝나는 곳에 뭐가 있긴 있는 걸까. 어쩐지 으스스 한기가 들었다. 한 걸음, 뽀득. 더 무섭잖아……. 열여섯 걸음, 바스락. 쉰일곱 걸음, 휴우. 백마흔여덟 걸음…….

끝났다. 노인의 말대로 과연 숲이 멈추고 인도가 드러났다. 노인은 역시 그냥 철도청 직원이었나 보다, 생각하니까 웃음이 났다. 아까 보았던 남루한 상가들과는 달리 오래돼 보이지만 깔끔하게 잘 정돈된 주택가였다. 특이한 점이라면 대부분 목조 주택이라는 점이었다. 거기다 외관도 비슷해서 작은 마당이 있고, 이층 집에다 지붕은 가운데가 솟은 세모 지붕, 그러니까 대충 시골에서 볼 수 있는 옥상 딸린 시멘트 집이 아니라 다락방이 있고 다락방 창문이 열리면 거기서 뭔가가 불쑥 튀어나와 날아다닐 거 같은, 뭐 그런 집. 한적한 유럽의 어느 소도시에서나 볼 수 있는.

양진 같은 외진 시골에 잘 지어진 목조 주택이 들어서 있다는 게 이해되지 않았다. 더 희한한 건 그런 집이 한두 채가 아니라는 사실이었다. 앞에 넓디넓은 논과 밭을 두고 있는 집들은 내 눈이 닿는 저쪽 끝까지 줄줄이 이어져 있었다. 또다시 아까 그 노인이 철도청 직원이 맞을까, 하는 의심이 불쑥 솟았다. 거리에는 아무도 없고, 눈 내려 쌓이는 소리만 가득했다. 돌아갈까? 우선 택시를 타고 인근 기차역까지만 가면 되잖아. 하지만 이왕 여기까지 왔는데 그냥 가긴 아쉽고. 어떡할까? 하다가 아무튼, 싶었다.

세번째 집. 앞. 양진시 용길면 산하리 칠십칠 번지. 이 집이다, 생각하면서 얼른 국제항공 우편봉투를 꺼내 확인해보았다. 맞다. 정말 그 여자의 집일까? 초인종을 눌러볼까? 누가 나오면 어떡하지?…… 어떡하긴. 그러면 나는 다이어리 찾아주러 온 사람이 되는 거지. 딩동. …… 딩동. …… 딩동 딩동. 아무도…… 없다. 나는 울타리를 지나 작은 마당을 건너 현관문 앞에 섰다. 당연히 잠겨 있을 문이었다. 그런데 살짝 밀어보았더니 빼꼼, 열리는 게 아닌가. 누군가 잠깐 뒷마당에 가느라 열어놓은 것 같았다. 아니면 혹시 여자가 현관문 잠그는 걸 잊은 걸까? 초인종을 여러 번 눌렀는데도 대답이 없는 걸 보면 집 안에 아무도 없는 게 맞는 것 같긴 한데. 어쩌지…… 하면서 한쪽 발을 현관문 안으로 막 집어넣고 있었다.

“거기 누구요?”

걸렸나. 본능적으로 다이어리를 꺼내 손에 들었다. 돌아서서, 혹시…… 다이어리 잃어버리지 않으셨어요? 하려는데.

“오호라. 이 집에 사는 아가씨구먼. 이제야 얼굴을 보네그려.”

허리가 구부정한 웬 노파가 잔뜩 얼고 눈을 흠뻑 뒤집어쓴 파뿌리를 한아름 안고 서 있었다. 반쯤 부서져나간 시꺼먼 노파의 앞니가 왠지 위협적인 느낌이 들어서 몸이 부르르 떨렸다. 그런데 이곳엔 늙은 사람들만 사는 건가. 혹시 칠십세 이하 거주 금지 지역인 거 아닐까. 어쨌든.

“아. 네. 그런데…… 누구세요?”

"옆집 사는 사람도 몰라보나? 아가씨가 집 밖 출입을 통 안 하니 얼굴 보기도 어렵네. 그동안 어디 갔다 온 거유? 한참 집이 빈 거 같던데."

"네? 네. 여행 좀…… 다녀왔어요."

"날도 추운데 뭔 놈의 여행을 그리 길게 갔다 오누."

"네? 아, 네. 그냥……."

"아. 참. 아가씨가 없는 동안 우편물을 내가 받아놨는데 기다려봐요."

저기…… 하려는데 노파는 듣지도 않고 느릿하게 옆집으로 들어가버렸다, 가 도로 나왔다. 노파의 손에 파뿌리 대신 편지 봉투들이 한 움큼 얹혀 있었다.

"옛수. 편지가 자주 오나 봐."

노파가 건네준 우편물은 똑같은 모양의 국제항공 우편봉투였다.

"젊은 사람이 말야, 옆집에 노인이 혼자 살면 가끔 들여다보기도 해야지. 서로 외롭게 시골살이 하는 처진데."

"그게…… 제가 워낙 혼자 있는 걸 좋아해서……."

"아무리 그래도 그렇지. 늙은이가 일부러 우편물도 꼬박꼬박 챙겨뒀다 주는데 하다못해 물 한 잔 준다고도 안 하네. 요즘 젊은 사람들은 원래 그런가."

"지금 막 여행에서 돌아와서요. 정리 좀 하고 나서 맛있는 거 대접할게요. 이따 오세요."

"그런데 짐은 다 어뎠누."

"짐…… 은 네, 좀 전에 집 안에 들여놨어요. 그보다…… 궁금한 게 있어요."

"뭔데."

노파의 표정은 '그러잖아도 늙어 죽기 전에 심심해서 곧 돌아가실 지경이었는데 그거 듣던 중 반가운 소리네'라는 거였다.

"이 동네는 왜 집들이 다 똑같아요? 모양도 크기도 다 똑같은 게 좀 이상해서요."

"몰랐수?"

"뭘…… 요?"

"누가 여기다 펜션 단진가 뭔가를 짓다가 그만 부도가 나서 완성되기도 전에 공사를 중단했다잖우. 조금이라도 건지려구 짓다 만 걸 헐값에 팔았구. 그래서 나도 여기 들어왔지. 싸니까. 알고 온 거 아니었어?"

"아. 네. 그냥 아는 사람 집에 잠깐 와서 사는 거라……."

"우리 집엔 이층 계단이 중간에 뚝 끊겨 있어. 그래서 이층엔 올라가본 적 없다우. 아가씨 집은 뭐가 미완성이야?"

"그게…… 저희 집은…… 집 안에 벽이 없어요."

"그렇구먼. 혼자 사니까 그건 상관없겠네. 이따 언제 올까?"

"네?"

"맛난 거 해준다며?"

"네……. 정리 좀 하고 다 되면 모시러 갈게요."

노파는 그런데 왜 우산을 안 쓰고 들고 다니누, 눈은 다 맞고,

라고 혼잣말처럼 중얼거리면서 구부정한 걸음으로 돌아갔다. 휴, 한숨을 몰아서 내쉬고 현관문 안으로 막 들어서려는데 들고 있던 다이어리가 툭, 떨어졌다. 집어 들다 펼쳐진 면이 눈에 들어왔다.

　이곳에서 나는 나 스스로를 세상으로부터 완벽하게 격리했다. 아니, 간신히 세상에서 벗어나 나 자신을 찾은 것이라고 하는 게 맞을까. 말하자면, '가둠'으로써 '해방'되었달까. 그건 오랜 시간 동안 꿈꿔왔던 일이다. 사실 나는 그 모호한 경계를 즐기고 있는 건지도 모른다. 누군들 그 경계 사이에 있지 않은가 말이다. 이기와 이타, 완벽한 소음과 완벽한 적막, 보호와 격리, 언어와 침묵, 그리고 소리 없는 우아함……. 나는 양진에 와서야 비로소 내 인생의 방향을 완전히 바꾸었다. 그러나 생각과 달리 나의 양진행은 고요하기 그지없었다. 어느 날 아침에 눈을 떠서 그냥 가방을 쌌고, 또 그냥 이곳에 왔다. 그뿐이었다. 사실 삶의 방식을 완전히 바꾸는 결정적인 순간이 격렬한 내적 동요를 동반한 요란하고 시끄러운 드라마일 거라는 생각은 오류다. 그건 덜떨어진 저널리스트와 말초를 자극해 시선을 끌려는 영화제작자, 좀 모자란 학자들이 만들어낸 유치한 동화일 뿐이다. 그 중요한 순간은 믿을 수 없을 만큼 조용할 때가 많다. 엄청난 영향력을 발휘하고, 인생에 새로운 빛과 리듬을 가져다주는 완벽한 경험은 소리 없이 생겨난다. 이 아름다운 무음無音에 특별한 우아함이 있다.

　문득 노파가 건네준 편지들과 내 손을 보니 흙이 잔뜩 묻어 있었다. 나는 공중에 대고 손을 활활 털어댔다. 얼었다가 녹은 흙은 세균성 박테리아처럼 착 들러붙어서 잘 떨어지지 않았다. 완벽하진 않네, 흐흐 하고 속웃음이 나왔다. 모호함이니 경계니 꼭 그렇게 어렵게 말해야 직성이 풀리는 여자의 표현법은 내겐 아주 낯선 것이지만, 어찌 됐든 여자가 번잡한 세상살이에 무척이나 시달리다가 모든 것을 한순간에 버리고 이곳으로 숨어들어와 살았다는 건 알 만했다. 그리고 이곳에서의 삶이 꽤나 만족스러웠던 모양이다. 그런데…… 왜, 무엇 때문에 여자는 다시 이곳을 떠나 자신이 버렸던 서울로 돌아가 죽으려고 했던 걸까.

　여자를 목격한 건 오늘 새벽이었다. 구두 매장에서 밤새 일한 뒤 집으로 돌아가는 중이었다. 너무 피곤해서 길바닥에 넘어지기라도 하면 그대로 잠들어버릴지도 모른다고 생각했었다. 부츠 에이에스를 맡기러 온 손님이 있었는데 이번 시즌 유행하는 워커형 부츠였다. 무릎을 덮는 기장에 송치 소재로 제작된 거라 매장에서 가장 고가의 제품이었고, 특이하고 도발적인 레오파드 디자인 때문에 아무나 소화하기 힘든 스타일이었다. 딱 보니 '나가요' 언니였다. 언니는 매장에 들어서면서부터 이 따위 물건을 팔아먹느냐, 내가 이 매장에 팔아준 게 얼마인데 나를 이렇게 취급하고도 너희가 무사할 줄 아느냐, 손님 관리가 이 모양인데 물건인들 멀쩡하겠느냐, 주인 나와라, 나 오늘 그냥 안 간다, 하면서 큰 소리로 나를 몰아세웠다. 막 출근하기 직전이었는지 완벽하게 세팅된 헤어컬에다 짙은 스모키 화장은 예쁘기보다는 괴기스러웠다. 에스엠클럽에서 일하나? 생각하면서 나는 얼굴에 인공적인 미소를 띠고 있었다.

언니가 들고 온 부츠는 짧고 부드러운 송아지털이 뒤덮여 있었는데 중간에 날카로운 뭔가로 긁힌 자국이 선명했다. 그걸 새걸로 바꿔달라는 거였다. 그때 내 머릿속에 떠오른 장면 하나. 가죽 비키니 차림에 블랙 가터벨트를 한 '언니'가 송치 부츠를 신고 채찍이나 장검 따위를 들고 테이블 위에 올라 서 있는 모습. 채찍이나 장검을 소파에 앉아 있는 대머리 남자에게 휘두르다가 이런, 부츠에 금을 좍, 긋는 모습. 선명하지 않은가. 그래놓고 여기 와서 행패를 부리다니. 있을 수 없는 일이었다.

'언니'는 사 갔을 때부터 흠이 있었던 걸 자기가 몰랐던 거니까 물어내라고 난리법석을 피웠다. 하지만 '언니'는 결정적인 오류를 범하고 말았다. 나를 완전 물로 본 것이다. 나는 경력 십 년의 베테랑이다. 그 정도 강짜엔 눈도 깜짝 안 한다. 언니가 퍼부어대는 말을 한 시간 가까이나 끝까지 들어주었다. 혼자 떠들어대던 언니가 지쳐갈 즈음에야 나긋한 목소리로 말했다. "정 억울하면 소비자 보호원에 제소하시든지." 내 말에 언니는 꼭지까지 약이 바짝 올라 눈에서 레이저를 발사하면서 돌아갔다. 매장을 나가면서 언니는 '씨팔년'에서 시작해서 '년'이란 '년'은 모조리 입에 올렸지만, 그게 뭐 대수인가. 먹고살려다 보면 그런 일이야 밥 먹고 이빨 사이에 낀 고춧가루쯤으로 생각해야 한다. 욕 얻어먹는 걸 후식쯤으로 여겨야 이 생활을 할 수 있다.

그랬지만, 매장을 나서면서 다리가 풀렸다. 그런 언니는 절대 한 번으로 포기하지 않는다. 아마 오늘이나 내일쯤 다시 올 테지. 그러거나 말거나. 간신히 동대문역사문화공원역에서 첫 지하철로 구파발까지 간 다음, 역사에 보관해둔 자전거를 타고 집으로 향했다. 지하철역에서 집까지 약 십오 분가량을 늘 자전거를 타고 오가는 길이었다. 얼마 가지 않아 눈이 내리기 시작했다. 앗! 첫눈이다. 나는 하늘을 올려다보면서 소원부터 빌었다. 이루어지지 않는다는 걸 몰라서가 아니라, 말하자면 습관이었다. '지금과 다른 삶을 살게 해주세요. 단 하루만이라도.'

자전거를 멈추고 눈을 꼭 감고 빌었다. 눈송이 하나가 얼굴에 와 얹혔다가 녹아 흘렀고, 환한 빛 한줄기가 감긴 눈꺼풀 위에 내려 앉았다. 잠깐이었다. 나는 눈을 뜨고 다시 자전거를 타고 갔다. 북한산 쪽으로 가까워지면서 간혹 출근하려고 길을 오가던 인적도 끊겼다. 짙은 아침 안개를 동반한 첫눈은 내 시야마저 뿌옇게 가렸다. 이제 돌다리를 지나 조금만 더 가면 집에 들어가 더운 물로 씻고 푹 잘 수 있겠구나. 북한산 계곡 끝자락을 가로지른 인정교를 불과 오십여 미터 남겨두고 있을 때였다.

인적 없는 외진 다리 위에 웬 여자가 서 있는 게 보였다. 부드러운 카멜색 앵클부츠가 눈에 띄었다. 저런 부츠를 신는 여자는 평소에 잘 뛰지 않을 것이다. 레이스나 러플이 많이 달린 블라우스보다는 하이칼라가 붙은 셔츠를 더 자주 입겠지. 모노톤의 색감을 선호하고, 과일도 꼭 유기농을 챙겨 먹겠지, 라고 생각하는데, 여자가 인정교 위로 허리를 잔뜩 구부린 채 까치발을 들고 난간을 붙들고 있던 양손을 막 떼어내고 있는 게 아닌가. 그 아래는 물기 하나 없이 바싹 말라버린 개천이 흐르고, 잡초마저 시든 채 크고 작은 바위들만 모여 있어 마치 돌들의 무덤 같은 곳이었다. 떨어지면 높이 때문이 아니라 바위 때문에 머리가 깨져 죽게 될 것이다.

나는 반사적으로 자전거에서 뛰어내렸다. 자전거 바퀴에 왼쪽 발목이 쓸려 아픈 것도 알아차리지 못한 채, 찢겨진 바짓단 사이로 핏방울이 떨어져 하얀 눈 위로 새빨간 방울들이 뚝뚝 듣는 것도 모르는 채, 마치 공중에서 수영하듯 양팔을 위로 쭉 들어 올려 허우적거리면서 간신히 뛰어나가다가, 미끄러운 눈길에 안정감을 얻지 못한 뜀박질 때문에 결국 여자 바로 앞에서 푹 고꾸라졌다. 다행히 여자가 나를 돌아다보았다. 여자와 서로 눈을 마주 본 상태로 바닥에서 일어났다. 쓸린 손바닥이 쓰려왔다.

"여기서 뭐하는 거예요? 떨어져 죽기라도 하려는 건가요?"

여자는 대답이 없었다. 낯이 익은 얼굴인데…… 어디서 봤더라. 기억나지 않았다.

"미쳤어요? 밑을 봐요. 떨어지면 머리가 가루가 된다구요."

묵묵부답. 날 무시하는 건가. 아니면 죽으려고 했던 마당에 나 따위가 대수랴 싶은 건가. 여자는 그저 텅 빈 눈으로 나를 바라보고 있었다. 아니, 나를 바라보고 있는 게 아니었다. 여자가 어딜 보고 있는 건지 알 수 없었다. 모호한 눈빛에다 고급스럽고 세련된 여자

의 블랙 알파카 코트를 보고 있자니 뜬금없이 나로서는 여자가 죽
으려는 이유를 끝내 알 수 없을 거라는 생각이 들었다. 하지만 여자
는 오늘, 지금, 적어도 여기서는 떨어질 수 없을 것이다. 밤새 신나
게 욕 얻어먹은 것도 모자라 눈앞에서 머리가 깨져 죽는 사람을 보
고 싶지는 않았다. 한참 지나자 여자의 눈이 내게 와 닿았다. 그러
더니 곧 시선을 아래로 떨어트렸다. 어느 결에 내가 여자의 소맷부
리를 잡고 있었던 모양이었다. 여자가 가만히 내 손을 풀어내고는
뒤돌아 걷기 시작했다.

"저기요! 이봐요!"

나를 완전하게 무시한 여자는 금세 내 시야를 벗어나 사라져
버렸다. 별 이상한 여자도 다 있네, 하고 구시렁거리고 싶었지만 내
맘대로 되지 않았다. 여자의 표정이 쉽게 잊히지 않았고 여자의 이
야기가 궁금했다. 묘한 분위기를 풍기는 여자였다. 여자가 사라진
곳을 물끄러미 바라보는데 얇게 쌓인 눈밭 위에 점점이 떨어진 핏
방울이 내 시선을 잡아당겼다. 핏방울은 내 발밑까지 와서 멈췄다.
이런. 발목에서 여태 피가 흐르고 있었다. 바지를 걷고 양말을 내려
보니 족히 오 센티는 찢어진 것 같았다. 자전거에서 뛰어내리다가
긁힌 모양이었다. 병원에 먼저 갈까, 아님 집으로 갈까, 생각하다가
여자가 그랬던 것처럼 무심코 인정교 밑으로 시선을 떨어트렸다.
어? 저게 뭐지?

추위에 하얗게 질린 바윗덩이 사이로 까맣고 윤기 나는 뭔가
가 보였다. 여자가 떨어트린 걸까. 어쩌면 여자는 죽으려던 게 아니

라 저걸 주우려고 했던 건 아닐까. 하지만 그랬다기에 여자의 태도
는 너무 조용했다. 그렇다면 혹시 저것 때문에 죽으려던 걸까. 설
마. 중요한 건가. 인정교 아래로 내려가면서도 그저 보기만 하는 거
야, 라고 속으로 중얼거렸다. 부츠 굽이 자꾸만 바위틈에 꼈다. 하
는 수 없이 신발을 벗고 바위를 타 넘고, 넘어, '그걸' 주울 수 있었
다. 다이어리였다. 일기 같기도 하고 아닌 것 같기도 한 글들도 빼
곡했다.

　　살면서 내 안에 있는 것들 중에 아주 작은 부분만 경험할 수 있
다면 나머지 부분은 어떻게 되는 걸까? 얼마 전, 햇살이 반짝이는
5월의 어느 날 오전에 광화문 거리에 있는 꽃집의 진열창 앞에 서
있다가 반사되는 빛 때문에 진열되어 있는 꽃 대신 내 모습을 보게
되었다. 나 자신이 내가 하고 싶은 것을 방해하고 있는 것이었다.
손그늘을 만들어 안쪽을 들여다보려고 했을 때, 진열창에 비친 내
모습 뒤로 키가 큰 남자가 나타났다. 남자는 바지 주머니에서 담뱃
갑을 꺼내더니 그 자리에서 담배 한 대를 꺼내 입에 물었다. 연기
를 한 모금 내뿜던 남자의 시선이 내게서 멈췄다.

　　나는 진열창에 비친 남자의 시선과 마주치지 않기 위해 꽃들이
잘 보이는 것처럼 행동했다. 낯선 남자가 유리를 통해 볼 수 있는
나는 잘 정돈된 헤어컬과 과하지 않지만 세련된 메이크업, 단정하
지만 이목을 끌 수 있는 옷차림을 한 여자였다. 이런 모습을 보면
누구나 나에게 관심을 가지겠지. 하지만 정작 남의 시선을 의식하

는 나 자신이 내가 정말로 원하는 것을 하지 못하도록 방해하고 있었다는 사실은 미처 몰랐다. 나를 방해하고 있는 나 자신을 버리고 나면 아직도 원하는 무엇이 남아 있을까……. 어쩌면 그건 아주 쉬운 문제다. '지금과는 다른 삶을 살기.' 그것 말고 또 무엇이 있겠는가. 그래서 나는 떠나기로 했다. 나는 진열창 앞을 떠나 뒤돌아서 낯선 남자를 한 번 똑바로 바라본 뒤, 그대로 떠나왔다.

나는 먹고살려고 밤마다 남들의 발 앞에 무릎 꿇고 앉아 그들의 발을 무슨 금덩이나 되는 것처럼 '모신다'. 바른 지 오래돼서 반 이상 벗겨져 나간 매니큐어를 봐도, 제때 깎지 않아 누렇게 웃자란 발톱을 눈앞에 들이댈 때도, 무좀에 걸린 발을 만지면서도 나는 웃으면서 그들의 발보다 낮은 곳에 내 몸을 부렸다. 하고 싶었으나 그러지 못했고, 또 매일 구두를 팔아야 하는 나 자신 때문에 할 수 없었던 말이 바로 이것 아니겠는가. '살면서 내 안에 있는 것들 중에 아주 작은 부분만 경험할 수 있다면 나머지 부분은 어떻게 되는 걸까? 그러니 지금과는 다른 삶을 살아봐야지 않겠는가.' 잠시라도 먹고사는 일을 벗어나보고 싶다는 바로 그것 말이다.

뭔가가 바닥으로 툭 떨어졌다. 다이어리를 막 덮었을 때였다. 국제항공 규격봉투였다. 발신인 쪽에는 어느 나라 글자인지 모를 문자들이 그림처럼 얹혀 있었다. 수신인은 양진시 용길면 산하리 칠십칠 번지. 김현정. 뜯긴 봉투 안은 텅 비어 있었다. 봉투에 적힌 그림 같은 문자에서 사막의 냄새가 났다. 눈 내리는 새벽 거리에서 코끝에 번지는 사막 냄새는 말하자면, 일종의 그리움이었다. 갑자기 누군지 모르는 편지의 발신인이 사무치게 그리워졌다.

다이어리를 좀더 세심하게 살펴본 건 여자에 대한 정보가 더 있을까 싶어서였다. 어디로 가면 여자를 만날 수 있을까, 생각하다가 다이어리 뒤쪽 포켓에 꽂혀 있던 열차표를 발견했다. 양진행 열차표 한 장. 오늘 날짜였다. 한 시간 뒤 출발. 나는 여자의 다이어리를 손에 들고 다른 손엔 양진행 열차표를 쥐고서 천천히 걷기 시작했다. 왜 여자는 양진으로 돌아가려다 말고 마음을 바꿔 이곳까지 오게 된 걸까. 인정교 끝까지 걷다가, 뒤돌아 다시 여자가 서 있던 곳까지 걸었다가, 다시 집을 향해 발길을 돌렸다가, 다시 인정교 위를 서성이다가……. 또…… 걷다가, 뒤돌아보고……. 눈은 내리고…….

한 시간 뒤, 나는 양진행 열차에 올라탔다. 두 가지 생각이었다. 첫째, 중요한 물건 같으니 여자에게 다이어리를 돌려주자. 둘째, 나도 내가 정말로 원하는 것이 무엇인지 찾아보자. 십 년 전 알바로 시작한 일을 그냥 쭉 해오다 보니 어느새 나이는 해 바뀌면 서른이 되고 이젠 큰 변화 없이 귀퉁이에 찌그러져 살아야 하는 처지이니, 적어도, 잠시라도 먹고사는 일에서 벗어나보자. 여자의 자살 미수에서 얻어진 용기였다.

……그렇긴 했지만, 여기까지 오고 보니 괜한 일이었나 하는 후회가 사막에 모래바람 일듯 밀려왔다. 결국 남의 일 아닌가. 생리

통이 너무 심해서 오늘 하루 쉬겠다고 매장에 연락해둘까, 하는데
몸이 떨렸다. 일단 추위부터 피하자. 현관문은 잠겨 있지 않은 게
아니었다. 거기엔 애초에 잠금장치가 없었다. 노파의 말이 떠올랐
다. 잠금장치를 설치하기 전에 부도가 난 모양이구나. 그런 걸 여자
는 자물쇠 하나 걸지 않고 그냥 살았던 모양이었다. 하긴, 이 시골
구석엔 도둑도 찾아올 것 같지 않았다.

아. 역시나. 여자의 낯이 익더라니. 집 안으로 들어서자마자 거
실 전면에 걸린 커다란 사진 덕분에 여자의 과거를 단번에 알 수 있
게 되었다. 여자의 이름은 '미르'. 십여 년 전, 한참 인기가 올라가던
무렵에 갑자기 은퇴하고 사람들의 시선에서 사라져버린 여배우였
다. 사진은 여자가 출연했던 마지막 영화의 한 장면이었다. 〈아름
다움을 훔치다〉란 영화였다.

아주 못생겨서 괴물에 가까운 한 여자가 있었다. 그 여자는 못
생겼다는 이유로 모두에게서 따돌림을 받고 골방에 처박혀 살았
다. 골방의 어둠 속에서 여자는 하루하루 세상에서 가장 못생긴 인
형으로 변해갔다. 그러던 어느 날, 굳은 결심을 하고 분연히 떨쳐
일어났다. 그리고 세상으로, 환하디환한 빛 속으로 걸어나가 아름
다운 여자를 납치했다. 못생긴 여자는 아름다운 여자를 자신이 살
던 골방에 가두었다. 그러자 아름다운 여자는 점차 못생겨져갔다.
내가 아름다워질 수 없다면 예쁜 것들을 못생기게 만들면 될 거 아
닌가, 못생긴 여자는 그렇게 생각했다. 그리고 아름다운 여자들을
날마다 한 명씩 납치해서 자신의 골방에 처넣었다. '미르'는 못생긴

여자가 마지막으로 납치한, 세상에서 가장 아름다운 여자였다.

처음에 미르는 자신을 납치한 못생긴 여자의 손아귀에서 벗어나기 위해 사투를 벌였다. 하지만 시간이 흐르면서 점차 못생긴 여자가 왜 자신들을 납치할 수밖에 없었는지, 못생긴 여자의 깊은 외로움과 고통을 이해하게 되었다. 골방에 갇혀 고민하던 미르는 못생긴 여자에게 뜻밖의 제안을 하게 된다. 서로 모습을 바꾸자는 것이었다. 못생긴 여자는 눈물을 철철 흘리면서 미르에게 고마워했고, 미르를 비롯해 골방에 갇혀 있던 모든 아름다운 여자들을 풀어주었다. 골방에서 나올 때는 못생긴 여자가 흘린 엄청난 양의 눈물 때문에 하마터면 익사할 뻔했다.

미르의 모습을 한 못생긴 여자가 드디어 세상에 첫 발을 내딛던 날. 골목길을 돌아 막 큰길로 접어들기 직전. 전봇대 뒤에 숨어 있던 한 남자가 갑자기 미르의 모습을 하고 있는 못생긴 여자를 습격해 날카로운 칼로 여자의 옆구리를 푹 찔렀다. 그 남자는 바로 십 년 동안이나 미르를 스토킹해왔던 정신분열증 환자였는데 감방에서 삼 년형을 살고 막 출소한 길이었다. 그 영화의 결말이 어땠더라……. 기억나지 않았다.

사진은 미르가 남자의 칼을 맞고 피를 흘리면서 쓰러지는 모습을 캡처한 거였다. 비극적으로 입을 벌리고 풀린 눈을 사십오 도 각도로 뜨고 있는 미르의 표정은 고통인지 희열인지 잘 구분되지 않을 만큼 모호하고 애매했다. 미르를 둘러싸고 있는 낭자한 피만이 검붉게 생생했다. 미르의 모습을 뒤집어쓴 가짜 미르로서 죽는 진짜 미르……. 어떤 기분이었을지 짐작도 안 갔다.

미르가 갑자기 은퇴한 이유에 대해서는 무성한 소문만 돌았을 뿐 제대로 알려진 게 없었다. 미르는 특히 눈꼬리와 턱선이 매력적인 배우였다. 뭐랄까. 깊은 듯, 또는 초점이 잘 맞지 않는 듯 몽환적인 눈매는 보는 순간 사람을 비현실적인 열기와 흥분에 휩싸이게 만들었고, 반면에 날카로운 턱선은 쓸데없는 감정의 낭비와 사치를 단칼에 잘라내버리는 느낌을 주었다. 그로부터 십여 년이 흘렀지만, 인정교 위에서 봤던 여자의 눈빛은 전혀 변한 게 없었다. 어쩌면 나는 여자의 그 비현실적인 눈빛에 이끌려 무작정 양진으로 향했던 건지도 모르겠다.

집 안은 보일러가 돌아가고 있어서 훈훈했다. 여자는 집을 떠나면서 곧 돌아올 거라고 생각했었는지 모르겠다. 바싹 얼어 오그라들었던 몸에 조금씩 온기가 돌기 시작했다. 눈으로 둘러보니 이런, 정말 집 안에 벽이 없는 게 아닌가. 방과 방을 구분하고 방과 부엌을 나누고 거실과 욕실의 경계에 존재해야 마땅할 그것, 벽이 없었다. 말하자면 집 안은 굉장히 넓은 원룸 같았다. 벽이 없는 집을 보게 되다니. 재밌는 건 문이 있다는 거였다. 원래 문부터 달고 벽을 세우는 건축법도 다 있나? 벽이 없는 공간에 존재하는 문이 얼마나 소용이 있는지는 잘 모르겠지만, 어쨌든 공간을 이름 붙이는 데는 요긴했다. 문이 있기 때문에 방과 거실과 화장실이 구분되고 있었던 것이다. 거실 한쪽에 이층으로 향하는 목조 계단이 놓여 있었는데 옆집과 달리 계단은 이층까지 올라가 있었다.

집 안에는 꼭 필요한 가구들 외에 어떤 장식도 없었다. 하지만 구비되어 있는 모든 것들은 고급스럽고 세련된 것들이었다. 언젠가 잡지에서 봤던 골드톤의 마란츠 앰프는 마치 조금 전까지 작동했던 것처럼 전원에 붉은 등이 들어와 있었고, 오디오 시스템 옆에 세워진 시디장에는 베토벤, 바흐, 라흐마니노프, 웅산, 노라 존스 등등의 시디가 들어 있었다. 여자는 주로 클래식과 재즈를 듣는 모양이었다. 마호가니 원목 책장에는 『문명의 붕괴』, 『광기의 역사』, 『변신』, 『정의란 무엇인가』 등등 뭔지 잘 알 수 없는 책들이 잔뜩 꽂혀 있었다. 블랙 가죽 소파 위에 좀 전까지 읽은 것처럼 『만들어진 신』이 펼쳐진 채 거꾸로 놓여 있었다. 그 옆에 편지들과 다이어리를 얌전하게 놓아두었다.

깊은 색감의 양탄자가 깔려 있는 거실을 지나쳐 방으로 들어갔다. 벽이 없으니 옆으로 그냥 돌아 들어가도 되겠지만, 나는 엄연하게 매달려 있는 문을 열고 들어갔다. 침대 헤드에는 커다랗고 화려한 꽃문양이 양각돼 있었다. 같은 무늬의 옷장 안에는 하나같이 고급스럽고 세련된 옷들뿐이었다. 나는 외투를 벗고 바지와 티셔츠도 벗어던지고 속옷까지 전부 벗어버렸다. 그리고 옷걸이에서 반쯤 떨어진 채 덜렁거리고 있는 물실크 블라우스와 옷장 바닥에 널브러져 있는 모직 체크무늬 스커트를 꺼냈다. 머뭇거리다가 서랍을 열어 팬티와 브라를 꺼내 들었다.

알몸으로 집 안을 가로질러 욕실로 들어간 나는 여자가 사용하던 보디클렌저와 샴푸로 몸을 씻었다. 몸에서 깊고 달큰한 라벤 더 천연향이 풍겼다. 찢어진 발목에 말라붙었던 피딱지가 떨어지면서 신선한 피가 새로 흘렀다. 여자의 실크 손수건으로 발목을 감았다. 금세 손수건에 핏물이 배들었다. 크림색 실크레이스가 달린 여자의 속옷을 입었다. 기분이 좋아졌다. 여자의 블라우스와 스커트는 마치 원래부터 내 것이었던 듯 딱 들어맞았다. 긴장과 추위가 풀리니까 눈꺼풀이 저절로 바닥까지 내려앉았다. 기다시피 걸어 여자의 침대 속으로 들어갔다. 포근한 극세사 침구가 여백 없이 내 몸을 감쌌다. 이상하리만치 모든 일이 자연스러웠다. 새벽부터 움직여 먼 길을 달려온 참이었다. 게다가 이 모든 것이 바로 여자 때문 아닌가. 나는 다이어리를 찾아준 데 대한 보상이라도 받는 기분으로 편안하게 잠들었다. 얼마 만인가. 마치 처음인 것처럼 꿈도 없는 깊은 잠에 빠져들었다. 오랫동안 떠나 있던 집으로 마침내 돌아온 기분이었다. 세상을 통틀어 이곳으로 다 모여든 것 같은 적막이 나를 품속으로 감싸주었다.

그 완전함이 낯설었을까. 나는 깊디깊은 침묵 때문에 깜짝 놀라 잠에서 깼다. 얼마나 잔 거지. 여전히 창밖은 내리는 눈 때문에 어두운 대낮이었다. 바람소리조차 눈발에 지워져 온 세상이 진공 상태 같았다. 서울의 단칸방은 이 시간이면 골목에서 어린것들이 뒹구는 소리, 배추와 멸치와 땡감과 새우젓과 계란을 파는 트럭의 확성기 소리, 사람들이 지나다니면서 뱉어대는 가래침과 욕설로 가득 차 있곤 했다. 여자는 지금 어디 있을까. 미르는 내 단칸방에서 편안하게 잠들 수 있을까. 뜬금없는 상상과 의문이 안온한 이불 속으로 끼어들어왔다. 그러자 좁은 내 방이 쪼그라들기 시작하더니 이내 형편없이 구겨져버렸다. 내일이면 그 구차한 틈으로 다시 기어들어가야 한다고 생각하니까 엄두가 나지 않았다. 나는 떨쳐버리듯 길게 기지개를 켠 뒤, 정밀하게 들어찬 고요를 깨고 자리에서 일어났다. 하지만 그보다 급하게 적막을 깬 건 이 소리였다. 꼬르륵.

냉장고에는 신선한 채소들과 유기농 마크가 찍혀 있는 식품들이 가득 차 있었다. 베이글을 데우고—여자는 이 산골에서 어떻게 베이글을 구해놓은 걸까—요거트 드레싱을 뿌린 야채 샐러드와 저지방 우유를 꺼내 식탁에 앉아 막 샐러드를 입에 넣고 씹다 말고 나는 다시 자리에서 일어났다. 다용도실에서 쌀을 꺼내 와 씻어 안치고 오래 묵은 것 같은 김치를 법랑 냄비에 넣고 바글바글 끓였다. 김치찌개 냄새는 금세 온 집 안을 점령했다. 찾아보니 대접이 없어 샐러드 볼을 꺼내다 밥과 김치찌개를 부어 비볐다. 밥을 먹기 전에 나는 여자의 시디장을 지나쳐 앰프 앞에 서서 라디오를 켰다. "두 시 탈출 컬투쇼입니다!" 익살스런 두 남자의 목소리가 보글보글 찌개 끓는 소리에 이어 여자의 집을 유쾌하게 휘저었다. 서울의 집에서 늘 이 시간이면 일어나 늦은 아침을 먹으며 듣던 프로였다.

"자, 오늘은 엄청난 강아지 깜상 얘기를 해드리죠. 삼 년 전에 아빠가 시장에서 오만 원을 주고 강아지 한 마리를 사 오셨드랬습니다. 온몸이 새까매서 깜상이라고 이름 지은 이 녀석은 어찌나 먹어대는지 정말 폭풍처럼 성장해서 육 개월 만에 웬만한 어른 개들을 위협할 정도가 되었지요. 그러던 중 미국으로 이민을 가게 되어서 깜상을 시골 큰아버지댁에 맡겼습니다. 그리고 작년에 서울에 잠깐 왔었는데 큰아버지가 전활 하셨더군요. 빨리 와봐라. 깜상이 정말 엄청난 일을 저지르고 말았지 뭐냐. 한달음에 달려갔죠. 그런데 큰아버지댁 입구에서부터 깜쌍이 달려 나오는데 이런, 한 마리가 아니었습니다. 대충 세어봐도 족히 오십 마리는 될 것 같았습니다. 기가 막혔죠. 아, 이놈이 가끔 가출했다가 돌아오지 뭐냐. 그러려니 했는데 두어 달 뒤부터 새끼들을 데려오기 시작했어. 그런 게 벌써 오십 마리에 육박한다. 이를 어쩌냐. 나는 깜상을 데리고 당장 동물병원에 갔지요. 거세라도 시키려구요. 그런데 수의사 왈, 이놈은 사람으로 치면 변강쉽니다. 너무 아까워요. 웬만하면 그냥 두시죠. 깜상은 그야말로 대물이었던 겁니다. 하는 수 없이 다시 깜상을 큰아버지댁에 맡기고 미국으로 돌아갔죠. 그런데 며칠 전 큰아버지댁에 갔는데 글쎄, 이번에는 칠십 마리가 넘는 개들이 온 집 안을 점령하고 있는 겁니다. 그것도 모자라 깜상은 새끼들의 어미까지 데리고 들어와 안방을 차지하고 있더군요. 정말 엄청나지 않습니까.”

　깔깔깔. 낄낄낄. 웃느라 밥알이 튀어 바닥으로 떨어지는 줄도 몰랐다. 개수대에다 빈 그릇을 대충 넣어놓았다. 아무 데나 널브러진 옷가지들, 개수통에 처박힌 설거지 그릇들, 그리고 냄새까지. 집 안에 배 있던 여자의 흔적은 순식간에 위협받고 있었다. 마치 시골의 한 펜션에 여행이라도 온 것 같은 기분이었다. 장기 여행자의 거처를 빌려 단기 여행하고 있는 것과 마찬가지니 여자도 이해할 것이다. 편지를 뜯어볼까 하다가 그냥 다이어리를 읽기로 했다.

나는 시간적으로만 광범위하게 사는 것이 아니다. 공간적으로도 눈에 보이는 것들을 훨씬 넘어서 살고 있다. 나는 어떤 장소를 떠나면서 나의 일부분을 남긴다. 떠나더라도 그곳에 남는 것이다. 내 안에는, 내가 그곳으로 돌아와야만 다시 찾을 수 있는 것들이 있는 것이다. '지금'과 '여기'가 본질적인 것이라는 확신은 때로 불합리한 폭력이다. 기차를 타고 단조로운 바퀴 소리가 끝나는 지점, 이곳 양진에 내렸을 때, 나는 비로소 나 자신을 향한 여행을 떠나왔다는 확신을 할 수 있었다. 왜냐하면 이곳은 내가 있었던 과거와 전혀 다른 곳이기 때문에 역설적으로 과거를 더욱 또렷하게 기억하고 이해할 수 있도록 해주기 때문이다. 떠나오기 전, 내가 있었던 서울에서는 너무 어두워서 보이지 않았던 나의 내면을 천천히 볼 수 있게 되기 때문에 이곳은 낯설면서도 동시에 낯설지 않다. 비록 과거에서 시작된 어둠이 이곳까지 따라왔지만, 그래서 배우미르로서 살아온 시간들이 아프게 기억되지만 그렇기 때문에 지금의 내가 있는 것 아니겠는가. 배우가 되었던 걸 후회하는 건 아니다. 다만, 배우였기 때문에 받았던 삶과 사랑의 상처가 아플 뿐이다. 만약 내가 배우가 아니라 아나운서나 작가, 혹은 오페라 가수였대도 내 사랑이 그리 아팠을까. 그렇다면…… 내가 다시 과거로 돌아간다면, 나는 무엇을 택할 것인가. 배우인가, 사랑인가……

나로서는 과거에 대한 기억이 별로 없다. 지나간 일들을 기억해야 한다고 생각해본 적도 없다. 그도 그럴 것이 사실 어제나 그제나 한 달 전이나 일 년 전이나 별다를 게 없었으니까. 그저 그렇게 별일 없이 사는 게 최선이라고 믿어왔다. 그래서 나는 불행하다고 생각해본 적도 없다. 불행이란 늘 과거를 기억하고 지나간 일들을 잊지 못하며 그것이 현재와 밀접한 관계를 갖고 있다고 믿는 사람들이 느끼는 일종의 결과적 감정이 아닌가. 그런데 이 여자…… 미르의 다이어리에 빼곡하게 적힌 글들은 여자의 과거에 관한 글들이었다. 언제나 지난 일들을 기억하고 그것들을 잊지 않고 살자니 공연히 머리가 복잡하고 불행한 것 아니겠는가. 과거에 연연하는 사람치고 행복한 사람 못 봤다.

하긴, 미르는 나 같은 사람과는 다르겠지. 여배우였다는 과거를 쉽게 지우긴 어려울 테고, 원치 않아도 그건 평생 따라다닐 테니까. 하지만 아무리 여배우라도 어차피 깨진 과거의 사랑 따위가 대체 무슨 상관이란 말인가…… 하다가 편지가 생각났다. 먼 데 사막으로부터 긴 시간을 날아온 편지들. 아마 여자가 말하고 있는 과거의 사랑일 거라고 생각하는데 초인종이 울렸다.

정말이지 소스라치게 놀랐다. 심장에서 쿵 소리가 났는데 집이 무너지는 소린 줄 알았다. 들고 있던 다이어리가 바닥으로 떨어졌다. 뭐부터 치워야 하지, 뭐라고 말하면 좋을까, 길을 잃은 여행객이라고 하는 게 더 자연스럽지 않을까, 아까 인정교에서 만나지 않았느냐고, 다이어리를 돌려주러 왔다고 하면 이상하게 생각하지 않을까……. 머릿속이 꼭 빙하기에 갈라파고스에서만 서식했던 포유류로 가득 찬 것처럼 복잡했다. 하지만 금세 여자가 아니라는 데 생각이 미쳤다. 여자라면 자기 집 들어오는 데 초인종을 누르겠는가. 누구세요? 나는 벌떡 일어나면서 목청 높여 소리쳤다. 대답이 없었다. 딩동. 딩동.

"누구시냐니까요."

내 목소리는 듣기에 따라서 잡상인을 꺼려하는 집주인 같기도 했다.

"저……."

중저음의 남자 목소리가 머뭇거리면서 문틈을 비집고 들어왔다. 이런 목소리는 잡상인 따위일 리가 없었다. 나는 낯선 방문객을 맞는 집주인처럼 천천히 현관문을 열었다. 남자가 신고 있는 신발이 먼저 눈에 들어왔다. 부드러운 스웨이드 소재의 스니커즈는 한눈에 봐도 바다 건너 먼 나라에서 생산된 게 틀림없는 고가의 제품이었다. 색감이나 디자인, 소재 모두가 고급스러운 생필품을 오랫동안 사용한 사람에게서 배어나올 수 있는 여유가 느껴졌다. 하지만 스웨이드는 특성상 물에 약하기 때문에 눈이나 비가 올 때는 어울리지 않는 소재다. 이 땅에서 겨울을 시작한 사람이 택할 수 있는 신발이 아니다. 눈을 밟고 왔는지 남자의 스니커즈는 젖어 있었다. 찬 기운이 발까지 스며들어 남자의 발가락은 잔뜩 얼어 있을 거였다.

그런데 이상한 건 두툼한 잿빛 오리털 파카를 입고 목에 캐시미어 목도리를 친친 동여맨 채 함박눈을 제대로 맞고 서 있는 남자에게서 사막의 냄새가 난다는 것이었다. 남자의 정수리에 하얗게 얹힌 눈을 보면서 나는 마치 사막에 내리고 있는 눈을 보고 있는 것 같았다. 상상 속에서 넓디넓고 한없이 뜨거운 사막에 내리기 시작한 눈은 마침내 모래바람을 타고 소리 없는 눈 폭풍이 되어 방향 없이 흩어졌다. 뜨거운 태양의 열기에 달궈진 모래 바다에 쉼 없이 내리는 눈이 섞인 냄새는 뭐랄까…… 일종의 판타지가 아니고 무엇이겠는가. 나는 마치 백일몽이라도 꾸고 있는 기분이었다.

남자에게서 사막을 느낀 건 어쩌면 남자가 편지의 발신인일 거라는 나의 직감 때문일지도 몰랐다. 이제 막 청춘의 길고 어두운 터널을 통과한 듯한 남자의 얼굴에서는 깊은 교양과 겸손한 자신감, 그리고 약간의 모험심이 느껴졌다. 난데없이 내가 이 남자를 오랫동안 기다려왔다는 이상한 그리움에 휩싸였다. 그동안 만나왔던 남자들의 얼굴이 파노라마로 후루룩 머릿속을 지나갔다. 하나같이 두 가지가 없다는 공통점이 있는 남자들이었다. 첫째, 운전면허. 둘째, 각종 보험.

"여기…… 현정이 집으로 알고 있는데……."

현정이? 아. 편지에 적혀 있던 수신인 이름. 미르의 본명이 현정이로군, 김현정. 미르라고 했을 때는 여자가 다른 차원의 세계에서 온 이방인 같더니 현정이라니까 왠지 나와 별로 다를 것도 없는 사람이라는 생각이 들었다.

"아! 현정 언니는 지금 여행 중이에요. 제가 대신 집을 봐주고 있구요. 아주 친한 사이거든요."

"여……행……이요? 그럴 리가 없는데."

"그분이시죠? 외국에 계시다는……. 오실 거라는 말은 안 하던데?"

"현정이가…… 당신한테 내 얘기를 했다는 말이오?"

"네. 먼 데 사막에 계시다고."

남자의 얼굴에 비치는 실망의 눈빛. 보일 듯 말 듯 번져가는 배신감. 마음속에 예상치 못했던 희열이 한줄기 뿌리내렸다.

"일단 들어오세요. 아휴, 눈을 많이도 맞으셨네. 감기 걸리겠어요."

남자는 잠시 더 현관 앞에서 머뭇거렸다. 하지만 여기는 양진이다. 사방을 둘러봐도 갈 수 있는 곳은 없고 열차를 타려도 내일까지 기다려야 하며, 무엇보다 이집은 '현정'이의 집이 아닌가. 남자는 고개를 까딱, 작게 목례를 하고는 옆으로 비켜선 나를 지나쳐 엄청나게 커다란 캐리어를 끌고 집 안으로 발을 디밀었다.

"현정이는 언제 오나요."

캐리어를 현관 앞에 놓아두고 내가 이끄는 대로 소파 귀퉁이에 앉은 남자는 외투도 벗지 않고 여자부터 챙겼다. 나는 얼른 라디오부터 끄고 손을 공중에다 대고 홰홰 내저었다. 그래도 김치찌개 냄새는 가시지 않았다.

"모르겠어요. 정리할 게 있다고, 긴 여행이 될지도 모르겠다는 말만 했어요. 뭣 때문인지 몰라도 마음이 복잡한 거 같던데."

텅 빈 집 안에 우리 둘의 목소리만 울려 퍼졌다. 조금씩 일그러

지는 남자의 얼굴을 힐끗 보고 나는 갓 내린 커피 한 잔을 가져다주
었다.

"드세요. 몸이 좀 녹을 거예요."

"아, 예. 그런데……."

남자는 말 중간에 커피를 한 모금 마셨다. 그러고는 길고 낮은
숨을 내쉬었다. 옹송그렸던 어깨를 조금 펴고 한 모금 더 마시고서
야 문장을 이었다.

"그런데 왜…… 당신이 그 블라우스를 입고 있는 거죠? 현정
이 생일 선물로 내가 보낸 건데."

"몰랐어요. 전 그냥…… 얼마 전에 만났을 때 언니가 제게 준
옷이라서. 언니는 가끔 안 입는 옷들을 챙겨서 제게 주거든요. 사이
즈가 똑같은 데다 언니 스타일이 좋잖아요. 그래서 제가 언니 옷들
을 좋아하거든요. 불편하시면 벗을게요."

"아니. 됐어요. 이렇게 보니 당신에게 더 어울리는군요."

미르는 이 남자가 온다는 걸 알고 있었을까. 그랬다면 오늘 아침
미르가 죽으려고 했던 이유 중 상당 부분은 이 남자와 관련이 있을지
도 모른다. 집 안에 남자 물건이 없는 걸로 봐선 아주 오랫동안 떨어
져 있었던 것 같은데 이 둘 사이에는 대체 무슨 일이 있었던 걸까.

"우선 씻으세요. 그러다 감기 걸리겠어요."

아니, 괜찮습니다, 라고 대답한 남자는 젖은 양말을 내려다보
더니 몸을 으스스 떨었다.

"아무래도 그러는 편이 낫겠네요."

“전 잠깐 뒷마당에 나갔다 올게요.”

집 안에 벽이 없다는 걸 의식해서 한 말이었다. 남자가 갈아입을 옷을 챙겨 욕실로 들어간 사이—처음엔 남자도 집 안에 벽이 없는 걸 이상하게 생각하는 듯했지만 아무 말 없이 조심스러운 몸짓으로 문을 열고 들어갔다.—나는 빛의 속도로 움직였다. 집 안에 널브러져 있던 내 옷가지들을 모두 쓸어 모아 옷장 안에 처넣고, 그때까지 식탁에 남아 있던 베이글이며 샐러드를 뒷마당에 내다버렸고, 재빨리 개수대에 들어 있는 그릇들을 씻었으며, 그때까지 소파 한쪽에 놓여 있던 다이어리와 편지들을 챙겨 표 나지 않게 책장 중간에 슬쩍 끼워넣고는, 잘 마른 수건을 들고 거실에 서서 남자가 나오기를 기다렸다.

“고맙군요.”

얇은 저지 티셔츠에 편한 면바지 차림으로 나온 남자는 내가 건넨 수건을 순순히 받아 들어 젖은 머리를 말렸다. 그러다 툭 떨어진 수건. 반사적으로 몸을 굽힌 나와 남자의 손등이 수건 위에서 부딪혔다.

“여긴 어쩌다…….”

남자의 시선이 여자의 손수건을 묶어놓은 내 발목에서 멈췄다. 상처에서 배나온 핏자국이 붉게 물든 손수건은 제가 가진 윤기를 잃고 있었다.

“아침에 좀 다쳤어요. 자전거에서 떨어졌거든요.”

“어디 봅시다.”

"네?"

"내가 의사 노릇만 십수 년째요. 괜찮으니까 저기 소파에 앉아
봐요."

피가 배나와 딱딱하게 굳은 손수건은 발목에서 떨어져 나와서
도 동그랗게 말려 있었다. 남자는 따뜻한 물을 적신 수건을 가져와
내 발목을 부드럽게 닦아냈다.

"꽤 많이 찢어졌어요. 이대로 두면 평생 발목에 지렁이 한 마
리가 들러붙은 것처럼 흉해질 거요. 기다려요."

하더니 커다란 캐리어를 열고 의료상자를 꺼내와 소파 아래
바닥에 주저 없이 앉았다. 그러고는 소독을 하기 시작했다. 지금 이
남자가 내 발밑에 기꺼이 무릎을 꿇고 앉아 있는 거야? 나를 위해,
온 신경을 집중해서, 따뜻함이 느껴지는 손길로, 나보다 낮은 곳에
앉아서, 내 발목을 만지고 있는 거지? 뭐지, 이건. 마음속에 방향을
알 수 없는 바람이 일기 시작했다.

"국소마취를 할 거요. 따끔해요."

마취제도 갖고 다니세요, 란 내 질문에 남자는 의사니까요, 라
고 심플하게 대답했다. 주삿바늘이 따끔한 것도 몰랐다. 사막의 태
양 때문인가, 남자의 머리칼이 부석거린다는 생각이 들어 부드럽
게 쓰다듬어주고 싶었다. 남자의 손끝이 내 발목을 스치고 복사뼈
를 지나 발등을 쓸었다. 바늘 끝은 신중했고, 남자의 손놀림은 섬
세했다. 몰랐는데 겪어보니 이건, 내가 꿈꾸던 장면이었다. 매일 밤
다른 사람들의 발을 만질 때마다 어쩌면 이 꿈이 조금씩 쌓여갔는

지도 모른다. 세상에서 누군가 내 발을 따뜻하게 만져줄 사람이 있을까, 하는.

"저…… 혹시 운전면허 있으세요?"

"예? 아, 예."

"그럼…… 보험도 있으시죠?"

"네. 아무래도 바깥 생활을 많이 하니까. 그런데 그건 왜요?"

"그냥요. 그냥 둘 다 있으실 거 같아서요."

속웃음이 났다. 남자는 내 시답잖은 소리에 별 반응 없이 여전히 바느질에 집중했다. 눈은 하루 종일 내릴 모양이었다. 창밖은 아직도 어둡고 하얬다. 남자가 마시다 만 커피 향이 우리 둘 주위를 흘러다녔다. 바느질을 끝낸 남자의 손이 이번에는 꼼꼼하게 붕대를 감았다. 발목을 감싼 붕대는 마치 부드럽고 하얀 족쇄 같았다. 그런데…… 자전거는 어떻게 됐을까. 갑자기 떠올랐다. 인정교 앞에 던져두고 왔으니 돌아간다 해도 다시 찾을 수는 없겠지. 그렇게 생각하니까 세상에서 가장 소중한 물건이 자전거 같았다. 소중한 것이 사라져버렸는데 돌아갈 필요가 있을까.

"고마워요. 덕분에 지렁이랑 동거할 일은 없겠네요."

남자가 작게 웃었다. 처음과 달리 부드러운 표정이었다.

"그런데, 혹시 배고프지 않으세요?"

"아, 예. 실은 아까부터 집 안에 김치찌개 냄새가 나서 배 속이 요동치는 기분이요. 김치찌개를 먹어본 지가 백 년은 된 거 같아요."

빙고. 나는 팔랑거리는 걸음으로 거실과 주방과 뒷마당과 다용도실을 분주하게 오갔다. 마치 내 집인 듯 동선은 정확했고, 손놀림은 가벼웠다. 쌀을 씻다 보니 양이 많아졌지만, 그냥 안쳤다. 밥이 되는 동안 새 김치를 꺼내 썰어 가장 예쁜 법랑 냄비에 넣고 끓였다. 냉동실에서 돼지고기도 꺼내 숭덩숭덩 잘라 넣었다. 금세 바글바글 끓는 소리와 익어가는 밥 냄새가 집 안에 가득했다. 파를 가지러 다용도실에 가려다 보니 남자는 어느새 소파에서 잠들어 있었다. 다용도실에는 파가 없었다. 생각해보니 아까는 파를 넣지 않고 끓였다. 어쩌나. 아까는 대충 끓였지만 지금은 그럴 수 없지 않은가. 하는 수없이 소리 나지 않게 현관을 나와 옆집 초인종을 눌렀다. 어느새 눈은 그쳐 있었고, 엷은 어둠이 가까이 오고 있었다. 안개는 여전해서 짓다가 만 펜션 단지의 끝이 보이지 않았다. 살짝 언 눈밭을 걷는 발밑에서 뽀득뽀득 상쾌한 소리가 났다.

"뭐 맛난 거 했어?"

"아니요. 오래 떨어져 있던 애인이 와서 김치찌개를 끓여주려는데 파가 없어서요. 조금만 빌려주세요."

노파는 아까 봤던 고무 털신을 끌고 나와 우리 집 쪽을 힐끗거렸다. 내 말에 더 구미가 당기는지 눈이 반짝 빛나고 입안엔 하고 싶은 말들이 가득 차 자꾸만 우물거렸다. 노파의 몸에서 구수한 고구마 냄새가 났다.

"좀 있다 모시러 올게요. 저…… 고구마도 조금만 나눠주시면 좋겠는데."

후식으로 잘 익은 김치에 고구마라. 남자는 내 덕분에 백 년 만에 맛보는 행복을 느낄지도 모른다. 노파는 늙은이를 놀리나, 어쩌고 하면서 추운데 잠깐 안에 들어와 있으라는 말도 안 했다. 중간에 뚝 끊긴 계단은 어떻게 생겼을까.

"옜수. 고구마에는 동치미가 최고지."

스테인리스 대접에 담겨 있는 동치미에는 살얼음이 살짝 얹혀 있었다.

"고맙습니다, 할머니."

진심으로 고마웠다. 노파가 건넨 파와 막 쪄낸 고구마와 동치미를 들고 집으로 돌아오다가 하마터면 넘어질 뻔했다. 눈길에 미끄러졌다가는 지렁이 한 마리와 동거하는 데서 그치지 않을 일이었다. 빈손이 없어서 한쪽 다리를 들어 똥강아지 오줌 누는 자세로 간신히 균형을 잡았다. 남자는 여전히 자고 있었다. 남자의 꿈속엔 모래바람이 불까, 아니면 하얗고 차가운 눈이 내리고 있을까. 남자가 깰까 봐 까치발을 들고 걸었다.

밭에서 갓 뽑은 대파를 숭숭 썰어 넣은 김치찌개는 기분 좋게 졸아들고 있었다. 밥과 김치찌개를 식탁에 올려놓았는데 뭔가 부족한 기분이었다. 베이글에 샐러드라도 내놓을까. 하지만 그런 건 물리게 먹었을 거 아닌가. 한번 힐끗 보는 걸로 만든 사람의 수준을 짐작하겠지. 나는 다시 잰걸음을 움직여 김치를 썰고 밀가루를 풀어 김치전을 부치기 시작했다.

"맛있는 소리랑 냄새 때문에 스물두 시간 날아온 피로도 싹 가시는 기분이네요."

남자가 주방으로 와 뭐 도울 게 없겠냐며 말을 걸었다. 벌겋게 충혈된 눈에는 스물두 시간의 여독이 그대로 남아 있었다.

"다 됐어요. 앉으세요."

차려놓고 보니 근사했다. 눈을 한가득 퍼놓은 듯 하얀 밥에서는 김이 뽀얗게 올랐고, 불에서 막 내린 찌개는 아직도 보글보글 끓었다. 남자가 찌개를 한 숟가락 떠서 입에 넣는데 칭찬을 기다리는 아이가 된 기분이었다.

"이것도 드세요. 아주 고소해요."

남자 쪽으로 김치전을 밀어주었다. 초인종이 울렸다. 남자의 젓가락이 막 김치전을 한 조각 떼어내고 있을 때였다. 짜증과 불안이 한데 섞여 명치를 툭, 후려갈겼다. 누구지? 하지만 곧 여유를 되찾았다. 여자일 리가 없잖은가.

"할머니……."

노파가 나를 밀치듯 현관 안으로 몸을 들이밀었다.

"괜히 부르러 올 거 뭐 있나. 내가 오면 되지. 구수한 김치전 냄새가 진동을 하는구먼."

말릴 새도 없었다. 노파는 털신을 현관에 부려놓고 집 안으로 들어왔다. 노파가 신은 꽃무늬 누비버선에서 덜 마른 흙이 떨어져 마룻바닥에 기분 나쁜 흉터처럼 번져갔다. 남자의 스웨이드 스니커즈에 털신에서 흙이 옮겨 묻지 않도록 한쪽으로 잘 치워놓은 뒤, 다급하게 할머니를 불러 세웠다.

"이따가 모시러 간다니까요."

“누구시죠?”

젓가락을 손에 든 남자는 당황스러운 기색이었다.

“옆집 사는 할머니세요.”

“아. 어서 오세요. 막 식사하는 참이었는데 이쪽으로 오시죠.”

노파는 뻔뻔하게 남자가 이끄는 대로 주방으로 들어갔다. 그냥 예의상 하는 말에는 예의를 갖춰 거절하는 게 예의 아닌가. 늙은 이도 분위기 파악할 줄 아는 세상에 살고 싶다. 안 된다면 나는 절대 늙고 싶지 않다.

“애인이 나이가 좀 있구먼? 난 아가씨가 혼자 사는 줄 알았지.”

“네?”

“아니에요. 할머니가 괜히 그러시는 거예요. 우선 이쪽으로 앉으세요. 식사 안 하셨으면 같이 하실래요?”

나는 다급하게 노파를 자리에 앉혔다. 허튼소리를 못 하도록 서둘러 수저 한 벌을 챙겨 노파 앞에 놓아주었다.

“그러자구. 늙으면 늘 배가 고프거든.”

히히 웃는 소리가 드문드문한 잇사이로 새 나왔다. 그러더니 나를 향해 한쪽 눈을 찡긋, 하는 게 아닌가. 망할 놈의 노파 같으니라구. 남자와 노파가 마주 앉은 그림은 정말이지 난센스였다. 그럼에도 남자는 최선을 다해 노인을 대했다. 모르고 보면 오랫동안 떨어져 있던 모자 사이로 여길 수도 있겠다, 싶었다. 평생 죽어라 고생해서 아들 하나 잘 가르쳐 먼 데 보내놓았다가 성공한 아들이 잠깐 시골의 노모를 보러 온 장면. 남자는 자신이 살던 곳의 얘기를 자세하게 들려주었고, 노파는 시골 생활의 간난신고를 처량 맞게 뚜루루 늘어놓았다. 간간이 동조의 한숨이 흘러나왔고, 자주 유쾌한 웃음이 오갔다.

집 안이 금세 소란해졌다. 온 집 안에 배게 들어차 있던 적막은 오백 년 전의 얘기가 되어가고 있었다. 신중했던 남자의 목소리는 여느 남자들처럼 데시벨이 점점 높아졌고, 노파에게서 떨어진 살비듬이 공중에 흩날렸다. 빈 공간에 탕, 탕 부딪혀 울리던 목소리가 공명이 사라져 그대로 상대에게 토스되었다. 남자는 오히려 나와 단 둘이 있을 때보다 편해 보였다. 나는 노파가 식탁 위에 흘려놓은 밥알과 김치전 조각을 치워대느라 바빴다. 찌개가 식었으니 데워와라, 김치전이 모자라니 한 장 더 부쳐라, 물 좀 떠 와라, 집 안이 더워서 못 살겠다, 하면서 입고 있던 누비 조끼를 내게 벗어던지고는 밥을 한 그릇 몽땅 다 비우더니 좀 더 달라는 거였다. 차라리 어디 가서 파를 사 오는 건데. 시골에서 웬만하면 자급자족하는 데는 다 이유가 있는 거구나…… 하다못해 네이버 지식인에게 물어볼걸, 시골에 가면 가장 조심해야 하는 것은? 하고 말이야. 대체 언제 가려고 저러지. 창밖은 벌써 어둠이 완전해져 창엔 내 모습만 어둡게 반사되고 있었다. 그때였다.

딩동. 딩동. 소리에 창에 비친 내 모습이 흔들, 거렸다. 또 누구야.

"누가 왔나 보네. 안 나가봐?"

노파가 눈짓으로 내 등을 떠밀었다. 내가 나가죠, 하면서 남자가 일어섰다. 아니에요, 손사래를 치며 따라 일어나는데 남자가 벌써 거실을 가로지르고 있었다. 나는 빛의 속도로 남자를 앞질러 현관문을 부여잡았다.

"누구세요?"

"아. 아가씨구먼. 문 좀 열어봐요."

오랜 세월 사용해 탁해진 남자 목소리가 현관문을 두드렸다. 거칠게 열린 문 건너편에 양진역에서 만났던 노인이 서 있었다. 퇴근길에 들른 건가. 철도청 모자는 쓰고 있지 않았다.

"집에 잘 찾아갔나 궁금해서 들렀지."

"예. 덕분에 잘 왔어요."

"어떻게…… 헤매지는 않았고? 첫눈인데도 어찌나 눈이 많이 오던지 말야. 걱정되더라구."

"예."

"그런데 내가 빌려준 우산은 어쨌나? 잘 썼으면 잘 돌려주기도 해야지."

집 안을 기웃거리고 두리번거리는 걸 보니 이 노인도 금방 돌아갈 기세가 아니었다. 노인은 현관 구석에 세워져 있는 우산을 곁눈질로 보고도 못 본 체했다. 우산을 쓰기엔 너무 좁았던 오솔길과 좁은 길에서 쓰기엔 너무 컸던 우산이 생각났다. 노인들만 모여 사는 양진의 공통 취미는 '남의 집을 예고 없이 방문해서 꼭 안에 들어가 죽치기'쯤 되는 모양이었다. 내가 택할 수 있는 일이 아니다, 이거지. 피할 수 없는 구질한 삶을 받아들이는 데는 삼십 년 가까운 내공이 쌓인 몸이다. 이 정도쯤이야…… 그런데 이러다 우리 집에서 반상회하는 거 아닌가.

"그래야죠. 들어오세요, 어르신. 마침 김치전을 부쳤는데 맛이 기가 막혀요."

남자가 어리둥절한 눈빛으로 누군지 물었다.

"양진역 역장님이세요."

"아. 그런데 여긴 어쩐 일로……."

"제가 초대했어요. 이 동네는 원래 음식을 나눠 먹거든요."

노인이 집 안으로 들어서다가 남자의 캐리어에 발이 걸려 넘어졌다. 어이쿠. 괜찮으세요? 남자가 다가가 일으키자 노인은 아이고 나 죽네, 하면서 바닥에 드러누웠다. 남자는 당황하는 기색 없이 노인의 다리를 살피고는 아까 쓰고 다시 캐리어에 넣어놨던 구급 상자를 꺼내 와 압박붕대로 노인의 발목을 친친 감았다.

"조금 삔 것뿐이지만 조심하셔야 합니다. 무리하게 움직이지 마시구요."

"나야 어차피 매일 아침 열차가 한 번 왔다 가면 할 일도 없다우. 그런데 집 안에 벽이 없는 집도 다 있구먼."

그새 주방에 있던 노파가 나와 어깨 너머로 그 광경을 구경하면서 내 귀에 대고 아가씨 애인은 아주 훌륭한 사람이구먼, 이랬다. 기분이 괜찮았다. 노파의 입술이 김치전에서 묻은 기름기로 번들거렸다. 나랑 똑같은 붕대를 발목에 감은 역장 노인이 절뚝거리면서 양쪽 겨드랑이에 각각 나와 남자를 끼고 부축 받았다. 노인의 등 뒤에서 서로의 손이 엇갈려 겹쳐졌다. 노인이 나를 향해 찡긋, 한쪽 눈을 감았다 떴다. 역시 평범한 철도청 직원은 아닌 게 분명해. 노인을 향해 마치 둘만 아는 암호 같은 미소를 한 방 날렸다.

나와 남자와 노파와 노인은 식탁에 정답게 둘러앉았다. 그렇게 앉고 보니 어쩐지 한 가족 같다는 생각이 들었다. 노부부와 아들 부부? 혹은 집에 인사하러 온 사윗감? 큭큭. 속웃음 때문에 하마터면 씹던 고구마 조각이 튀어나올 뻔했다. 남자는 역시나 사막 얘기에 열을 올렸고, 첫 울음 이후 단 한 번도 사막이란 델 가본 적 없는 두 노인네는 온몸이 귀가 된 것처럼 열심히 들었다. 사막이 얼마나 뜨거운 곳인지, 또 모래바람이 얼마나 지독한지 두 노인은 마치 지금 겪기라도 하는 것처럼 감탄하다가 한숨짓다가 웃기도 하다가 화를 내기도 했다. 남자는 노인들을 다루는 데 천부적인 자질을 타고난 것 같았다. 노파는 더 이상 헛소리를 하지 않았고, 역장 노인은 내일 아침 열차 따위는 잊은 사람처럼 장식장에서 찾아 온 와인까지 들이켜고 있었다.

"아, 참. 내가 그 얘기 했나? 폭설로 내일 아침 열차가 끊겼다는 거?"

앗싸. 왠지 유쾌한 기분이었다. 노인은 어차피 내일 일도 없는데 뭐 어떠냐며 새 와인을 땄다. 남자는 약간 놀라고 당황하고 실망한 기색이었지만 곧 체념하는 듯했다. 우리는 먹고 마시고 떠들고 웃었다. 노파가 논 한가운데서 흘레붙던 개들을 지팡이로 두들겨 쫓았던 무용담을 얘기할 때는 넷 다 기도를 있는 대로 열고 웃어댔다. 시골의 밤은 길고 깊었다. 그리고 우리에게 재밌는 얘깃거리는 얼마든지 있었다. 양진의 사계四季가 식탁 위를 파노라마처럼 흘러 갔고, 한번 빠지면 늪처럼 빠져나올 수 없다는 사막의 모래 무덤이 모두의 눈앞에 나타났다 사라졌다. 뜨거운 한여름의 태양과 차가 운 한겨울의 눈이 한데 어우러졌고, 남녀와 노소가 구분 없이 섞여 들었다. 시골 생활이 이렇게 즐거운지 미처 몰랐다.

　　남자도 후식으로 고구마 두 개를 먹어치우고 역장 노인이 주 는 대로 와인을 받아 마셨다. 이글거리는 태양빛에 덴 것처럼 얼굴 이 붉어져갔다. 풀어지고 나니까 나를 건너다보는 눈빛이 사뭇 달 라졌다. 여자의 집에서 여자의 옷을 입고 남자가 원했던 음식을 나 눠 먹으며 즐겁게 이야기를 나눌 수 있는 사람인 거다, 나는. 최소 한…… . 게다 밤이 더 깊어지면 두 노인네는 각자 돌아가겠지. 나머 지는 길고도 긴, 깊고도 깊은 밤이 나를 돕겠지. 모든 것이 완전해 져가고 있었다. 나는 향수병에 시달리다 돌아온 남자에게 위로와 애정이 담긴 눈빛을 한 방 쏴주었다.

　　역장 노인은 다시 데운 김치찌개로 밥 한 그릇을 뚝딱 비웠다. 노인이 먹고 나서도 밥솥에 밥은 일 인분이 남았다. 일 인분이라. 혹시 아침에 만났던 택시 기사도 오는 건 아닐까. 아까는 화내서 미 안해요, 아가씨. 험한 눈길에 젊은 아가씨 혼자 보내놓고 걱정되더 라구, 하면서 들어서는 건 아닌지. 와인 잔도 미리 꺼내놓고 김치전 도 더 부쳐놓을까…… 하다가 뜨거워야 제맛이지 싶어 반죽만 좀 더 해두었다.

　　"이제 배부른데 뭐하러 반죽은 또 하누."

레드 와인 때문에 입술이 검보랏빛으로 변한 노파가 참견했다.

"한 사람 더 올 거예요."

"또 누가 온다고? 그럴 리가 없는데?"

역장의 풀어진 발음이 취기 때문에 천장으로 툭 튀어올랐다.

"네?"

"아니. 내 말은…… 그래, 이 밤에 누가 또 오겠냐구."

"내기하실래요?"

"아가씨는 뭘 걸 건데?"

"글쎄요. 할아버지는요?"

"음…… 내일 아침 열차를 걸지. 내가 이기면 내일 아침에 열차가 오게 될 거야. 아가씨는 시간을 걸어."

"시간이라뇨?"

"아가씨가 지면 내게 아가씨의 시간을 삼 년만 주는 거야. 어때?"

"맘대로 하세요. 어차피 제가 이길 테니. 할아버지가 지면…… 잠깐만 귀 좀……."

역장의 귀에 대고 나는 이랬다.

"할아버지가 지면 백일 간 열차가 양진에 안 오게 하기, 어때요?"

끄덕끄덕.

남자와 노파는 마침 와인 잔을 들고 건배하느라 내 귓속말을 못 들었다. 노파도 백일 동안이나 봐야 하는 건가? 큭큭. 자, 슬슬 나가볼까. 남자의 잔에 와인을 채워주고 화장실에 가는 척하면서 주방을 나왔다. 거실을 지나고 천천히, 천천히 현관 쪽으로 향하고 있었다. 당연히 울릴 거라 생각했던 초인종이 울리지 않고 있었다. 대신.

소리 나지 않게 현관문이 열리기 시작했다. 조용한 움직임이어서 주방에 있는 누구도 눈치채지 못했다. 남의 집을 방문하면서 초인종도 누르지 않다니. 일부러 음식까지 준비한 게 좀 억울한 기분이 들었다. 택시 기사는 또 내게 화를 내는 건 아닐까. "이 오밤중에 나를 왜 다시 부르는 거야? 어디 급하게 갈 데라도 있나? 그럼 요금은 따블이야" 하면서 말이다. 그럼 나는 반가운 인사로 화를 풀게 한 다음 주방에 다들 모여 있으니 들어오세요, 라고 말해야지. 맛있는 음식을 나눠 먹으며 우리는 눈도 그친 깊은 밤 내내 즐거운 시간을 보낼 것이다. 우리 집에서 새나가는 웃음소리 때문에 산짐승들도 잠을 이루지 못하겠지. 완벽하지 않은가. 그런데.

열린 문으로 낯익은 신발이 먼저 눈에 들어왔다. 고급스러운 양가죽 앵클부츠. 카멜색이 유난히 부드럽게 잘 빠져서 마치 카페라테 위에 얹힌 크림을 생각나게 했던. 발목에 달린 토끼털은 너무나 생기 있어 보여서 떼어다 눈밭에 부려놓으면 금방이라도 신나게 뒹굴 수 있을 것 같았다. 하루 종일 저 신발을 신고 걸어다닌 걸까. 굽이 아침보다 조금 더 닳아 있었다. 부츠가 끝나는 지점에서 시작된 다리는 매끈하고 가냘팠다. 블랙 스타킹에 휩싸여 있지만 시골 밤의 추위가 고스란히 느껴질 만큼 다리는 가늘게 떨리고 있었다. 그리고 그 위의 블랙 알파카 코트. 세련된 라인에 깊은 색감으로 입기만 하면 누구나 귀한 사람이 될 수 있을 것만 같았던 그 여자다. 미르.

나는 순간 예상치 못했던 일격을 당한 사람처럼 머리가 멍해졌다. 미르의 옷을 입고 미르의 집에서 미르의 남자와 함께 음식을 먹고 있었던 나는 진짜 미르의 모든 것을 탐내는 가짜 미르가 된 기분이었다.

"여기 있었군요. 또 만나네요."

여자의 목소리. 얼음송곳처럼 날카롭게 나를 질책하며 찌르는 것만 같은. 여자는 부드러운 미소를 짓고 있었지만 나는 뭐라 해야 할지 몰랐다. 순간적으로 책장을 돌아다봤다. 중간쯤에 꽂혀 있는 다이어리는 무사했다. 안도했다. 나는…… 여자에게 아주 중요한…… 다이어리를 찾아주기 위해 먼 길을 돌고 돌아온 사람이 아닌가.

다이어리…… 라고 말하려다 말고 문득 여자가 말할 수 없이 미워졌다. 갑자기 여자가 틈입자로 느껴졌다. 이 집 안에서 나와 모두는 완전했다. 하지만 여자의 등장으로 이제 모든 것이 깨져버리고 물거품이 되어버리고, 직격탄을 맞은 건물처럼 한순간에 와르르 무너져내릴 것이다. 내 시선은 허벅지에서 멈췄고 더 이상 위로 올라가지 못했다. 여자를 똑바로 쳐다보기가 두려웠는지도 모른다. 현관을 사이에 두고 다시 만난 우리는 이제 곧 서로 교차하겠지. 나는 교차점을 지나쳐 깊고 어둡고 무서운 밤의 심장으로 들어가야 할 거야. 내가 있었던 자리는 이내 사라지고 여자가 돌아온 집 안엔 다시 원래처럼 적막이 가득 들어차 모든 것들이 숨을 잃고 단단하게 굳어가겠지. 내일부터 이곳에 열차가 백 일 동안 오지 않게 될까. 그럼 나는 오솔길에 숨어들어 이파리가 다 떨어진 나무가 되어갈 것이다. 나무둥치를 감싼 하얀 붕대는 검고 탁하게 더럽혀지겠지.

"아침엔 고마웠어요. 그런데 어떻게 당신이 여기에……."

여자의 질문에 뭐라 대답해야 하는지 생각하다 말고 문득 여자의 다이어리에서 읽었던 글의 한 구절이 떠올랐다.

나는 모호합니다. 당신에 대하여. 그리고 다리를 움직여 당신을 떠났듯이 천천히 떠나는 풍경은 언젠가 되돌아와 세상의 모든 어둠을 몽땅 끌어모은 검은 아침을 몰고 올 겁니다.

이제 무슨 말인지 알 것 같았다. 처음과 달리.

■이 글을 쓰면서 소설 『리스본행 야간열차』에서 많은 도움을 받았습니다.

고양이 소설엔
고양이가 없다

*

기막힌 아이디어가 불쑥 솟았다. 소파에 길게 드러누워 티브이 채널을 돌리다가 우연히 〈해리포터〉가 방영되고 있는 걸 보고 있을 때였다. 발치에는 두 마리 강아지가 똬리를 틀고 자고 있었다. 한쪽 다리를 들어 올려 몸의 각도를 바꾸자, 강아지들이 가슴팍으로 뛰어올라와 서로 등을 대고 누워 위치를 잡았다. 그러고는 내 호흡의 유동에 따라 몸을 같이 움직이며 코를 골았다. 사각 프레임 안에서 해리는 공중전화 부스 엘리베이터를 타고 막 호그와트 마법학교로 가고 있었다. 〈해리포터와 마법사의 돌〉이었다. 미혼모였던 조앤 롤링이 한 다락방에서 추위로 언 손을 호호 불어가며 원고를 쓰고 있는 모습이 화면에 겹쳐져 떠올랐다. 폭풍 전야처럼 어둡고 습한 영국 하늘에서 끊임없이 농도 짙은 안개가 다락방 창문으로 밀려들고 있었을 것이다. 조앤은 불안과 공포에 떨면서 해리포터를 통해 불가해한 세상을 재조립하고 있었을 테지.

솔직히…… 해리포터 하나로 일약 세계적인 거부가 된 조앤 롤링을 보면서 안 부럽다면 날거짓말이다. 해리포터로 이후에 재구성된 세상을 바라보는 조앤의 심정은 어떤 걸까, 상상해보고 있는데 코 골던 강아지들이 갑자기 끙, 소리를 냈다. 그와 동시에 떠오른 생각이 바로 '해리봉지와 마루의 똥'이다. 그게 뭐냐면…….

나는 강아지 두 마리를 키우고 있다. 둘 다 요크셔테리어 수컷인데, 각각 열한 살과 여섯 살로 이름이 '봉지'와 '마루'다. 그중 내가 봉지를 데리고 산책이라도 나갈라치면 사람들이 이렇게 묻곤 한다.

"어머나, 너무 귀엽다. 근데 이름이 뭐예요?"

"봉지요."

그러면 열에 아홉은 이런다.

"네? 공주요? 아, 공주. 이름도 예쁘네. 공주야, 이리 와봐. 쭈쭈쭈쭈……."

대부분 이렇게 대답해야 알아듣는다.

"아니, 아니요. 봉지요. 비닐봉다리……."

사십 년 가까이 살아오면서 나 역시 봉지 말고는 봉지란 이름을 가진 강아지를 본 적이 없다. 사실 내가 봉지의 이름을 봉지라 명명한 이유는 간단했다. 봉지가 어릴 적, 전에 강아지를 키워본 경험이 없는 나는 계속 자라는 요크셔테리어 종의 머리털을 묶어주기 위해 따로 예쁜 고무줄 같은 걸 사야 한다는 사실을 미처 알지 못했다. 그래서 빵봉지를 묶었던 금색 철끈으로 묶어주곤 했다. 그럼 탄성이 없는 끈에서 머리털이 삐져나와 금세 머리털은 쑥대밭이 되곤 했고, 그 모양새가 우스워 배꼽 잡고 웃다가 그냥 이름을 봉지라고 지은 것이다.

그래놓고는 사람들이 봉지의 이름을 듣고 깔깔거리면서 웃다가 왜 이름을 봉지라고 지었느냐 물으면 나는 또 천연덕스럽게 이렇게 대답한다.

"오정희의 『유년의 뜰』이라는 소설이 있잖아요. 한국어로 표현할 수 있는 극대치의 아름다움을 보여준 소설이죠. 그중 주인공 여자아이와 아이를 낳지 못하는 의붓 할머니가 함께 개울물에서 목욕하는 장면이 있는데 거기 이런 구절이 나와요. '할머니는 아름다웠다. 내 눈길을 느낀 할머니는 잇몸을 내보이며 흐흐 웃었다. 햇빛 아래 입을 벌리고 웃는 할머니는 마른 꽃잎 같았다. 봉지 봉지 꽃봉지. 할머니는 정말 새까맣게 여문 씨앗이 배게 들어찬 주머니와도 같았다.' 봉지란 이름은 거기서 따왔답니다. 꽃봉오리의 어감이 묻어나는 예쁜 이름이죠."

그러고는 속으로 빵봉지를 생각하며 혼자 킥킥 웃곤 했다.

아무튼.

티브이 화면을 뚫고 해리포터가 내게 던진 메시지는 우리나라의 애견 인구가 어느덧 오백만을 넘고 있다는 사실, 그리고 전 세계로 확장해서 생각해보자면 그 수는 해리포터의 독자 수에 못지않을 거란 거다. 그중 십분의 일, 아니 백분의 일만 생각해봐도 매번 책을 낼 때마다 초판 일 쇄를 소화하기 힘든 나로서는 꿈같은 일이다.

봉지와 마루를 키우면서 내가 본 그들의 결투 현장, 그리고 그들이 거친 인간 세상에 나갔을 때 겪었던 숱한 무용담, 또한 그들과 나 사이에 벌어졌던 수많은 권력 쟁탈전에다가 봉지와 마루가 인간 세상에서 보고 느꼈을 삶의 애환까지. 그 서스펜스와 스릴은 〈인디애나 존스〉 저리가라 할 만한 것이다. 특히 수도 없이 벌어지는 봉지와의 사투에서 패배한 뒤 밀려오는 스트레스와 자괴감, 그리고 자신을 둘째로 태어나게 한 세상에 대한 분노를 삭이지 못하고 가끔 제가 싸놓은 똥을 씹어 먹어치워버리는 마루의 그 비참하고도 애처로운 견생사라니. 생각해보면 애견인들에게 엄청난 폭발력을 탑재하고 있는 이야기들이 아니겠는가. 나는 그냥, 단지 말이다, 쓰기만 하면 되는 거다.

그런 엄청난 프로젝트를 꿈꾸고 있는데, 문득.

아뿔싸.

머릿속에서 해리봉지가 윤기 나는 벨벳 망토를 두르고 낑낑 힘을 주면서 두 발로 멋지게 일어서는 장면을 상상하다 말고 소파 옆 탁자 위에 놓인 탁상용 달력을 가져와 들여다봤다. 그 바람에 봉지와 마루가 내 배 위에서 한 바퀴 굴러 내려오면서 소파 밑으로 떨어졌다. 깽.

*

잊고 있었다. 그 전에 먼저 단편소설을 하나 써서 넘겨야 한다는 사실을 말이다. 달력에 그려놓은 빨간 원 안의 숫자를 들여다보니, 딱 열흘 남았다. 마치 롤러코스터를 타고 우주를 향해, 저 멀고도 멀고 멋들어지기 짝이 없는 창공을 향해 쭉쭉 날아오르다 갑자기 바닥으로 곤두박질친 기분이었다. 언제 이렇게 시간이 흘러버린 거지. 어젠 분명히 마감까지 한 달가량 남아 있었는데. 하루 사이에 스무 날이 한꺼번에 날아가버리다니. 시간이 엄청난 변동폭으로 늘었다 줄었다 하는 통제 불가능의 적이란 건 살면서 이미 터득한 사실이지만, 또 한 번 제멋대로 춤추는 시간에 조롱당한 나는 그저 멍하게 달력에 박힌 숫자만 들여다볼 수밖에 없었다. 그러다 얼른 눈을 비볐다. 달력 위의 숫자가 내 눈을 정통으로 찔렀기 때문이다. 내 눈을 찌르고 공중으로 떨어져나간 숫자는 내 주위를 천천히 돌면서 내 몸 여기저기를 쿵쿵 때렸다. 머리를 때려 두통이 일었고, 옆구리를 때려서 갑자기 옆구리가 결렸다.

고양이를 소재로 소설을 한 편 써달라는 청탁을 받았을 때부터 난감한 일이었다. 여차저차해서 거절할 수도 없는 노릇이어서 꼭 쓰겠다는 말을 습관적으로 뱉었지만, 나는 사실 고양이를 키워본 적도 없는 데다 더 큰 문제인 것은 내가 고양이를 별로 좋아하지 않는다는 것이다. 아니. 별로 좋아하지 않는 게 아니다. 나는 고양이를 싫어한다. 그리고 그 이유는 너무나도 일반적이다. 그러니까, 고양이가 가진 특징들 말이다. 차갑고 날카로운 고양이의 눈빛은 속에 무엇을 감추고 있는지 알 수 없게 의뭉스럽지 않은가. 사람으로 치자면, 상대방에 대한 적의를 품고 있지만 겉으로는 무표정한 얼굴로 자신의 공격성을 감추고 있는 사람 같다. 그리고 그 울음소리는 또 어떤가. 흡사 아이 울음소리와 비슷한 음역의 소리로 자기가 목적한 바를 손에 넣기 위해 듣는 사람이 도무지 이겨낼 수 없도록 귓바퀴를 자극하고 심장으로 바로 찌르고 들어오는 그 영악함. 그리고 특유의 비린내와 체취를 풍기는 강아지들과 달리 아무 냄새도 흘리지 않는 고양이의 그 지나친 청결함이 마음에 들지 않는다.

앞서 내가 봉지와 마루를 키우고 있다고 말했거니와, 나는 강아지의 체취를 좋아한다. 그중에서도 봉지 몸에서 나는 냄새가 유독 강하다. 정확하게 말하자면 나는 봉지가 풍기는 그 비릿한 냄새를 미치도록 좋아한다. 그 비릿하고 은밀한 냄새는 봉지가 목욕을 한 지 삼 주가 지나면서부터 최대치가 된다. 그러면 나는 일부러 녀석을 한 달이 넘도록 목욕을 시키지 않고 밤이고 낮이고 할 거 없이 녀석의 몸에 코를 박고 지낸다. 긴 호흡으로 폐를 전부 다 사용한 들숨에 녀석의 냄새를 가득 채워 삼키니까, 녀석의 냄새를 맡는다기보다는 들이마신다고 해야 더 맞다. 들이마신 후에는 한참 동안 날숨을 내뿜지 않는다. 냄새가 내 온몸 구석구석에 퍼질 수 있도록 말이다. 그러면 사지에 힘이 빠지면서 전신이 나른해지고 근심 걱정이 사라짐과 동시에 마냥 행복하다. 그리고 내가 세상 어떤 존재보다 더 봉지를 사랑하고 있다는 확신을 갖게 된다.

그건 내가 오감 중에서 후각이 유난히 예민하기 때문이기도 하다. 내 안 깊은 곳에 쌓여 있는 기억을 끄집어내보자면 사람에 대해서도 마찬가지였다. 연애할 때 중요한 건 상대방의 냄새였다. 나는 연애를 시작하기 전에 꼭 상대방의 목덜미에서 나는 냄새를 맡아보곤 하는 버릇이 있었다. 그 체취에 나를 끌어당기는 어떤 요소가 포함되어 있다는 걸 확인하고 나서야 마음과 몸을 동시에 활짝 여는 것이다. 그리고 연애 상대에게서 마음이 떠나면 그 즉시 나는 그 사람의 냄새를 잃어버린다. 연애 상대를 얼마나 사랑했던가에 대한 척도는 그 사람의 냄새를 얼마나 더 오래 기억하느냐에 달려 있다고 해도 과언이 아니었다. 요는, 왠지 모르게 나는 냄새가 나지 않는 생명은 몸속에 따뜻하고 붉은 피가 흐를 것 같지 않다고 생각한다는 것이다. 그러니 내가 유독 깔끔을 떠는 고양이를 좋아할 리 만무하지 않은가.

거기다 고양이의 그 당당하고 도도한 태도라니. 가난한 비주류의 도시 빈민촌에서 태어나고 자란 나는 다 자라서도 여전히 열등감을 품고 지내왔다. 무슨 일을 하든 남의 눈치를 보고, 쉽게 주눅이 들며, 살면서 자존감 따위가 중요한 문제라고 생각하지도 않았다. 이제는 그것이 생래적인 성격이라 느껴질 정도다. 그래서인지 자신감에 차 있고 언제나 자신의 행동에 당당한 사람들을 보면 내가 평생을 노력해도 가질 수 없는 것을 태어날 때부터 가진 사람들 같아 마냥 부러운 눈으로 바라보게 되는 건 어쩔 수 없는 일이다. 사정이 이러하니 나를 깔보는 듯한 고양이의 도도한 태도를 보

고 있자면 나는 고양이에게 일종의 시기와 질투 같은 감정을 갖게
되고 만다.

내가 강아지들 중에서도 작은 강아지를 선호하는 데는 그런
이유도 포함되어 있는 것이 사실이다. 강아지는 언제나 애원하는
눈빛으로, 자신이 약자임을 인정하는 듯한 몸짓으로 자세를 낮춰
내게 다가오니까. 공연히 센 척한다거나 도도한 표정을 짓는 일도
없다. 말하자면 나는 강아지에게 동질감 비슷한 걸 느끼는 건지도
모를 일이다. 반면 고양이가 가진 그 화려하고 날카로운 눈빛은 나
와 다른 세계에 사는 귀족의 특성처럼 여겨지니까 말이다.

*

그런 사정인 데다 고양이와의 첫 인연을 떠올려보자면 나와
고양이가 친해질 수 없는 건 어쩌면 당연한 일인지도 모른다. 그건
벌써 사십 년이 가까운 시간 전에 일어난 일이고, 그래서 내 기억
속엔 있지도 않다. 왜냐하면 내가 태어나던 날에 벌어진 일이니까.

나는 왕십리에서 태어났다. 지금은 화려한 민자역사에다 서울
시의 뉴타운 정책으로 잘 가꾸어진 아파트촌까지 꾸며져 중산층이
사는 동네로 여겨지지만 내가 태어났던 칠십 년대 초반에는 도시의
가난한 노동자들이 모여 살던 곳이었다. 당시 만삭이던 내 어미는
추운 겨울날 밤에 산통을 느꼈다. 우리 집은 산동네 중에서도 거의
꼭대기에 있는 셋집이어서 병원에 가기 위해 택시라도 타려면 좁고

가파르고 더러운 계단을 수도 없이 밟아 내려와야만 했다. 하지만 어미가 집을 나서서 계단을 반도 채 내려오기 전에 이미 양수는 터져버렸고, 어미는 가랑이 사이로 흐르는 양수를 어쩌지 못하고 다시 집으로 돌아가야 했다. 아비는 급한 대로 동네 조산원으로 뛰어가 산파를 데려왔다. 그 당시에는 아직 아기를 받아내는 산파가 있던 시절이었으니까. 산파가 집에 도착하자마자 나는 어미의 다리 사이로 뚝 떨어졌다. 피 냄새와 땀 냄새가 가득해 비릿한 방 안에서 산파는 산모와 아기에게 별 탈이 없는 걸 확인하고는 그대로 돌아가버렸다. 뒤처리는 오로지 아비의 몫이었다. 내 아비는 방 안을 치우고 산모와 아기가 잠든 것을 확인한 뒤, 피범벅이 된 탯줄을 들고 나왔다. 그걸 어떻게 처리해야 할지 알지 못했던 아비는 검은 비닐봉지에 그때까지도 핏물이 흐르는 탯줄을 담아 집을 나섰다. 구멍가게에서 소주도 한 병 샀다고 했다. 그리고 아비는 한참을 고민했다. 세상으로 내려가는 유일한 통로인 좁고 가파른 계단에 아무렇게나 앉은 아비는 우선 소주를 병째 나발 불었다. 짐작해보면 복잡한 심경이었을 것이다. 가난한 살림에 아이가 하나 더 늘었으니 앞으로 살 길이 걱정되었겠지. 하지만 우선은 비닐봉지에 담긴 탯줄을 처리하는 일이 남아 있었다. 아직 따뜻한 온기가 남아 있어선지 그걸 들고 있던 아비 손은 그다지 춥지 않았다. 아비는 탯줄에서 풍기는 따뜻한 피비린내를 안주 삼아 소주를 다 비웠다. 그러고는 쓰레기통에 던져 넣었다. 달리 어쩔 수 있었겠는가. 그리고 뒤돌아서려는데 왠지 걸음이 떨어지지 않았다. 아비는 한참 동안이나 쓰레기통을 노려보고 있었다. 당시에는 집집마다 담벼락에 시멘트로 만들어놓은 쓰레기통이 설치되어 있었고, 그 높이가 어른 허리춤 정도 되었다. 얼마나 시간이 흘렀을까. 아비는 그날 보름달이 환해서 어둡지 않았다고 했다. 어디선가 고양이 한 마리가 나타났다. 음흉한 공격자의 눈빛으로 고양이는 살금살금 쓰레기통 쪽으로 향했다. 아비는 그때까지 멍하게 쓰레기통을 바라보고 있었다. 고양이가 가뿐하게 쓰레기통 위로 뛰어올랐다. 고양이 서너 마리가 더 모여들었다. 그러고는 열린 쓰레기통 입구로 쑥 들어갔다. 잠시 후. 바스락거리는 소리와 함께 피비린내가 진동했다. 그제서야 아비는 사태를 파악했다고 했다. 깜짝 놀라 뛰어갔지만 아비가 할 수 있는 건 아무것도 없었다. 쓰레기통 안에서 고양이들은 온기가 남아 있는 내 탯줄을 먹어치우고 있었다. 환한 보름달빛에 온몸에 피가 묻은 고양이들이 섬뜩한 눈빛을 빛내면서 아비를 올려다보고 있었다고 했다.

사정이 이러하니 고양이라면 질색하지 않겠는가. 기억에 없는 일이라고는 해도, 어찌 됐든 나의 시작이자 내 근원의 상징이랄 수 있는 탯줄을 한순간에 먹어 치워버린 놈들이 아닌가. 고양이들이 피비린내가 풍기는 탯줄을 입안에 넣고 씹어 먹는 장면을 상상할 때마다 나는 지독한 오한을 느낀다. 한겨울 고양이들의 추위와 배고픔을 상식적으로 이해한다 해도 그건 나와 고양이 사이의 아주 개인적이고 깊디깊은 악연이다. 마치 차가운 빙하 세계의 크레바스처럼 절대 메울 수 없는 골인 것이다.

*

언제 끝났는지 티브이 화면 속에서는 해리포터가 사라지고 한 신인 여배우가 화장실 변기 위에 두루마리 휴지를 세 겹으로 깔고 있었다. 여배우는 그러고도 변기 위에 엉덩이를 대지 못한 채 기마 자세로 앉아 오줌을 누고 있었다. 독특하고 중성적인 음색의 여자 성우가 내레이션을 하고 있는데 잠깐만 봐도 킥킥 웃음이 새나왔다. 요즘 떴다는 〈남녀생활백서〉 '화장실 편'이었다. 온갖 깔끔을 떨면서 볼일을 보고 나온 여자에게 오줌이 묻은 손으로 김밥을 집어주는 남자와 그걸 받아먹고는 좋다고 웃는 여자의 얼굴을 보고 있으려니, 나는 또 잠깐 고양이나 소설 따위가 없는 다른 시공간으로 순간 이동했다. 낄낄거리다가 문득.

그때까지 손에 들고 있던 달력이 툭 떨어졌다. 앗! 열흘. 내가 잠깐 낄낄거리는 동안 벌써 삼십 분이 흘러가고 있었다. 바닥에 떨어져 누운 숫자가 벌떡 일어나더니 점점 더 커져서는 저 높이 들고 일어나 나를 위에서 내려다보았다. 알았어. 알았다구.

고양이를 소재로 써야 하는 소설 원고의 마감은 열흘 남았다. 그리고 나는 고양이를 싫어한다. 그렇다면 뭐부터 해야 하지. 뜬금없이 언젠가 뉴스에서 봤던 호주 퀸즈랜드의 '꿈의 직업' 이벤트에서 선발된 벤 사우설이라는 남자가 떠올랐다. 벤이 몸을 담그며 활짝 웃고 있던 호주의 푸르디푸른 바다 빛과 바다와 구별 안 되는 하늘. 너무 맑아 바닥이 다 드러나 보이는 그 바다에 발을 담그고 아직 아름다운 지구를 가슴에 새기고 싶어졌다. 그 찬란한 태양빛을 기록하고 싶어졌다. 간절해졌다. 요는, 여기를 떠나 여행을 떠나고 싶은 심정이 된 것이다. 게다가 나는 추위에 너무나 약하지 않은가. 벌써 일주일째 한파가 계속되고 있다. 집 밖 출입을 하지 않은 지가 일주일 됐다는 얘기다. 여행이 안 된다면 따뜻한 나라로 이민을 가는 건 어떨까…… 생각하면서 이유 없이 시선을 거실의 가장 구석진 곳으로 돌렸다. 거실에 저런 구석도 다 있었나, 싶게 처음 보는 것 같은 그곳을 한참이나 들여다보고 있었다. 뭔가 잔뜩 뭉쳐 있는 게 눈에 들어왔다. 다가가보니 오래된 먼지가 자기들끼리 모여 굴러다니고 있는 거였다. 먼저 청소부터 하기로 마음먹었다.

한 달여 만에 윙윙거리는 진공청소기 소음을 듣고 잔뜩 겁먹은 봉지와 마루가 방 안으로 들어가 숨었다. 녀석들은 겁이 많아서 청소기 돌리는 걸 싫어했지. 워낙 오랜만에 하는 청소라 그제야 기억났다. 거실뿐 아니라 집 안 구석구석에 먼지가 뭉쳐서 굴러다니고 있는 게 눈에 띄었다. 진공청소기의 집진통을 두 번 비워내고 나서야 먼지는 대충 사라졌다. 다음은 걸레질. 두 시간에 걸쳐 그야말로 꼼꼼하게 온 집 안 구석구석을 닦았다. 얼마 만인지 모르겠는 땀이 등허리에 송글송글 맺혔다. 더워졌으니 더운 나라에 가야 할 이유가 사라져버렸다. 말끔하게 샤워를 하고 나서 드디어 책상 앞에 앉았다. 어느새 밤이 됐다.

*

　텅 빈 모니터가 점점 더 커져서는 온 방 안을 차지하고 나섰다. 그 앞에서 '리틀 피플'이 된 나는 뭘 어째야 할지 몰라 헤매고 있었다. 밤이 됐다고 해서 낮에 안 오던 것이 갑자기 번득이는 건 아니니 말이다. 각종 고양이 동호회에 재밌고 기이한 이야기들을 찾는다는 메일을 보낸 건 뭐라도 해보자는, 말하자면 썩은 동아줄인지 지푸라기인지 잘 모르지만 어쨌든 뭐라도 잡아보자는 그런 심정에서였다. 머릿속에서는 계속 종소리가 울리면서 두통이 가실 줄 몰랐고 몸속 장기들조차 제멋대로 움직여 내 안에서 저마다 아우성치고 있었다. 그중 쓸개는 계속해서 쓸개즙을 내뿜어대는 바람에 입안과 코끝에서 쓰디쓴 맛과 냄새가 떠나지 않았다. 그렇게 밤을 꼴딱 새고 나서 한낮이 되어서야 진하고 뜨거운 차를 몇 모금 마시면서 간신히 내 안의 모든 것들을 진정시키고 있는데 딩동, 초인종이 울리면서 "등기요" 하는 목소리가 문밖에서 들렸다. "등기 우편 왔어요" 하는 목소리가 거듭해서 들리고 나서야 종소리야 사라져라, 며 주먹으로 머리를 쿵쿵 때리면서 현관문을 열고, 사인을 하고, 등기우편을 받아 들었다.

　겉봉에 쓰인 발신인은 내가 전혀 알지 못하는 사람이었다. 거듭 생각해봤지만 역시 모르는 사람이었다. 뜯어보니 안에는 놀랍게도 손으로 쓴 편지가 들어 있었다. 몇날 며칠을 고민해서 손편지를 쓰는 대신 그때그때 생각나는 대로 메일이나 문자, 그도 아니면 바로 전화를 해버리는 소통의 속도전에 익숙해진 나로서는 직접 쓴 편지를 받아보는 게 거의 백 년 만의 일인지라 공연히 설레는 마음으로 편지를 열어보았다. 그리고 화들짝, 놀랐다.

'죽음의 냄새를 맡는 고양이'.

제목이 그랬다. 죽음의 냄새를 맡는 고양이라니. 어떤 낌새가 확 끼치면서 동시에 두통과 종소리가 사라지고 쓸개즙의 분비가 멎었으며, 균형을 잃었던 모든 장기들이 순식간에, 소리도 없이 말이다, 제자리로 돌아갔다. 주먹을 쥐고 머리를 쿵쿵 때리던 손을 활짝 펼쳐 이마를 탁 쳤다. 이거다. 고양이는 확실히 죽음의 냄새와 잘 어울리는 데가 있다. 그래. 어딘지 모르게 고양이는 죽음의 냄새를 풍기지. 죽음의 냄새란 코로 맡는 게 아니라 온몸으로 느끼는 거잖아. 고양이의 차가운 눈빛, 또 사람에게 기대 살아가야 하는 처지임에도 알 수 없도록 도도한 그 태도하며. 고양이는 그럴 만하지 않은가.

나는 얼른 다시 한 번 봉투에 적힌 발신인을 들여다보았다. 혹시 내가 전화를 걸어 고양이 얘기를 물은 사람 중 누군가가 보낸 건 아닐까…… 모르겠다. 그럼 내가 메일을 보냈던 고양이 동호회 소속 사람인 걸까…… 싶기도 했지만 그것도 확실치 않았다. 그럼 누구지? 하는 생각도 잠시. 아무려면 어떠랴 하는 생각에 우선 내용을 읽어보고 싶었다.

글씨는 평범하면서도 어딘지 유아적인 성격을 가진 사람이라고 짐작되었다. 초성을 크게 쓰고 중성과 종성을 작게 쓴 것으로 보아 화려하고 장식적인 것을 좋아하는 사람이 틀림없었다. 쉽게 생각하기에 이런 사람은 무채색보다는 선명한 원색의 옷을 더 좋아하고 활발한 성격일 것 같지만 오히려 그 반대가 더 많다. 발신인은 아마 오피스룩 같은 걸 주로 입고, 말수가 별로 없는 내성적인 성격인 데다, 드러내지 못한 은밀한 욕망이 가슴 속에 가득한 사람일 것이다. 이런 사람은 겉으로는 순해 보이지만 때가 되면 폭발할 수 있는 컬트적 본능을 숨기고 있기 십상이다. 또한 편지지에 그어진 가로줄에 받침을 반쯤 걸쳐 쓴 걸로 봐서 질서나 효율보다는 개성과 자율성을 더 선호하는 성격 같았다. 그러나 꽉 짜여진 일상에 갇혀 드러나지 않는 우울증을 앓고 있을 가능성이 높다.

전체적으로 여자 글씨인 듯싶다가도 어느 부분에선가 아주 글씨가 날카로워지는 것이 일부러 필체를 섞어 쓰려고 노력한 흔적이 느껴졌다. 그건 자신의 정체를 밝히고 싶지 않다는 증거다. 봉투에 적힌 이름과 주소 또한 십중팔구 거짓이겠지. 발신인은 목소리가 아주 작은 사람일 것이다. 그리고 간혹 글씨들이 자신 있게 쭉쭉 뻗어나가지 못하고 흔들리고 있는 걸로 봐서 내게 편지를 보낸다는 행위 자체가 자신의 일상적인 룰에 위배되는, 말하자면 뭔가 위험한 일을 시도한 것이 분명하다. 짐작컨대 발신인도 손글씨를 쓰는 것이 아주 오랜만의 일일 것이다……. 이런 상상을 하면서 편지를 읽었다. 내용은 '죽음의 냄새를 맡는 고양이'라는 제목에 대한 설명이었다.

밝힐 수 없는 어떤 이유로 한 공간에서 지내는 수많은 사람들이 있다. 그리고 '냥이'라는 이름의 고양이가 이 공간에 같이 살고 있다. 냥이가 몇 살인지 언제부터 같이 살게 된 건지 알고 있는 사람은 아무도 없다. 이 공간에서는 여러 가지 이유로 종종 사람들이 죽는다. 그런데 죽기 하루 전, 냥이가 종일 그 사람 곁에 웅크리고 앉아 있는 것이다. 그러면 그 사람은 꼭 그다음 날 죽게 된다. ……

*

마침 고양이 소설을 써야 하는 나로서는 확 당기는 내용이 아닐 수 없었다. 밤을 꼴딱 지새우면서 겪었던 모든 것들이 편지를 받음과 동시에 한꺼번에 사라지는 느낌이었다. 나는 편지를 손에 들고는 멍하게 서서 길고 지독했던 지난밤을 떠올렸다. 청소를 끝내고 책상에 앉자마자 가슴 깊숙한 곳에서 끌어올려진 길고 깊은 심호흡이 한동안 내 입을 통해 쏟아져 나왔다, 들어가곤 했었다. 숨을 고른 다음, 먼저 인터넷으로 고양이에 대한 자료들을 뒤지기 시작했다. 가장 많은 자료는 고양이 용품들을 구매하거나 고양이를 분양 받을 수 있는 쇼핑몰, 길고양이에 대한 약간의 동정과 연민이 들어 있는 그렇고 그런 글과 사진들, 그리고 자신이 키우고 있는 고양이 사진과 얘기를 올려놓은 블로그들. 그러니까, 별거 없었다. 좀 특이하다고 해봐야 일본 고양이나 양쪽 눈동자 색깔이 다른 오드아이를 가진 터키산 반고양이 정도? 그렇다고 열흘 안에 일본이나 터키를 다녀올 수도 없는 노릇이고 보면, 일본 고양이나 터키산 반고양이에 대한 얘기를 쓴다 해도 뻔한 이야기가 될 테고.

고양이가 나오는 영화와 소설들을 훑었다. 『나는 고양이로소이다』의 고양이는 너무 정치적이었고, 〈고양이를 부탁해〉에서는 고양이보다 영화의 전반적인 분위기를 좌우했던 철길만 기억에 남았다. 『묘한 고양이 쿠로』는 인간 세계에서 살아갈 수밖에 없는 고양이들의 이야기로 짐작 가능한 길고양이 수난사였고, 〈캣 우먼〉의 할리 베리가 입었던 검정 가죽옷은 지나치게 촌스러워 형편없었다. 그밖에도 고양이에 관한 수많은 자료들을 보고, 내가 아는 거의 모든 사람들에게 전화를 걸어 고양이와 관련된 재밌는 이야기가 없는지 물었고, 대부분의 사람들은 평소에는 연락 한 번 없다가 뜬금없이 전화해서는 그게 무슨 소리냐며 내게 핀잔을 줬다. 그러면서 나는 아주 작은 것이라도 물꼬가 트일 만한 어떤 것을 얻길 기대했고, 영감이 떠올라 '그분'이 강림하시길 바랐으며, 근사한 스토리가 잡히길 원했다.

웬걸. 아무것도 잡히지 않았다.

정말 나와 고양이 사이에는 탯줄에 얽힌 악연 외에 사연이 없는 걸까. 평소 나는 내 소설의 모든 소재와 이야기들이 내 안에서 나오는 것이라고 믿어왔다. 어떤 괴상하고 황당한 이야기를 쓴다 해도 내가 살아온 삶을 관통하지 않는 것은 없다고 말이다. 나는 내가 살아온 시간들을 송두리째 되짚어보기 시작했다. 아주 작은 실마리라도 좋았다. 모든 위대한 것은 미세한 흔들림에서부터 출발하는 거 아니겠는가. 내 안에 새겨진 기억들을 뒤지기 위해 머리끝부터 발끝까지 나 자신을 샅샅이 훑기 시작했다. 눈동자를 통해 거꾸로 들어가 코와 입과 목구멍을 거쳐 늑골과 위장을 지나 간과 허파를 살펴보고 비장과 십이지장, 대장과 항문까지 쭉 훑어 내려갔다가 다시 거꾸로 되짚어 올라가 저 은밀한 깊은 곳을 지나 척추를 타고 오르고 목덜미를 거쳐 뇌의 아주 세세한 부분까지 다 뒤졌다. 사십 년 가까이 살아오면서 내 안쪽 깊숙한 어딘가에 고양이에 대한 기억 하나쯤 묻어 있겠지 싶어서였다.

그런데, 이런.

나를 아무리 샅샅이 헤집어보고 구석구석 들춰봐도 이렇다 할 만한 '거리'는 없었다. 그야말로 젠장이었다. 그러느라 괜히 위장이 뒤집어져 쓴 노란 물이 식도를 타고 거꾸로 흘러나왔고, 들쑤셔 놓은 대장이 뒤집어져 변비가 왔다. 설사약을 먹자, 이번엔 물설사가 끊이지 않고 이어져 밤새 화장실을 들락거려야 했다. 몸에서 똥냄새가 하루 종일 가시지 않을 지경이었다. 그뿐인가. 내 몸과 내 기억, 그 깊은 속 안까지 다 들여다보느라 눈이 너무 무리해선지 눈에 핏발이 서고 따끔거리면서 급성 각막염이 찾아왔다. 변기 위에 앉아 아래는 힘을 주면서 위로는 계속 안약을 넣어대는 꼴이라니. 게다 과도한 스트레스와 엉망이 된 컨디션 난조 때문에 며칠 전 멎었던 생리혈이 다시 터져 나왔다. 바지부터 갈아입고는 급하게 생리대를 찾았는데 아뿔사! 생리대가 다 떨어진 걸 미처 사다 놓지 못한 게 아닌가. 하기야 그건 당연한 일인지도 모른다. 며칠 전에 끝난 월경이 다음 달이 되기도 전에, 불과 며칠 후에 말이다, 다시 시작될 줄 누가 알았겠는가. 이번 주말에 마트에 장보러 가면서 사다 놓으려 했던 것이다. 나는 할 수 없이 츄리닝 바람에 점퍼만 걸친 채로 동네에서 십오 분 거리에 있는 편의점까지 뛰어갔다 와야 했다.

설사와 피를 동시에 흘리다 겨우 잠든 나를 깨운 건 머릿속에서 울리는 커다란 종소리였다. 고개를 좌우로 흔들어보자 밤새 머릿속에 에밀레종만 한 범종이라도 들어갔는지, 종소리는 방향 없이 머릿속을 돌아다니며 꿍꿍 울려댔다. 소리도 소리지만 그 진동이 어마어마했다. 진도 6.5 이상은 될 것 같은 진동 때문에 도무지 정신을 차릴 수가 없었다. 내 안쪽을 들여다보니 밤새도록 시달리느라 모든 내장과 장기들이 온통 다 너덜너덜해진 상태였다. 급한 대로 나는 그것들을 대충 추스려 원래 위치였다고 짐작되는 곳에 가져다 놓은 다음, 밤샘 설사로 인한 탈수를 막기 위해 우선 찬물부터 찾아 마셨다.

소설을 한 편씩 쓸 때마다 되풀이되는 과정이기는 해도 그럴 때마다 익숙해지기는커녕 횟수가 거듭될수록 고통은 언제나 낯설었다. 매번 내 모든 삶의 기억을 다 끄집어내 되새겨보는 건 그다지 유쾌한 일이 아니다. 왠지 지난 시간들을 떠올릴수록 다른 건 모두 성긴 체를 통과하듯 빠져나가버리고 아프고, 외롭고, 좌절하고, 슬퍼했던 기억들만 현재처럼 다시 나를 휘감으니까 말이다. 사실 그런 이유 때문에 나는 평소에 일기조차 쓰지 않는다. 일기라는 것이 그렇지 않은가. 혼자 깊은 밤에 자기만을 위해 글을 쓰다 보면 기쁘고 행복한 일들보다는 타인에게 드러낼 수 없었던 고통과 상처, 외로움과 절망을 주로 기록하게 되는 것이 바로 일기가 아닌가 말이다. 그러니 시간이 흘러 그 일기를 다시 들춰보면 어떻겠는가. 간신히 잊고 지냈던 고통과 상처만 되새겨질 뿐이다. 그러니까 내 생각은 이렇다. 이 도시에 살면서 매일 하루도 빼지 않고 일기를 쓰고, 또 규칙적으로 그 일기를 꺼내 읽다가는 길어진 평균수명을 경험해보지도 못하고 만성 위장병이나 심각한 우울증에 시달리다 유명을 달리하게 되기 십상이라는 것이다. 그러니 소설을 쓴다는 거, 이거 안 하고 살 수 있으면 건강에는 그게 최고인 거다.

*

난 평생 건강하게 살긴 글렀군, 생각하는데 문득 이상한 느낌이 들었다. 편지를 안팎으로 살폈다. 봉투와 속지는 쉽게 구할 수 있는 것이었지만 거기서는 희미하게 병원에서 드레싱할 때 쓰는 소독약 같은 냄새가 났다. 내게 손편지를 쓴 이유는 뭘까? 그건 메일을 보내거나 또는 컴퓨터를 사용해 타자한 것을 보내거나 했을 때 컴퓨터에 기록이 남는 걸 원하지 않는다는 뜻이 아닐까. 다시 말해서 그곳 내부 사람들에게 자신이 편지를 써보냈다는 사실을 감추기 위해서 말이다. 그렇게 생각하니 점점 더 흥미로워졌다. 내용도 그렇거니와 그 내용을 둘러싸고 있는 감춰져 있는 어떤 진실이 궁금해졌다.

이거, 바로 소설인데…… 싶었다. 괜히 웃음이 새나오고 벌써 소설을 반쯤은 쓴 것 같은 기분에 사로잡혔다. 소설을 쓸 때마다 매번 이것이 내가 쓰는 마지막 소설이 될는지 모른다고 생각하고 있기는 했지만, 정말 이번이 마지막 소설이 된다면 나는 뭔가 굉장한 걸 건진 게 아니겠는가. 고양이에 얽힌 수많은 신화와 전설이 떠올랐고, 신화와 전설은 스스로를 확대 재생산하는 능력을 갖고 있다는 사실도 생각났다. 편지는 이렇게 이어지고 있었다.

냥이에게는 분명히 죽음을 예측하고 그 전조의 냄새를 맡는 능력이 있는 것 같다. 그러나 사람들은 그것을 공개하고 싶어하지 않는다. 간혹 말기 암 환자나 다른 심각한 질병에 걸려 자연사하는 경우에도 냥이의 능력은 어김없이 발휘되지만, 사태는 점점 더 심각해져서 냥이가 하루 종일 자신의 곁에 머물다 가면 어떤 죽음의 증상도 없던 사람이 그다음 날 자살하는 일도 빈번하게 일어난다. 그 공포와 두려움으로 이곳의 사람들은 이제 냥이를 숭배한다. 심지어 이 도시의 유력 인사들이 줄줄이 찾아와서는 냥이에게 뭔가를 캐묻고 확인한다. ……

나는 자꾸만 터져 나오려는 웃음을 간신히 참으면서 최대한 느린 호흡으로 쓸데없는 흥분을 가라앉혔다. 이건 시시껄렁한 사소설과는 차원이 다른 것이다. 마치…… 불가해한 세상에 숨겨져 있는 진실 한 끄트머리를 엿볼 수 있을 것 같은 기분이었다. 내 마음과 생각은 이미 그곳으로 찾아가 취재하고 있는 중이었다. 다만 몸이 아직 출발하지 않았을 뿐. 편지에도 내게 그곳으로 와달라고 쓰여 있지 않은가. 자신은 그 공간에서 나갈 수 없다고 말이다. 나는 당장 점퍼만 걸치고 가방을 메고는 편지를 손에 들고 집을 나섰다. 만약을 위해 휴대폰의 녹음 장치도 확인했고 책상 위에 편지에 적혀 있던 주소를 남겨두었다. 주소는 서울의 경계쯤 되는 곳으로 여기서 그다지 멀지 않은 곳이었다.

현관문을 나서자마자 턱 숨이 막혔다. 겨울의 저녁 무렵에 부는 바람은 생각했던 것보다 훨씬 더 매몰찼다. 오리털 솜을 넣은 점퍼쯤은 우습게 뚫고 들어와 몸속을 마구 헤집어놓았다. 한 걸음씩 옮길 때마다 체감온도와 체력이 뚝뚝 떨어졌다. 그러나 오늘 취재하고 돌아와 밤새 정리한 다음, 내일부터 죽자고 쓰면 마감일을 맞출 수 있다는 생각이 들어 이깟 추위쯤 대수랴 싶었다. 택시를 잡으려고 서 있다가 문득 연말의 도로 사정을 생각해보자면 가장 빠른 건 지하철이란 생각이 들었다. 왕십리역으로 막 들어서다가 봉지와 마루 저녁밥을 챙겨주지 않았다는 게 생각났지만 일단 다녀와서 늦은 저녁을 주면 된다고 마음먹었다.

상왕십리역을 지나자 추위가 가시고 온몸이 나른해져 손잡이를 잡은 팔에 머리를 기대고 섰다. 열차가 신당역에 가까워지자 내 앞의 좌석에 앉아서 졸던 남자가 벌떡 일어나 출입구로 향했다. 나는 남자가 앉았던 좌석에 엉덩이를 내려놓으면서 무의식적으로 남자의 눌린 뒤통수를 쳐다봤다. 남자가 일어난 자리는 아직 남자의 온기가 남아 있었다…… 는 생각을 하다가 그만 동대문역사문화공원역을 지나쳐 버렸다. 4호선으로 갈아타야 하는데 낭패였다. 하는 수 없이 좀 돌아가기로 했다. 이대역과 신촌역, 홍대역에서 많은 사람들이 내리고 다시 탔다. 멍한 눈으로 출입문이 열리고 닫히는 걸 보고 있다가 문득 내가 쓸 소설의 제목이 떠올랐다.

'고양이 소설엔 고양이가 없다'.

언뜻 보기에는 고양이가 주인공인 소설로 읽힐 것이다. 하지만 자세히 뜯어보면 사실은 이 도시에 사는 사람들에 관한 이야기라는 걸 알게 된다. 뭔가 은밀한 비밀을 감추고 있는 듯한 고양이의 눈빛을 닮은 소설이 될 것이다. 소설의 첫 장면은 어떻게 할까. 고양이의 몸짓처럼 의뭉스럽게 시작할 것이다. 전혀 다른 이야기로 말이다. 예를 들면…… 내가 키우고 있는 봉지, 마루의 얘기로 시작하면 어떨까. 티브이에서 우연히 해리포터 같은 걸 보고 있다가 봉지와 마루가 나오는 이야기를 상상하고, 그렇게 그 이야기에 빠져 있다가 문득 누군가에게서 편지를 한 통 받는다는 설정으로 말이다. 말하자면 이렇게…….

기막힌 아이디어가 불쑥 솟았다. 소파에 길게 드러누워 티브이 채널을 돌리다가 우연히 〈해리포터〉가 방영되고 있는 걸 보고 있을 때였다. 발치에는 두 마리 강아지가 똬리를 틀고 자고 있었다. 한쪽 다리를 들어 올려 몸의 각도를 바꾸자, 강아지들이 가슴팍으로 뛰어올라와 서로 등을 대고 누워 위치를 잡았다. 그러고는 내 호흡의 유동에 따라 몸을 같이 움직이며 코를 골았다. 사각 프레임 안에서 해리는 공중전화 부스 엘리베이터를 타고 막 호그와트 마법학교로 가고 있었다. ……

　　전체적으로는 판타지 성격이 강하지만 세부 묘사는 아주 리얼하고 그 둘 사이에서 묘한 균형을 이루고 있어서 다 읽고 나면 왠지 처음부터 다시 읽고 싶다는 생각이 드는 기묘한 소설이 될 것이다. 집요할 만큼 구체적이고 사실적인 장면 묘사는 소설의 설득력과 완성도를 동시에 담보해줄 것이다. 내 손이 문장의 파도를 타고 리듬에 맞춰 너울대면서 더욱더 크고, 넓고, 깊은, 세계로 뻗어가겠지. 아마도 소설 곳곳에는 고양이를 닮은, 시니컬하고 능청스러운 프랑스식 유머가 자연스럽게 스며들게 될 것이다. 적절한 유머는 소설의 완급을 조절해서 때로는 빠르게 또 가끔은 천천히 읽는 이의 심장을 뛰도록 만들겠지. 누구든지 읽을 수 있는 보편성을 담고 있으면서도 아무나 읽어낼 수는 없는 특수한 이미지와 상징이 도드라질 것이다. 번역에도 견뎌낼 수 있는 문장을 염두에 두고 쓰는 것이 아니라 내 문장에 적합한 번역을 찾아내고 그렇게 번역된 내 문장을 읽고 파란 눈의 독자들이 새롭고 낯선 경험을 하도록 할 것이다.

　　대충 그런 생각을 하는데 열차가 내는 소음과 속력이 차츰 줄어들면서 사당역으로 진입했다. 어두운 철로를 지나고 들어온 역사는 눈부시게 환했다. 치익, 소리와 함께 열차 문이 열렸다. 늦은 시간이기 때문인지 서울 외곽의 환승역은 생각보다 썰렁했다. 타고 내리는 사람들 대신 승강장 근처에 고여 있던 먼지 섞인 바람만 열차 안으로 급하게 섞여 들었다. "열차 출발합니다." 낮게 가라앉은 기관사의 목소리에도 어느덧 한밤의 노곤함이 묻어났다. 아차.

　　하마터면 못 내릴 뻔했다. 튕기듯 일어나 출입문을 빠져나오는 내 발뒤꿈치를 막 닫히는 출입문이 살짝 물었다 놓았다. 도시 외곽의 지하철역은 도심보다 더 황량하게 느껴졌다. 갈아탄 4호선도 한산하기는 마찬가지였다. 서울 남쪽에 있는 큰 고개라는 남태령역을 지나며 예전에 이곳에 여우가 많이 나오고 산적도 많았다는 얘기가 떠올랐고, 선바위역을 지나면서 옛날에 맑은 개울 한가운데 커다란 바위가 하나 서 있는 것을 보고 '서 있는 바위'라고 불렀다던 얘기가 생각났다. 선바위는 마을 사람들의 휴식공간이자 득남을 기원하는 신성한 존재여서 예전부터 이곳을 지나는 사람들은 바위에 '고시래'를 했다고 한다. 경마공원역을 지나고 "다음 정차역은 대공원, 대공원역입니다" 하는 안내 방송에 귀를 기울이고 있다가 이번에는 제대로 열차에서 내렸다.

겨울밤의 놀이공원 입구는 텅 비어 있었다. 저 멀리서 내가 가야 할 곳의 불빛이 희미하게 빛나고 있을 뿐, 어둠과 추위와 이유를 모르겠는 두려움만 내 옆에 바짝 따라붙었다. 사방을 둘러봐야 움직이는 거라곤 밤바람에 부대끼는 나뭇잎들뿐이었다. 택시가 운행하고 있을 리도 없고, 코끼리열차는 내일 아침이나 돼서야 덜커덩거리는 엔진음을 내면서 달릴 것이다. 그저 홀로 걸어서 저 길을 갈 밖에 다른 방법이 없었다.

막 바닥에서 발을 들어 올려 한 걸음 떼놓으려 할 때 문득 '내가 뭐 하고 있는 거지?' 하는 생각이 들었다. 고작 이상한 편지 한 장을 받아들고는 이 밤에 왕십리에서 서울대공원까지 한달음에 달려온 거 아닌가. 편지에 적힌 내용이 신빙성이 있는 건지 여부는 따져보지도 않았다는 생각도 동시에 떠올랐다. 도무지 죽음을 예견하는 고양이가 있다는 게 믿을 수 있는 얘긴가 말이다. 만약 누군가 장난편지를 보낸 거라면? 고양이 동호회를 비롯해 여기저기에 메일을 날렸으니 그걸 본 누군가의 장난기가 발동했을 가능성에 대해서도 꼼꼼히 따져봐야 했지 않은가. 좋은 소설감이 생겼다는 생각에 앞뒤 가리지 않고 덤벼든 내가 한심했다. 그런 생각을 하면서 한자리에 서 있자니 무지 추웠다. 어떡할까. 다시 집으로 돌아갈까. 어떡하지. 한참을 고민하는데 추위에 언 발가락이 딱딱해지는 느낌이었다. 어떡하긴. 여기까지 온 마당에.

한 걸음 한 걸음 옮기는데 앞뒤로 바람이 몰아닥쳤다. 바람은 발톱을 세워 덤벼드는 고양이처럼 날카롭고 앙칼졌다. 고갯길을 넘어서 커브를 돌고 황량하기 짝이 없는 넓은 주차장을 지나갔다. 주차장에서 이어진 담 안쪽에서 불 꺼진 대관람차가 나를 내려다보고 있었다. 정지해 있는 롤러코스터와 바이킹을 올려다보고 있자니 기괴한 느낌이 들었다. 왠지 내가 점점 더 죽음의 냄새를 풍기는 곳으로 가까이 다가가고 있는 것만 같았다. 나뭇잎 바스락거리는 소리에 어깨가 움츠러들고 내 발자국 소리에 온몸에 소름이 돋았다. 춥기도 하고 왠지 무섭기도 해서 뛰기 시작했다. 바람에서는 잘 벼린 차가운 칼날의 냄새가 났다. 다리에 백 킬로 정도의 모래주머니가 매달린 것 같았다. 저 멀리 동물원에서 새나오는 불빛을 보면서 저 옛날 별빛을 따라 걸었을 때는 행복했을까, 하는 쓸데없는 생각을 잠깐 했다.

드디어 서울대공원 동물원 앞. 꼬박 3킬로는 뛴 것 같았다. 아니다. 지구를 횡단한 것 같았다. 그것도 혼자서 말이다. 정말 그런 기분이었다. 여기서는 또 어디로 오라고 했더라. 그래. 동물원을 오른쪽에 두고 국립현대미술관을 향해 오르막길을 따라 올라오라고 했었지. 정확하게 서른세 걸음을 올라오면 오른쪽으로 작은, 아주 좁디좁은 골목이 하나 나오고 그 골목으로 들어오라고……. 편지에서는 여기서 주의해야 한다고 했었다. 그곳은 넓은 길이 만나는 곳이어서 자세히 살피지 않으면 그 골목을 발견하지 못할지도 모른다고 말이다.

나는 천천히 걸음수를 세면서 또박또박 걸었다. 서두르지 않았다. 정확히 서른세 걸음을 걷고 난 뒤, 오른쪽을 돌아보았지만 골목길은 보이지 않았다. 왼쪽인가 싶었지만 그곳엔 미술관 광장이 떡 버티고 있었고, 혹시 내가 지나쳐 왔나 싶어 뒤돌아 가봤지만 동물원을 따라 난 담벼락이 길게 이어지고 있을 뿐이었다. 그럼 못 미친 건가, 하는 생각에 오 분쯤 더 걸어 올라갔지만 여전히 담벼락만 계속되었다. 애초에 골목 같은 건 없었던 것이다. 역시 장난편지에 속은 건가. 누군가 키득거리며 장난으로 써 보낸 편지 한 장에 속아 이 추운 겨울밤에 아무도 없는 텅 빈 놀이공원에 와서 헤매고 있는 꼴이라니. 바짝 언 볼은 감각이 없어졌고 내 몸과 생각이 따로 놀았다. 어이없었다.

그래도 혹시나 싶은 마음에 편지를 확인해보기로 했다. 내가 놓친 부분이 있을지도 모르는 일 아닌가. 나는 편지를 꺼내 읽어보려고 주머니를 뒤졌다. 점퍼 양쪽 옆주머니와 안주머니, 그리고 안에 입고 있는 바지의 앞, 뒤 주머니를 다 뒤지고 가방을 열어 헤집어보았다. 없었다. 분명히 넣었는데. 집에다 두고 온 건가. 다시 한번 찾아봤지만 편지는 어디에도 없었다. 누군가에게 전화를 걸어 물어볼 수도 없고 네이버 지식 검색을 할 수도 없는 일이었다. 어둠과 추위와 허탈감이 내 발목을 붙들었다. 그러다…… 갑자기 그런 생각이 들었다. 내가 편지를 받은 건 확실한가…… 하는. 혹시 어떤 소설 속의 한 구절을 읽었거나…… 또는 앞으로 내가 쓰려는 소설의 한 장면을 상상한 것이거나……. 지금으로서는 알 수 없는 일이다. 나는 방향을 돌려 온 길을 되짚어 걷기 시작했다.

*

집으로 돌아오는 길은 갈 때보다 삼백서른다섯 배는 더 먼 것 같았다. 당장이라도 소설을 쓸 수 있을 것 같았던 자신감은 고양이 발톱 같은 앙칼진 바람에 찢겨버렸고, 갑자기 배 속이 요동치기 시작했다. 배가 무지 고팠다. 그제야 점심때부터 종일 굶었다는 생각이 들었다. 지하철은 움직이고 있는 건가 싶을 정도로 느려터졌고, 옆자리에 앉은 초로의 남자는 삼겹살 기름이 섞인 술냄새를 끊임없이 풍겨댔다. 배와 등까지의 최소거리를 몸으로 체험하면서 당장 지하철에서 뛰어내리고 싶은 충동을 꾹 눌러 참고 있다가 어느 순간 깜박 졸았다. 가까스로 눈을 뜨니 왕십리역에 도착한 열차의 출입문이 막 열리고 있었다. 깜짝 놀라 내린 다음 우선 자판기를 찾아 커피를 뽑아 마셨다.

현관문을 열자마자 저녁을 굶은 봉지와 마루가 내게로 달려들었다. 강아지들의 저녁밥을 챙겨주고 라면을 끓였다. 밥을 하고 찌개를 끓이고 반찬을 챙기려면 또 얼마나 긴 시간이 나를 괴롭힐까 싶어서였다. 사실 우리집 강아지들과 나와의 공통점은 배고픈 걸 가장 참지 못한다는 것이다. 라면을 반쯤 먹고 나서야 비로소 편지 생각이 났다. 벌떡 일어나 책상 위와 아래, 책꽂이와 거실, 심지어 식탁과 방 구석구석을 다 찾아봤지만 편지는 없었다. 알 수 없는 노릇이었다. 정말 내가 무슨 착각에 빠졌던 건지, 아니면 혹시나 편지를 손에 들고 나갔다가 잃어버린 건지. 소파에 엉덩이를 반쯤 걸치고 어깨를 축 늘어뜨리고 앉았다. 내 엉덩이 양쪽에 봉지와 마루가 각각 앉아 나를 올려다보고 있었다. 고양이 소설에 강아지를 쓸 수도 없는 일인데 어쩌나…… 생각하다가. 그렇지, 내겐 '해리봉지와 마루의 똥'이 남아 있었지…… 싶었다. 그 전에.

달력을 보니 지난 밤새 벌써 사흘이 홀쩍 어디론가 사라져버렸다.

그러니까 마감까지 남은 시간은 이제…….

6일.

기억이의 노래

기억이가 신고 있는 초록색 천운동화가 먼저 눈에 들어왔다. 선명하고 짙은 초록은 마치 크리스마스트리처럼 하얗게 눈이 쌓인 바닥을 딛고 있었다. 그 초록빛 천 위로 먼지처럼 흩날리는 눈송이가 기대와 곧 스러졌다. 쉼 없이 부딪혀 녹아 스미는 눈의 습기 때문에 초록은 시간이 흐를수록 조금씩 더 진해졌다. 습기로 가득한 대기, 하얀 바닥, 코끝이 맵도록 차가운 겨울바람에 그 초록빛은 상록수처럼 싱싱하게 도드라졌다. 올 들어 가장 추운 날이었다. 정적. 내리는 눈은 세상의 모든 소리를 안고 바닥에 쓰러져 누웠다.

*

촬영이 끝난 기록버스는 주차장에 방치돼 있었다. 기록버스 광고용 외관을 뜯어낸 다음 다시 방송국 차량으로 쓰일 예정이라 했다. 기록버스 안에서 많은 사람들이 잊지 못할 기억들을 털어놨다. 엄마는 그걸 티브이 화면에서 보았다. 특별 편성으로 제작된 그 프로그램에서 사람들은 묻혀 있던 기억을 떠올리며 울었다. 대부분의 사람들이 과거를 기억하면서 하염없이 눈물을 흘렸다. 기억과 눈물은 대체로 동반되는 모양이었다. 아내와 아내의 정부를 한꺼번에 칼로 찔러 죽이고 교도소에서 십 년 이상을 흘려보낸 한 남자는 그 외에는 아무것도 기억할 게 없다고 했다. 삼십오 년 전에 헤어진 연인을 기억하며 한 사내는 수많은 날들을 기다려왔다고 고백하면서 한숨을 내쉬었다. 그 한숨에 온 세상이 바닥을 모르게 가라앉았다. 정작 방송국 사람들이 헤어진 연인을 찾아줬을 때 사내는 망설이다 끝내 옛 연인을 만나러 가지 못했다. 엄마는 사내가 속으로 옛 연인을 찾아준 방송국을 원망했을 거라고 짐작했다. 기억들이 살고 있는 곳. 그곳은 늘 홍수가 지고 점점 더 바닥이 꺼져가며 사람들을 불모의 땅으로 옭아맸다.

엄마는 너무 늦은 거라고 생각했다. 아들을 찾아달라고 애절하게 하소연할 생각이었다. 티브이를 보고 있는 사람들 모두를 눈물의 바다에 빠뜨릴 거라고 마음먹었다. 그런데 기록버스 프로그램은 끝나버렸고, 버스 안에 흘러넘치던 기억들은 다시 저마다의 깊디깊은 사막 속으로 흩어져버렸다. 촬영 시간에 맞춰 왔어야 할 일이라고 생각했었다. 그런데.

그 기록버스 앞에서 기억이를 만났다. 다시. 오 년 만이었다.

*

"니가 기억이구나."

엄마의 목소리는 떨리는 듯, 한편 담담하기도 했다. 사람들이 간간이 오가는 주차장 사이로 눈발이 섞인 회색빛 바람이 드나들었다.

"네. 엄마. 오랜만이에요."

어느덧 변성기를 지나버린 기억이의 목소리에서는 쇠를 가는 듯한 소리가 났다. 턱 주위에 제멋대로 난 수염 가닥들은 바싹 말라 엉킨 식물의 뿌리 같았다. 허리까지 닿도록 긴 머리칼을 질끈 묶고 있었다. 몸에서는 습하고 오래된 먼지 냄새가 났다. 기억이는 엄마가 생각했던 것보다 훨씬 더 자라 있었다.

"널 여기서 다시 만나게 될 줄은 몰랐구나."

"나도 몰랐어요. 엄마를 이런 데서 다시 보게 되다니."

"반가워."

"네. 좋은 일예요."

"그러니?"

되묻는 엄마의 시선은 기억이의 어깨로부터 천천히 타고 올라가 기억이의 이마 부분에서 멈췄다.

"널 잃어버렸을 때 넌 아홉 살 꼬맹이였는데."

엄마는 슬쩍 때 묻은 기억이의 점퍼 소매를 어루만졌다. 찬 기압골의 북서풍이 엄마와 기억이의 뺨을 붉게 상기시켰다.

"이젠 다 자랐어요."

기억이는 아주 오랜만에 겨울 바다 앞에 서 있는 사람처럼 멀리 바라보면서 조용하게 미소 지었다. 오후의 바랜 빛이 풍경을 그림으로 만들었다. 프레임 속에서 엄마와 기억이는 미색이 덧씌워진 서로를 한참이나 마주 바라보았다. 가끔 자동차 엔진 소리가 지나갔고, 잎을 떨군 가로수가 바람에 몸을 떨었다.

*

"저기 좀 앉을까?"

엄마는 주차장 출구 쪽 벤치를 가리켰다. 기억이가 엄마의 손가락을 따라 시선을 저만치 옮겨 벤치 위에 뒹구는 마른 잎을 건조하게 바라다봤다.

"좋아요."

앞장서 걷는 기억이는 자꾸만 앞으로 가지 못하고 옆으로 게걸음을 걸었다. 몇 발짝 가던 기억이가 몸을 모로 세우고 걷기 시작했다. 그러자 옆걸음으로 비로소 앞으로 나아갈 수 있었다. 꼬맹이였을 때 바로 그 기억이었다. 어디서 나타났는지 모를 여자애 하나가 기억이를 뒤따랐다. 여자애는 뻥 뚫린 주차장에서 마치 마술처럼 갑자기 나타났다. 엄마는 시린 눈을 가늘게 뜨고 여자애의 걸음을 좇았다.

"아라예요."

기억이는 엄마와 여자애 사이에 앉아서 여자애의 손을 잡고 엄마에게 말했다. 엄마는 아라의 손이 무척 큰 걸 보고는 약간 놀란 표정을 지었다. 기억이가 아라의 손을 잡고 있었지만, 결국 아라에게 잡힌 모양이 되었다.

"이 애 이름이니?"

가무잡잡한 피부빛의 아라는 눈동자가 크고 까매서 꼭 강아지 같았다.

"네. 오래전에 필리핀에서 왔어요. 아라 아빠는 마닐라에서 가까운 팍상한 폭포에서 일했어요. 영화 〈지옥의 묵시록〉 알죠? 그거 찍은 데예요. 거기서 물살을 거슬러 보트를 타고 올라가는 사람들을 끌어주고 돈을 받았어요. 수심이 얕고 물살이 빨라 노를 저을 수가 없거든요. 그러다 날카로운 바위에 발을 찔려 미끄러졌죠. 허우적대다가 커다란 바위에 머리를 부딪쳐 죽었어요. 유난히 안개가 짙고 비가 많이 오던 날이었대요. 빗줄기인지 폭포수인지 헷갈렸대요."

강아지 같은 아라의 눈동자가 차츰 잿빛으로 변해갔다. 엄마는 아라에게서 물비린내가 난다고 생각했다.

"아꼬 아이 라빙 왈롱 따웅 굴랑."

아라의 목소리는 물속에서 흔들리는 물풀처럼 미끄러웠다.

"열여덟 살이라는 뜻이에요."

기억이는 어느새 필리핀 말까지 배운 모양이었다. 엄마는 기억이가 대견했다. 기억이와 아라는 내내 손을 꼭 잡고 있었다. 잡은 손등 위로 눈송이가 소복하게 내려앉았다. 그때마다 손들은 보르르 떨었다.

*

저만치 노랫소리가 들려왔다. 눈 녹듯 부드러운 캐럴송이었다. 기억이와 아라가 방울이 울리는 거 같은 목소리로 따라 불렀다. 부르면서 가끔 고개를 까딱거렸다. 발끝으로 바닥을 톡톡 차 박자를 맞췄다. 엄마도 부르고 싶었다. 하지만 엄마는 노래를 부를 수가 없어서 슬퍼졌다. 아주 오래전 노래하는 법을 잃어버린 까닭이었다. 잊은 게 아니라 잃어버린 거였다. 해가 지면서 방송국 건물 벽에 붙어 있는 알전구에 불이 들어왔다. 색색의 알전구는 반짝이는 빛을 자꾸만 명멸하며 까불었다. 보기만 해도 따뜻하고 행복했다. 엄마 혼자만 우산도 없이 세차게 내리꽂히는 빗줄기 밑에 서 있는 것 같은 기분이 들었다. 생각해보면 엄마는 인생의 반을 뭔가를 찾는 데 소비했다. 지갑 따위를 잃어버리는 건 다반사였고, 중요한 서류를 손에 들고 온종일 찾아 헤매기도 했다. 한번은 인솔하던 일본 단체 관광객 중 한 사람을 잃어버려 여행사에서 쫓겨날 뻔한 적도 있었다. 다행히 그 일본 관광객은 삼 일이 흐른 뒤, 저 혼자 호텔로 찾아왔다.

그리고 엄마는 노래하는 법을 잃은 것이다. 그 때문에 집에다 노래방 기계를 사다 놓고 혼자 연습하기도 했고, 최신형 엠피스리를 사 늘 이어폰을 끼고 들으면서 리듬감을 익혔다 하지만 엄마가 노래를 부를 때면 언제나 리듬감 없고 강약, 고저도 없는 그저 딱딱한 문장만 흘러나오기 일쑤였다. 한번은 밤늦게 노래방 기계를 켜 놓고 노래 부르다 아래윗집에서 모두 달려와 난리를 치른 적도 있었다. 아래윗집 사람들은 엄마가 누구한테 맞으면서 비명을 지르는 줄 알았다고 했다. 신고를 받고 출동한 경찰에게는 진술서를 써 주고 겨우 돌려보냈다.

그리고 기억이.

*

"엄마는 혼자서도 잘 지낼 거라고 생각했어요."

기억이는 계속 발을 까딱거리면서 입으로만 엄마에게 물었다. 눈은 아라와 잿빛 하늘을 번갈아 쳐다보고 있었다.

"응. 잘 지냈어."

그리고 엄마는 기억이에게 노래하는 법을 잃었다고 고백했다. 노래하는 법을 다시 찾으려고 무지 애먹었지만, 결국 찾지 못했다고 말하는데 아라가 깊은 물속을 들여다보는 것처럼 엄마의 눈을 바라다봤다. 엄마 쪽으로 조금 구부린 아라의 어깨가 소슬했다. 엄

마는 말을 하다 말고 팔을 뻗어 아라의 어깨를 살며시 어루만져주
었다. 기억이가 그걸 보고 흐뭇하게 미소지었다. 엄마는 기억이가
또 대견했다.

작년부터 엄마는 노래하는 법을 찾는 걸 그만두었다. 그리고
가이드 일을 마치고 집에 돌아오면 티브이의 〈우리말 퀴즈〉를 즐
겨보기 시작했다. 처음엔 그저 무심코 화면을 보기 시작했는데 언
제부턴가 응시하게 되었다. 그 예쁘고 고운 말들을 기억이에게 가
르쳐주고 싶었다. 그런 기분이 들 때마다 곧 기억이가 돌아올 거 같
은 기분이 되곤 했다.

"위아랫물지다, 라는 말이 무슨 뜻인지 아니?"

어디서 날아온 건지 모르겠는 마른 잎사귀 하나가 기억이의
정수리에 내려앉았다. 기억이는 고개를 뒤로 홱 젖혀 잎사귀를 떨
궈냈다. 발은 여전히 바닥을 차며 까불거리고 있었다.

"아니요. 무슨 뜻인데요?"

추운지 기억이가 양손을 마주 비볐다. 그러다 아라의 손도 같
이 비벼주었다. 마른 잎사귀 뭉구는 소리가 났다. 엄마도 같이 비볐
으면 좋겠다, 고 생각하면서 기억이와 아라의 시린 손을 물끄러미
바라다봤다.

"서로 많이 달라서 잘 어울리지 않는다는 뜻이야."

"그렇군요."

그러더니 기억이가 아라의 머리를 감싸 안아 끌어당겨서는 아
라의 귀에 대고 귓속말을 건넸다. 아라는 기억이에게 귀를 열어둔

채로 엄마를 향해 방긋 웃었다. 길게 늘어지는 아라의 입꼬리 옆으로 하얀 해초 같은 입김이 가늘게 흘러나와 옅은 어둠 속으로 사라졌다.

"바낏 나깅 마딜림 앙 라잇?"

말해놓고 아라와 기억이가 함께 크게 웃었다. 엄마가 절대 풀지 못할 수수께끼를 내놓고는 의기양양한 표정으로 세상이 떠나가라 웃으면서 그칠 줄 몰랐다. 엄마는 기억이와 아라가 귀엽고 사랑스러웠다.

"무슨 뜻이지?"

긴 시간 동안 위아랫물져 있던 기억이와의 사이가 한 뼘쯤 좁아졌다고 느끼면서 엄마는 잇몸을 드러내며 따라 웃었다.

"하, 늘, 이 왜 회, 색, 으로 변, 했나요? 라, 는 말, 예요."

기억이는 웃느라 발음을 제대로 하지 못할 지경이었다. 기억이의 웃음소리에 마른 가지에 앉아 있던 겨울새들이 푸드덕 한꺼번에 날아올랐다. 많이 웃는구나. 좋은 일이야, 라고 생각하면서 엄마는 예전에 통 웃지 않았던 꼬마 기억이를 떠올렸다. 엄마의 시선이 멀리 날아가는 새떼의 궤적을 따라 흘렀다. 끄트머리에 붙어 있던 새 한 마리가 날아가면서 똑, 똥을 떨어뜨렸다. 엄마의 와인색 가죽 부츠에 떨어진 새똥을 보고 아라가 허리가 끊어지게 웃었다. 둘은 목청껏 노래하는 것 같았다. 마치 노래의 원형 같았다. 엄마는 그렇다고 생각했다. 살아 있는 노래라고 말이다. 그리고 혼잣말처럼 중얼거렸다. 요즘 사랑이나 이별을 말하는 노래들은 꼭 동화 같단 말야. 현실감이 없어.

*

바야흐로 크리스마스 시즌. 저만치서 캐럴이 들려왔다. 엄마는 기억이가 크리스마스 선물이구나, 싶었다. 어스름한 대기에, 기온은 점점 더 내려가고 있었다. 추웠다. 시동 꺼진 기록버스 차창에 얇은 얼음막이 생기기 시작했다. 어디로든 가야 할 텐데. 엄마는 아직 기억이에게 집으로 돌아가자고 말할 용기가 나지 않았다. 기억이와 아라는 서로의 체온으로 추위를 밀어내며 저희들만의 노래를 흥얼거리고 있었다.

"쭉 아라와 함께 지냈니?"

엄마의 말끝에 고드름이 대롱거릴 것만 같았다.

"아라는 작년에 만났어요. 아빠가 죽고 여기 와서 식당에서 일하다가 몇 달이 지나도 한국말을 못하니까 쫓아냈어요. 경찰들이 잡으러 와서 내가 숨겨줬어요. 아라는 뭘 잘못했는지 모르는데, 여기 있는 게 불법이라니까 아라가 무서워했거든요."

한국말을 못하는 아라 대신 기억이가 필리핀 말을 배운 모양이구나. 엄마는 눈으로 기억이의 머리를 쓰다듬어주었다. 다섯 살배기 꼬마 기억이는 한국말을 잘하지 못했다. 엄마가 공책에 기역을 커다랗게 쓰고는 '기역'이라고 발음해주면 기억이는 자꾸만 기, 억, 기억, 기, 이, 억 이라고 발음했다. 그래서 엄마는 기억이의 이름을 기억이라고 지어주었다. 다 자란 기억이는 말을 참 잘하는구나. 엄마는 기뻤다.

아라의 입에서 뭔지 잘 알 수 없는 노래가 계속 흘러나왔다. 음폭의 기복이 심하지 않았고, 끊길 듯 이어지면서 앞뒤 가락들이 서로를 타넘었다. 마치 질기고 굵은 밧줄이 아라의 입에서 술술 풀려나오는 것 같았다. 그리고 깊은 물속에서 의사소통을 위해 내뱉는 알 수 없는 음파 같기도 했다. 엄마는 알지도 못하면서 무조건 기원전의 노래 같다고 생각했다. 기억이는 아라의 노랫가락에 장단을 맞춰 입속으로 따라 부르느라 잠시 말을 멈췄다. 다시 말을 시작하면서 기억이의 입에서 흘러나온 말들은 아라의 노랫가락을 타고 금세 노래가 되었다.

나 어릴 적~ 처음 길을 나섰네~~. 친구 하나 없이~ 홀로 길을 갔다네~. 나와 내 발이 따로 놀아~, 나는 내 발을 친구 삼아 걸었지. 걸으니까 다리가~ 아팠어. 아파서 쉬니까 구멍이 보였다네. 한창 공사 중인 타워크레인과~~ 포크레인의 흐린 불빛이 나를 비춰주었지~. 음음음. 지나는 사람들 얘길 들었어. 왕십리역의 민자 역사를 만드는 중이었다네. 나는 그곳으로~ 들어갔지. 아래로, 아래로, 걸어 들어갔어. 라라라~. 거기엔 따뜻한 구멍이 참 많았다네. 나는야~ 거기서 잠이 들었지. 내 친구인 내 다리도 편히 쉬었어. 마치 엄마 품처럼 따뜻하고~ 습한 곳이었다네. 어둠도 곧 내 친구가 되어주었지. 노래가 터져 나왔지. 나는 노래했어. 우우우~. 날마다, 밤마다, 구멍을 찾아다니며 노래를 불렀지~.

*

노래를 부르면 옆에서 졸졸~ 물이 흘렀어. 졸졸졸~. 나는 그 물이 어디서 온 건지 모르고, 물은 내가 어디서 왔는지 묻지 않았지. 나는 그 물을~ 마셨어. 엄마의 젖처럼 시큼하고 따뜻하고~ 비린 맛이 났었지. 편안했었어~. 랄랄랄~. 내 머리 위로 사람들이 지나다녔지. 지나다니면서 말들을 주고받았어. 왠지 모르지만 공사가 중단된 거야. 조금 쓸쓸했어. 어어어~. 더 이상 포크레인이 박자를 맞춰주지도 않고 타워크레인이 관객이 돼주지도 않았으니까. 그래도 나는~ 노래를 멈추지 않았다네. 지하로 지나다니는 지하철이 있었어. 그 덜컹거림이 좋았어. 내 노래에 반주가 되어주었지. 그리고~ 아라가~ 왔지. 내가 아라의 손을 잡아끌어 구멍 속으로~ 초대했어. 아라와 나는 노래를 했어. 나나나~. 춤도 추었지. 비가 오는 날이면 손뼉으로 박자를 맞출 필요가 없었다네. 아라와 나는 환상의 듀엣~. 행복했었어~. 많은 사람들이 구멍으로 찾아왔어. 나와 아라가 부르는 노래에 잠이 들곤 했지. 그러다 다시 타워크레인에 불이 들어왔지. 기계들이 밤낮없이 윙윙 울었어. 윙윙윙. 구멍들은 점점 더 줄어들었어. 아라의 손목만큼 굵은 철심이 나와 아라의 구멍들을 찔러댔었지. 우리는 자꾸만 도망갔다네~. 우리는 수많은 구멍들을 흘러다녔어. 민자역사가 한 층씩 올라갈 때마다 우리는 점점 더 추워졌어. 드디어~ 모든 구멍들이 사라졌지. 대신에 수많은 통로들과 복도들이 생겨났어. 거대한 마트가 생기고, 영화관이 들어섰지. 지하철의 울림도 그 아래 갇혀버렸어. 더 이상 어둡지도 않았고, 습하지도~ 않았지. 언제나~ 너무나 밝았어. 우리는 갈 곳이 없었어. 노래하고 춤추면 사람들은 우리에게 동전을 던지고 지나갔어. 혹은 마구 소리를 질러댔지. 후후후~. 그러다 티브이를 봤어. 기록버스가 길을 달리고 있었지. 사람들이 그 안에서 기억들을 쏟아내고 있었어~. 그제서야 내 이름이 기억이란 게 기억났어. 우리는 그 버스가 보고 싶었지~. 우리는 달려가는 거야.

*

그랬구나. 기억이는 저 아래, 구멍에서 살고 있었구나. 기억이는 엄마를 잃고 노래를 배웠구나. 꼬마 기억이는 노래를 할 줄 몰랐었는데. 기억이와 아라의 몸에서 음습하고 비리고 축축한 곰팡내가 났다. 어둠의 냄새가 났다. 따뜻한 기억이의 냄새. 낯선 흙의 냄새. 무언가 썩어 흐르는 듯한 물의 냄새. 엄마는 폐 전체를 열어 크게 숨을 들이쉬었다. 가슴이 한 뼘쯤 부풀었다, 꺼졌다.

"너와 아라에게서 추깃물 냄새가 나는구나. 추깃물이 무슨 뜻인지 아니?"

아라가 엄마를 향해 고개를 꺾고 갸웃거렸다. 기억이의 시선은 저 멀리, 하늘 높이 날아가고 있었다. 구멍이 그리워진 걸까? 차가운 공기가 세 사람을 에워싸고 휘돌았다. 엄마는 목을 움츠리고 기억이는 등허리를 곧추세웠으며, 아라는 온몸을 둥글게 말았다.

"널 다시 만나면 가르쳐주려고 티브이에서 늘 〈우리말 퀴즈〉

프로그램을 보았단다. 그리고 난 혹시 니가 돌아올까 봐 한 번도 이
사하지 않았어."

"고마운 일이에요. 무슨 뜻인지 알려주세요."

"사람의 몸이 죽어 썩을 때 흐르는 물이야."

기억이는 잠시 무언가를 생각하는 표정이 되었다.

"그렇군요. 내가 살던 구멍에서 누군가 죽었을 때 물이 흘렀어
요. 그 사람이 온몸으로 울고 있다고 생각했어요. 그 눈물 냄새 때
문에 아무도 그 사람 근처에 가지 않았어요. 우리는 그 사람이 온몸
으로 우는 모습을 아무에게도 보여주고 싶지 않은가 보다, 생각했
지요. 아라와 나는 그 사람을 위해 오랫동안 노래하고 춤을 췄지요.
우리가 노래 부르는 걸 좋아했었거든요."

"그랬구나."

기억이는 벌써 다 자라버렸다. 엄마는 흐뭇했다.

"우리가 언제 처음 만났는지 내가 얘기한 적 있니?"

엄마는 때를 직감한 수형자처럼 등으로 차가운 땀이 흐르는
걸 느꼈다. 말을 꺼내고 보니 아주 오랫동안 이때를 기다린 것 같다
는 생각이 들었다.

"니가 다섯 살 때였어. 너는 일본 관광객이 데려온 아이였지."

엄마의 목소리는 마치 모노드라마 톤처럼 저절로 강약과 고저
의 흐름을 타기 시작했다. 엄마의 말들은 앞 문장의 꼬리를 물고 뒷
문장이 시작하는 꼴이었다.

"그런데 그 관광객이 돌아갈 때 그만 너를 흘리고 갔지, 뭐니.

일본으로 너를 데려다 줄까, 에 대해서 일주일 동안이나 고민했단다. 정말이야. 그러다 이제 그만 결정을 해야 할 때야, 하고 생각하면서 일어서는데 니가 내 발목을 잡았어. 진짜라니까. 그러고는 곧장 내 품으로 파고들어 잠이 들었지.”

엄마가 말을 하는 동안 엄마를 남기고 주위가 모두 어두워졌다. 마치 무대 위에 선 배우처럼 엄마의 정수리에 흐린 달빛과 색색의 알전구 불빛이 모여들었다. 엄마는 저절로 일어서서 팔을 크게 벌리고 한 바퀴 빙그르, 돌았다. 그러고는 꼬마 사내아이를 품에 안은 몸짓으로 양팔을 교차해 스스로를 끌어안았다. 엄마의 목소리는 목에서가 아니라 저 높은 곳 어딘가에 부딪쳐 되돌아오는 소리처럼 사방에 울려 퍼졌다.

아이가 엄마 품에서 처음 한 일은 엄마의 가슴을 풀어헤쳐 젖을 찾아 문 것이었다. 민틋한 왼쪽을 한참이나 더듬다가 마침내 봉긋한 오른쪽 가슴을 찾아 젖꼭지를 입에 물었다. 엄마는 아이를 품에 안고 편안해졌다. 그래서 엄마는 아이와 가족이 되기로 마음먹었다. 엄마가, 엄마가 되어서 처음 한 일은 아이에게 한글을 가르치는 거였다. ‘기역’ 해봐. 기, 억. 아니, 기억이 아니고 ‘기역’. 기……억. 아이는 반듯하게 발음하지 못했다. 엄마는 조바심이 나서 아이를 호되게 야단쳤다.

그리고 아이의 이름을 기억이라 짓고는 유치원에 보내고, 기억이와 함께 장을 보고, 단무지 대신 김치를, 낫토 대신 된장국을 끓여 먹였다. 된장찌개가 보글거리면 기억이는 엄마의 옷자락을 잡고 안아달라고 칭얼거렸다. 그럴 때면 기억이는 엄마를 까~짱, 까~짱, 하고 제가 태어난 나라의 말로 엄마를 불렀다. 그러면 엄마는 기억이를 돌아보지 않았다. 기억이가 엄마라고 부를 때까지 끈기 있게 기다려주었다.

기억이는 엄마 품속에서 끓고 있는 찌개를 언제까지고 바라보곤 했었다. 그러다 곧 싱크대에 다리를 내려놓고 앉아 까딱까딱 발장난을 하면서 오이를 썰고 시금치를 무치는 엄마를 보며 웃어주었다. 기억이는 주는 대로 잘 받아먹었고, 가끔 엄마의 빈 젖을 찾아 물었다. 엄마는 기억이가 젖을 빨 때면 신기하고 행복했다. 기억이가 젖을 빨다가 지쳐 잠이 들면 엉덩이를 꼬집어 깨우기도 했다. 그러고는 우는 기억이에게 도로 젖을 물렸다. 엄마는 점점 더 성에 차지 않았다. 엄마는 좀더 강하게 젖을 빨아줄 사람이 필요해졌다.

*

남자들은 하나같이 엄마 집에 오래 머물지 않았다. 한쪽만 남은 유방을 가진 여자와 게걸음을 걸으면서 일본말과 한국말을 섞어서 웅얼거리는 사내아이를 못 견뎌했다. 기억이는 엄마 젖을 빠느라 간혹 입술이 터지고 피가 흘렀다. 기억이가 아파 울 때면 엄마는 기억이의 엉덩이를 때리면서 같이 울었다. 울다 보면 기억이의 엉덩이와 엄마의 손에서 동시에 피가 흘렀다.

여기까지 말하고 엄마는 저 깊은 곳 폐의 밑바닥까지 숨을 들이쉰 다음, 내뱉었다. 한 번의 호흡에 밤이 깊어지고, 달이 밝아졌다. 알전구도 눈부시게 빛나고 있었다. 바람은 바닥에 누웠고, 뒹굴던 잎사귀도 잠들었다. 아라는 기억이 어깨에 기대 졸고 있었다. 아라의 커다란 손이 기억이 무릎에 얹혀 있었다. 아라의 숨이 고르고 낮아졌다. 엄마는 마지막 말을 해야 하는 건지 어떤지 결정을 하지 못해 잠시 고민했다. 흐린 안개가 엄마의 발목을 둥글게 감고 있었다. 안개 때문에 기억이의 초록빛 천운동화가 뿌옇게 빛바래 보였다. 기억이와 헤어졌을 때, 기억이는 초록빛 운동화를 신고 있었다. 그때 그 운동화는 한낮의 햇살을 받아 더욱 선명하게 초록이 피어났다.

"니가 아홉 살 때……난 니가 내게 처음 온 날을 니 생일로 삼았는데 말야……. 그러니까 너의 아홉 살 생일이기도 하고 또 니가 내게 와서 가족이 된 지 꼭 사 년째 되는 날이었어."

엄마가 내뱉는 마지막 문장은 점점 더 속도가 느려졌다. 엄마의 입에서 한 음절씩 흘러나올 때마다 백지처럼 하얀 입김이 같이 생겨났다. 조용했다. 크리스마스는 아직 여기까지 다가오지 못하고 있었다. 엄마는 발을 가만히 움직여 기억이와 아라가 한 것처럼 까불어보았다. 노래의 박자를 맞추기라도 하는 것처럼 규칙적으로 까딱까딱 움직였다. 기분이 한결 나아졌다.

"봄날이었어. 한낮이었고. 햇살이 화사하고 따뜻했지. 우리는 니 생일 선물을 사러 외출했었어. 너는 까불까불 옆 걸음을 걸으며 내 옆에서 재잘거렸지. 얼마나 귀여웠는지 몰라. …… 그런데 난 그

날, 너를 버렸어. 그래. 내가 널 버렸어. 너를 길 한가운데 세워놓고 니가 마실 우유를 사 오겠다고 거짓말했어. 그리고 나는 곧장 집으로 돌아와버렸어. 니가 길을 잃은 게 아니었어……"

고백이 끝났다.

*

추웠다. 점점 더 추워졌다. 기억이는 이제 어디로든 가야 한다고 생각했다. 아라가 자꾸만 기억이의 품속으로 파고들었다. 엄마는 입을 다물어버렸고, 엄마를 비추던 달빛과 알전구 불빛도 기억이에게로 옮겨왔다. 사람들의 기억을 가득 싣고 달리던 기록버스는 끝없이 꼬리를 무는 기억들에 지쳐 잠들었다. 낮에 방송국에 물어봤더니 다시 그 프로그램을 연장할 생각은 없다고 했다. 기억에 끝이 있냐고 물었더니, 편성 예산에 끝이 있다고 대답했다. 기억이는 예산이 바닥나기 전에 자신의 기억을 기록하지 못한 걸 후회했다. 엄마에게 보여주고 싶었다. 자신의 기억을 다 끄집어내 들려주고 싶었다. 그랬다면 엄마는 저렇게 죄인처럼 고개를 떨구고 있지는 않을 텐데. 엄마가 잘못 알고 있는 게 하나 있다고 말해줄까.

*

아라가 갑자기 눈을 반짝, 떴다. 그리고 기억이의 눈을 바라봤

다. 흐린 안개가 낀 공중에서 눈빛이 만난 기억이와 아라는 벤치에
서 일어섰다. 기억이와 아라가 춤을 추기 시작했다. 달빛이 환하게
밝혀주었다. 빙그르, 돌다가 아라의 다리가 기억이에게 감겨들었
다. 마치 수초에 다리가 얽힌 것처럼 기억이는 아라가 이끄는 대로
돌다가 뛰다가 흐느적거렸다. 엄마가 발장난으로 박자를 돋워주었
다. 간혹 작게 손뼉도 쳐주었다. 아라가 뭔지 모를 노래를 흥얼거리
기 시작했다. 잠들어 있던 새들이 일어나 노래를 들었다. 새들은 고
개를 좌우로 흔들며 리듬을 타고 날갯짓으로 노래에 화답했다.

　어두운 주차장은 사라졌다. 하얀 눈송이가 드라이아이스가 낮
게 깔린 무대로 만들어주었다. 달빛과 알전구 불빛이 은은하게 빛
나는 조명이 돼주었다. 그 빛을 타고 아라의 시선이 단번에 먼 나라
로 가고 있었다. 아라가 물 위에서 춤을 추고 있었다. 꽉상한 폭포
로 가는 길. 휘몰아치는 급류를 타고 미끄러지듯 아라가 흔들리고
있었다. 춤을 추는 아라의 몸이 점점 더 물속으로 빠져들었다. 마치
늪처럼, 아라의 몸은 천천히 사라지고 물에 섞여 들었다. 물을 먹은
아라의 몸집이 점점 더 커졌다. 그 물은, 아라의 눈동자까지 차올라
눈물로 흘러내렸다. 아빠를 삼켜버린 물속에서 아라는 두 팔을 휘
저으며 슬픈 노래를 불렀다. 아라의 온몸에서 물이 흘러내렸다. 추
깃물처럼 비리고 썩은 냄새가 나는 오래된 물이었다. 아라는 한국
에 와서도 물속에서 살았다. 늘 더러운 개숫물에 손을 담그고 종일
을 보냈다. 엄마는 커다란 아라의 손을 올려다보았다. 물에 불어 점
점 더 커져버린 아라의 손은 꾹 누르면 줄줄줄, 물이 흐를 것만 같

았다. 엄마는 문득, 아무 데서도 쫓겨나지 않도록 아라에게도 한국
말을 가르쳐주고 싶다는 생각이 들었다.

*

어느새 멈춰버렸던 눈송이가 다시 떨어지기 시작했다. 아라는
낯설고 하얀 눈송이를 맞으며 즐겁게 돌고 돌았다. 아라가 춤을 추
자, 어두운 도시에 리듬이 살아났다. 기억이는 아라와 함께 지하의
구멍들을 흘러다닐 때처럼 기분이 좋아졌다. 기억이의 입에서도
노래가 흘러나왔다.

슬퍼하지 마세요~ 울지도 말아요~ 달빛이 구멍에 가득 찼고,
별빛이 나를 밝혀줬어요. 라라라. 배가 고프면~ 엄마 젖을 먹는 생
각을 했어요~.

기억이의 노래는 엄마에게 가닿지 않았다. 엄마는 저 멀리 도
시의 흐린 하늘을 올려다보고 있었다.

내가 떠났지. 우우우~. 엄마가 벌거벗고 있는 걸 보았거든. 엄
마는 벌거벗고~ 화장실에 쪼그리고 앉아 있었어. 얼굴에 흙빛 황
토팩을 바르고 있었어. 엄마는 노래를 부르고 있었지. 엄마는 한쪽
만 남은 가슴에도 황토팩을 발랐다네~. 나는 화장실 앞에 누워 엄
마를 바라봤지. 다 마른 팩이 색이 바래고 갈라져 엄마 얼굴이 흉하
게 일그러졌다네~. 한쪽 가슴도 따라서 굳어갔지. 난~ 다시는 엄
마의 젖을 물 수 없을 거라 생각했어~. 음음음~.

아라만 고개를 갸웃거리며 기억이의 노래를 듣고 있었다. 양 팔을 활짝 벌려 대기를 저으며 리듬을 탔다. 하아 하아. 아라의 입에서 나온 입김이 기억이의 이마에 와 닿았다. 차가운 기운에 기억이는 기분 좋게 진저리를 쳤다.

한낮이 아니었어~. 그땐~. 아주 깊은 밤이었지. 엄마와 함께 외출해서 내 아홉 살 생일 선물을 사 온~ 날. 그 초록빛~ 천운동화. 나는 새 운동화를 신고 잠든 엄마를 내려다보다 집을 나왔어. 달빛이~ 흐렸지. 아름다웠어~. 내 초록빛 천운동화를 내려다보며~ 걸었지. 걷고 또 걸었지~.

*

저만치서 시작된 캐럴이 차츰 이쪽으로 다가왔다. 점점 더 커지는 기계음에 기억이와 아라의 노랫소리가 줄어들었다. 기억이와 아라의 귀가 자꾸만 볼륨 높은 캐럴 소리를 따라갔다. 엄마는 캐럴도, 기억이와 아라의 노래도 다 잊은 듯 그저 기억이의 운동화만 내려다보고 있었다. 초록빛 천운동화는 눈이 녹아 젖어들고, 진흙이 묻어가고 있었다. 기억이 발이 시리겠구나, 엄마는 걱정스러웠다. 마치 눈을 한 움큼 삼켰다 뱉는 것처럼, 엄마의 날숨에 하얗고 흐린 습기가 딸려 나와 대기로 번졌다.

엄마는 등허리를 바로 세우고 고개를 들어 올려 껑충 커버린 기억이를 올려다봤다. 긴 다리에 적당히 벌어진 어깨, 갸름한 턱선이 잘 어우러진 청년이었다. 언제 저렇게 훌쩍 커버렸을까…… 생각하다가 문득, 알 수 없는 게 한 가지 생겼다. 오 년 만에 다시 만난 기억이. 기억이와 헤어졌을 때 기억이는 아홉 살이었다.

"너…… 몇 살이지?"

기억이와 아라는 볼륨 높은 도시의 캐럴에 귀를 빼앗겨 엄마의 목소리를 듣지 못했다. 캐럴에 맞춰 어깻짓을 하다가 저도 모르게 소리를 향해 한 걸음씩 옮겨가고 있었다. 엄마가 다급하게 일어나 기억이의 소맷부리를 끌어당겼다. 하아 하아. 기억이의 숨찬 호흡이 옷자락을 타고 엄마에게로 실려왔다.

"몇 살이냐구……."

"열아홉. 아라는 열여덟. 아라 예쁘죠? 춤출 땐 더 예뻐져요."

열아홉. 엄마는 이해할 수 없었다. 기억이를 다시 쳐다봤다. 아홉 살 기억이가 그대로 확대 복사된 듯, 앳된 모습 그대로다. 그리고…… 꼬마였을 때처럼 옆 걸음을 걷고 있다. 엄마는 뭐가 뭔지 알 수 없어졌다. 기억이는 열네 살이어야 맞다. 그런데 열아홉. 기억이가 말간 눈으로 엄마를 돌아다봤다. 눈동자는 촉촉하고 미끄러웠다.

"우린 십 년 만에 만났잖아요. 아홉 살 때 헤어져서……."

기억이의 십 년. 그리고, 엄마의 오 년. 십 년과 오 년 사이. 그 사이 무슨 일이 있었던 걸까. 엄마는 사라진 오 년의 시간이 의아하기만 했다. 마치 알몸으로 서 있는 듯 한기가 느껴졌다. 기억이와 아라가 엄마 옆에 와 섰다.

"왜, 요? 추워요?"

기억이가 아라를 안고 있던 한쪽 팔을 풀어 엄마의 손을 잡았다. 미끄럽고 축축하고 차가운 손이었다. 비밀 같은 오 년의 시간이 그 손 안에 들어 있는 것만 같았다. 엄마는 잠시 망설이다 기억이의 손을 마주 잡았다. 아주 긴 시간. 또는 찰나. 그 틈새에 엄마는 붙박여 있었고, 기억이는 흘러다녔다. 엄마는 기억이의 손 안에서 흐른 시간을 느꼈다. 아니. 시간은 그 안에서 녹아내렸다. 어차피 모든 시간은 찰나지. 엄마는 고개를 끄덕였다.

*

"어디로 가고 싶니?"

엄마는 깊은 잠에서 깨어난 듯 낮은 목소리로 물었다. 도시의 크리스마스가 세 사람을 비추고 있었다.

"뿌뿐따 따요 꿍 사안 모 구스또."

아라가 말하고 기억이가 웃었다.

"우리는 엄마가 가고 싶은 곳으로 갈 거라는 뜻이에요."

엄마가 미소 지었다. 멀리서 미명이 스미고 있었다. 벌써 그렇게 시간이 흐른 건가? 엄마는 새벽빛 속에 퍼지는 안개를 흐린 눈으로 좇았다. 하얗게 쌓인 눈빛이 반사돼 새벽은 더 빨리 오고 있었다.

"집은 어떠니? 된장찌개 끓여줄까?"

"내가, 다시 엄마의 가족이 됐으면 좋겠어요?"

기억이는 몸 어디가 간지러운 듯 연신 어깨를 들썩였다. 엄마

를 바라보는 기억이는 호기심에 가득 차 "달님은 왜 밤에만 오나
요?"라는 따위의 질문을 해대는 아이의 눈빛이었다. "변기에 똥을
누면 왜 퐁하는 소리가 나지요?"라고 묻던 꼬마 기억이가 떠올랐
다. 언젠가 기억이가 "왜 오늘은 달님이 오지 않았어요?" 묻길래,
"도깨비가 잡으러 와서 놀라 도망갔거든. 내일은 올 거야"라고 대
답했던 게 생각났다. 엄마는 풋, 웃으면서 고개를 끄덕였다.

"좋아요. 엄마가 끓여주는 된장찌개는 늘 짰지만 맛있었어요."
기억이의 눈웃음에 보글보글 끓는 된장찌개 소리가 얹혔다.
기억이는 아마 된장찌개를 한 그릇 다 비울 것이다. 엄마 혼자 끓
여 먹는 된장찌개는 늘 며칠씩 냉장고에 박혀 있다 쓰레기통에 버
려지곤 했다. 세 사람은 걷기 시작했다. 기억이는 몸을 옆으로 돌려
걸었다. 자고 있던 바람이 어느새 일어나 세 사람을 앞뒤로 에워쌌
다. 칼바람이었다. 기억이가 디디는 곳마다 젖은 땅이 깊게 패었다.

"그런데, 아라도 함께 갔으면 좋겠어요. 그리고 우리는 계속해
서 노래하고 춤출 수 있었으면 좋겠어요."

아라가 엄마의 팔짱을 꼈다. 어린 여자애의 싱그럽고 봉긋한
가슴이 체온과 함께 고스란히 엄마에게 와 닿았다. 아라의 가무잡
잡한 피부에는 매끄러운 윤기가 흘렀다. 깊디깊은 물속에서 하염
없이 흔들려 씻긴 수초 같다고 생각했다. 새벽이 깨어나자, 도시의
캐럴은 잠들었다.

"그러자. 이 년 전부터 가이드 일 말고도 부업을 하나 시작했
어. 유명한 제약회사가 만든 신제품 홍보장에 가서 가슴을 보여주

는 거야. 그 신제품은 유방암 조기 자가 진단 키트거든. 내가 마케팅에 참여하면서 매출이 배로 뛰었다고 작년부터는 보너스도 받고 있어. 그러니까, 우리는 자주 외식도 할 수 있어.”

*

세 사람은 천천히 걸어 방송국 주차장을 빠져나왔다. 여의도 대로에는 옷깃을 잔뜩 여민 수많은 사람들이 지나가고 있었다. 시선이 닿는 끝 쪽에 택시정류장과 버스정류장, 그리고 지하철역이 한꺼번에 모여 있었다. 사람들과 어깨를 부딪치며 걷는데 벌써 아침이 지나가고 있었다. 햇살이 정수리를 향해 쾌속으로 올라왔다. 이상했다.

“그럼, 아라도 가족이 되는 건가요?”

기억이가 다시 한 번 확인했다. 엄마도 한 번 더 고개를 주억거렸다.

“좋아요. 다시 엄마의 아들이 돼서 엄마의 사랑을 받겠어요.”

“고맙구나. 대신…….”

엄마는 잠시 숨을 골랐다. 이제 버스정류장이 코앞이었다. 저쪽에서 집으로 가는 버스 한 대가 천천히 속도를 늦추면서 달려오고 있었다. 기억이와 아라가 눈을 동그랗게 뜨고 엄마를 쳐다봤다.

“내게 노래를 가르쳐줘야 해.”

이번엔 기억이가 고개를 끄덕였다. 동시에 어깨도 으쓱했다.

그까짓 건 별거 아니라는 투로 맑은 미소도 함께 지어 보여주었다.

"이번 여행사 송년회 때는 내가 멋지게 노래를 부를 수 있겠구나. 사람들이 다 나를 부러워하겠어."

엄마는 다시 생긴 가족이 자랑스러웠다. 집으로 가는 버스가 세 사람 앞에 멈춰 섰다. 버스의 자동문이 열리고 엄마가 먼저 발판에 발을 올려놓았다. 저기, 공원에 걸려 있는 대형 시계가 정오를 막 지나고 있었다. 높아진 햇살이 버스에 올라타는 세 사람의 등을 따뜻하게 비춰주었다. 엄마는 집에 가기 전에 장을 봐야겠다고 마음먹었다. 따뜻한 햇살이 엄마를 따라 집으로 가는 버스에 올라탔다. 뒤이어 기억이와 아라가 버스에 올라타는데 아라의 걸음 뒤로 가늘게 물길이 나 있었다. 엄마는 따뜻한 햇살이 오래도록 머물면 좋겠다고 생각했다. 버스가 출발하면서 세 사람의 몸이 출렁, 흔들렸다. 마치…… 물속에서처럼…….

프롤로그

                                        *

　　이 이야기는 그러니까, 아직 죽지 않았거나 혹은 영원히 죽은 사람, 그리고 언젠가 죽을 사람들에 관한 이야기다.

                                        *

　　5월 2일 오전 열시.

　　강변을 다 빠져나왔는데도 안개는 여전히 발뒤꿈치를 단단히 물고 있다. 창窓과 창보다 두어 걸음 앞서 걷고 있는 고양이 '냥이'는 그러거나 말거나 신경 쓰지 않고 걷고 있다. 옆으로 속도를 줄이지 않은 자동차들이 무관심하게 흘러가고 있다. 창은 안개 속을 걷느라 뿌예진 눈을 비비며 이제 막 비치기 시작한 오월의 봄 햇살을 그렇겠거니, 하는 표정으로 올려다봤다.

저 멀리 앞쪽 어딘가에서 불어온 바람이 안개를 창의 뒤쪽으로 쭉 밀고나갔다. 갑자기 불어닥친 바람은 바닥에 잠긴 모든 것을 온통 헤집듯 창의 발밑을 휘감고 불어 올랐다. 지난 겨울에 죽었던 길가의 마른 잎사귀들이 한꺼번에 날아올랐다. 이제는 소용없어 사람들이 무심코 내다 버린 더러운 쓰레기들도 함께 뒹굴었다. 그것들은 죽어 잊혔던 분노를 일으켜 다시 살아난 것처럼 공중을 날아다녔다. 죽음으로 잊히고 버려진 것들이 어디 그뿐일까. 무관심과 권태, 분노와 증오, 슬픔 그리고 사랑……. 죽음 이후에는 오직 미심쩍은 용서와 화해만 남는다. 그것이 죽음의 영원한 비밀이다. 저 깊숙한 지하 밑바닥에 잠들어 있는 모든 죽음에 경배…….

안개가 사라진 자리를 햇살이 차지하고 나섰다. 햇살은 따뜻했고, 만발한 봄꽃들은 절정에 이르렀으며, 주변의 모든 것들이 한창 물오르는 소리가 들렸다. 창은 그렇다고 생각했다. 죽음의 끝은 늘 생명과 닿아 있다. 창은 죽은 잎사귀와 싱싱하게 솟아오른 봄꽃들이 한데 뒤섞인 길가를 심드렁하게 건너다봤다.

냥이도 나른한지 걸음이 느리다. 고양이가 다 그렇지만 냥이는 유난히 뒷다리가 더 길어 어딘지 기형적으로 보인다. 늙디늙은 몸인데도 지난 두어 달의 과잉 영양섭취로 몸은 비대하고 등의 곡선은 울룩불룩하다. 냥이는 연신 창을 돌아보며 가르랑거렸다. 목줄이 귀찮다는 뜻이다. 냥이는 잘못 알고 있다. 목줄은 냥이를 잃지 않기 위해서가 아니라 창을 위한 거다. 산책자처럼 보여야 하니까. 최대한 자연스럽게. 느린 걸음으로. 가능한 한 많은 사람들에게 노출되도록. 그것이 창이 몸을 숨기는 방법이고, 알리바이를 만드는 훌륭한 전략이다.

그러고 보니, 냥이와 함께 산책길에 나선 것도 꼭 사십구 일 만이다. 마지막으로 일하러 길을 나섰던 게 사십구 일 전이었으니까 말이다. 창은 일할 때 언제나 냥이와 동행했다. 냥이도 그걸 아는지 창과 함께 산책길에 나설 때면 늘 당당하면서도 조심스런 눈빛으로 사방을 둘러보곤 했다. 한남동을 지나 옥수동으로, 곧이어 두무개다리로 이어진 길을 냥이와 창은 전혀 서두르는 기색 없이 그저 천천히 걷고 있다. 창의 걸음은 유행을 타지 않는 속도다. 두무개다리는 터널 모양으로 뻗어 있는 길이지만, 외벽이 막혀 있지 않고 반달모양으로 뚫려 있다. 그 옆으로는 철길이 지나가고. 그리고 그 철길을 휘감듯, 혹은 에워싸듯 변함없이 흐르는 한강물. 중랑천과 한강물이 만나는 곳이라는 두무개는 늘 오후 세시의 느낌이다. 창은 반달모양의 구멍으로 불쑥불쑥 튀어나와 있는 수북한 개나리를 올려다봤다. 두무개다리의 회색 구멍과 개나리의 노란빛이 교차하는 곳에 창의 모호한 시선이 가 멈췄다. 창은 다리 안으로 빨려들었다 빠져나가는 자동차들의 별빛 속도를 이해했다. 하지만 다리 안쪽, 어둔 구멍을 바라보는 창의 눈이 순간적으로 검게 텅 비었다.

창의 삶은 늘 죽음과 잇대어져 있었다. 창은 킬러니까. 아니. 킬러였으니까. 두무개다리를 지나 금호동 무쇠막으로 접어들었을 무렵, 냥이가 갑자기 걸음을 멈췄다. 창을 돌아다봤다. 안다. 다 알아. 너와 함께 마지막으로 산책하던 길이지. 그래. 그 길을 또다시 걷고 있는 거야. 두번째 같은 길을 걷고 있는 거지. 넌 이해할 수 없겠지만. 창의 말에 냥이는 창을 노려봤다. 노쇠한 고양이의 눈동자는 세로로 더욱 가늘어져 두 개의 구멍만 남은 것 같았다. 거기서 쏟아지는 눈빛은 마치 자갈들이 비가 되어 떨어지듯 날카롭고 무거웠다. 마지막 고객이 찾아왔던 때가 생각났다. 그때도 냥이의 눈빛이 저랬지. 고양이들은 대체로 실내에서는 동공이 휘둥그레지고 어두워지는데도 그날은 오늘 밝은 태양 아래서처럼 차가워졌었지.

*

2월 29일 정오.

마지막 고객이 창의 사무실로 막 들어섰을 때, 창은 그가 외계인 같다고 생각했다. 팔과 다리는 남의 것인 듯 제멋대로 흔들렸고, 걸음을 옮길 때마다 끈적이는 점액질의 무엇이 길게 바닥에 끌렸다. 마치 다 썩은 과일즙이 줄줄 흐르는 것 같았다.

"여기가……타워파크 컨설팅 맞습니까?"

타워파크. 창은 스스로 붙인 이 이름이 무척이나 마음에 든다. 창의 견고한 욕망이 거기 다 들어 있다. 낮에는 타워에서 일하고, 밤에는 멋들어진 파크에서 쉬고. 멋지지 않은가. 도시에서 가질 수 있는 가장 큰 꿈 아니겠는가 말이다. 창은 어깨를 쭉 펴고 속으로 흐흐 웃었다. 그 말을 들을 때마다 뱃속이 간질거리는 기분이곤 했다.

"네. 그렇습니다."

냥이가 언제나처럼 고객의 족적을 훑어 점액질의 액체를 싹싹 핥았다. 등 뒤로 소리나지 않게 문을 닫고 들어선 고객은 펭귄 걸음으로 창의 앞에 놓인 의자에 푹, 주저앉았다. 그의 배가 먼저 툭, 튀어나왔다. 겨울의 끝자락인데도 그의 듬성한 정수리에서는 땀이 배나오고 있었다. 열 평쯤 되는 사무실에는 낡은 철제 책상과 접이식 철제 의자 두 개, 구석에 놓인 정수기, 그리고 그 옆에 스탠드형 옷걸이가 대충 놓여 있을 뿐이라서 목소리가 울릴 법도 하지만, 그런 일은 절대 없다. 사방 벽에는 계란판을 뒤집어놓은 것 같은 방음장치가 꼼꼼하게 덧대져 있기 때문이다. 은밀한 일일수록 보안이 생명인 법이다.

고객의 눈빛은 이해하기 어려운 교향곡을 막 듣고 났을 때처럼, 또는 반은 과거에 살고 반은 미래에 사는 것처럼 온통 그림자뿐이었다. 창을 찾아오는 고객은 대개 경제적, 감정적인 원한 때문이거나 아니면 사랑의 배신 때문이다. 이 경우는 후자가 확실해 보였다. 전자라면 두 눈구멍 속에 펄펄 끓는 용광로를 담아 올 테니까.

바닥을 깔끔하게 핥고 난 냥이가 튀어올라 창과 그의 사이에 놓인 책상 위에 똬리를 틀었다. 냥이에게서 죽음 후에 남는 비릿한 분비물 냄새가 훅 끼쳤다. 그는 제대로 찾아온 것이었다. 창을 찾아오는 모든 고객은 하나같이 그렇게 죽음의 전조를 달고 나타나니까. 어떻게 오셨습니까? 라는 물음은 필요 없었다. 그는 뭔가 말을 뱉기 전에 목젖이 보이도록 한숨부터 내쉬었다. 그 날숨을 받아 호흡하면서 창이 먼저 입을 열었다.

"내게는 세 가지 원칙이 있습니다. 나는 프로니까 말이죠. 당연한 거 아니겠습니까. 첫째. 미성년자는 의뢰받지 않습니다. 또한 자신을 희생할 줄 아는 사람도 죽이지 않습니다."

그는 그러려니…… 하는 표정으로 고개를 앞뒤로 꺾어가며 동감을 표시했다. 툭. 툭. 단절음처럼 그의 고개는 꺾이다 정지됐다. 외계에서는 저런 꺾임을 아름답다 할지도 모르겠다.

"둘째. 나는 의뢰받은 사람의 주변인들이 가장 상처받지 않는 방법을 택합니다. 그래서 주로 자살로 일을 처리하죠. 또한, 처음 발견할 사람을 위해 핏자국이나 혹은 죽은 사람에게서 나오는 모든 분비물들을 말끔하게 처리합니다."

창은 냥이의 목덜미를 문질러주었다. 냥이가 거 보라는 듯, 한껏 고개를 치켜들고 낮게 그르릉 소리를 냈다.

"그리고 완벽한 자살로 처리하기 위해 무려 마흔아홉 가지의 유서를 구비하고 있습니다. 상황에 따라 고객과 의뢰받은 사람을 고려해 적절한 유서를 사용하게 될 겁니다."

그가 날아가는 죽은 새라도 본 것처럼 기묘한 시선으로 사무실 천장을 올려다봤다.

"셋째. 아직까지는 그런 적이 없었지만, 만일 내가 일에 실패한다면 바로 그날 나는 마지막으로 나 자신을 죽일 겁니다. 이건, 그러니까 절대 일에 실패하지 않는다는 확신인 것이지요. 혹시 일이 실패라도 하면 어쩌나, 하는 걱정을 할 필요가 없다는 말이기도 하구요."

　계란판이 창의 말을 꿀꺽 삼키고 시치미를 뚝 뗐다. 사무실 안은 처음처럼 고요했고 먼지만 소리 없이 공중으로 잠수했다.

　"나는 J라고 합니다. 그녀가 나를 배신했습니다. 나는 그녀에게 내 전부를 줬는데 말입니다. 절대 용서할 수 없습니다. 절대로요."

　자신을 J라고 소개한 그는 무슨 선언을 하듯 또박또박, 아주 커다란 목소리로 음절들을 발음했다. 창은 흥미로웠다. 이 도시에서 삼팔육 세대가 지난 이후, 국가적인 이유와 애정 문제가 죽음으로까지 비화되는 일은 극히 드물어졌다. 잘 기억해보라. 과거에는 자신만의 사랑에 골몰하다 한강에 몸을 던져 스스로를 수장하거나 또는 이룰 수 없는 사랑을 비관해 연인들이 함께 손잡은 채 죽는 일이 종종 있었다. 그리고 우리는 그런 죽음에 안타까이 눈물 흘렸다. 하지만 이제는 누구도 사랑 때문에 목숨 걸지 않는다. 창에게 들어오는 일도 전엔 애정 문제가 많았지만, 지금은 금전적인 원한 관계가 많다. 그런데 지금, 창을 찾아온 고객이 '사랑의 배신'을 얘기하고 있지 않은가. 창은 마치 이제는 시효가 지나버린, 노랫말이 시구처럼 아름답고 은유적인, 조용하고 애절한 노래라도 듣고 있는 듯 눈을 지그시 감고 J의 목소리를 감상했다.

　"한 사람의 진정을 그리 무참하게 짓밟을 수는 없습니다. 그래 놓고 그녀는 눈물 한 방울 흘리지 않았습니다. 다른 놈팡이와 놀아났다니까요. 다른 놈한테 그녀를 주느니 차라리 그녀를 죽이고 말

겁니다."

시쳇말로 너무 식상해서 오히려 신선할 지경이었다. 창의 타
워파크 컨설팅을 찾아온 J는 이미 과거가 되어버린 낭만의 시대 사
람이었다. 세월이 흐르면 그 세월에 따라 변하는 게 모든 만물의 이
치거늘. 이리도 그 시대의 시대정신을 고스란히 간직하고 있는 과
거의 인물이란…… 미덕일까, 아닐까. 창은 잠시 향수에 잠겨 그르
렁, 목울대 소리를 냈다. 그 소리에 냥이가 목을 죽 빼더니 크르렁,
했다. 그러고는 창을 곁눈질했다. 사람이든 동물이든 자기의 영역
은 엄연한 것이 아니겠는가, 라는 표정으로. 모든 욕심과 욕망은 자
신의 영역 밖에 있는 것을 탐할 때 발생한다. 그리고 J 같은 사람은
탐나는 걸 절대 포기할 줄 모른다. J는 끝도 없이 자신의 러브스토
리를 이야기했다. 진부했지만, 그래서 재밌었다. 뒤이어 쏟아져 나
온 말을 그대로 믿자면 J를 배신한 그녀는 천하의 나쁜년이었다.
전혀, 창이 의뢰받는다 해도 절대로 말이다, 하등의 안 될 이유가
없었다.

창은 계좌번호와 이후 연락 방법을 적은 쪽지를 J에게 건네면
서 동시에 악수를 청했다. 원래 고객에게 악수를 청하는 일은 거의
없었는데 왠지 그러고 싶어졌다. 쪽지를 건네받은 J는 공중에 덜렁
떠 있는 창의 빈손을 웃지 않는 표정으로 바라보았다. 대신 주머니
에서 곧게 접힌 종이쪽지를 꺼내 창의 손에 올려놓았다.

'그녀의 이름은 빈. 심율처 주인. 장소는 시 동쪽 외곽 경계선.
3월 14일 정각 열두시. 목매달아 죽은 걸로. 참고로 그날은 내 생

일입니다.'

라고 쪽지엔 적혀 있었다.

"심율처라면……감각을 통해서 상처받은 영혼을 치유한다, 뭐 이렇게 알려진 바로 그곳 말입니까?"

창의 낮은 저음이 막 뒤돌아 나가려는 J의 뒷덜미를 잡아챘다. J는 시선을 맨 시멘트 바닥에 툭 떨어트려놓고 먼저 한숨을 내쉬었다. 한숨은 처음보다 깊었고 목소리는 뾰족했다.

"직접 가보면 알 거 아닙니까? 이상한 걸 차려놓고 아슬아슬한 차림으로 남녀노소를 구분 않고 끌어들이는 꼴이라니. 절대 실수하지 마시오. 난 보기보다 집요한 사람이니 말이오."

어련하려고. 낭만의 시대 사람들이 다 그렇지. 창은 냥이의 꼬리를 만지면서 J를 침묵으로 배웅했다.

그렇게 타워파크 컨설팅의 마지막 고객이 떠났고, 그때 창은 그가 마지막 고객인 줄 까맣게 몰랐으며, 다시 그가 마지막 고객이 아니게 될 줄도 전혀, 몰랐다.

*

3월 14일 오전 아홉시.

창과 냥이는 J에게 의뢰받은 대로 산책길에 나섰다. 늘 초행길을 산책하는 것이었지만, 냥이는 언제나 앞장서 걷기를 좋아했다. 느릿하고 늙은 걸음의 냥이는 산책객으로 보이기에 더없이 훌륭한 동반자다. 십수 년 전 창이 타워파크 사무실을 오픈하고 첫 일을 시작했을 때, 창은 의뢰받은 사람을 건물 옥상에서 투신자살한 걸로 마무리했다. 그리고 목격자가 없는 걸 확인한 후 그 자리를 뜨려는데 어디선지 고양이가 한 마리 슬금슬금 다가와서는 주변의 핏자국을 싹싹 핥아 먹는 것이었다. 그 장면을 보고 기왕이면 현장이 깨끗해야 첫 목격자가 충격을 덜 받겠구나, 하는 생각이 들어 데려온 게 냥이다. 그 이후 지금까지 냥이는 핏자국뿐 아니라 죽음 이후의 인간에게서 흘러나오는 오만가지 분비물까지 깨끗하게 처리하는 창의 유일하고도 훌륭한 동업자 역할을 수행해왔다.

창과 냥이는 강변북로를 따라 쭉 걸은 다음, 두무개다리와 금호동 무쇠막을 거쳐 한양대 근처의 살곶이다리에 이르러서야 다리를 쉬었다. 살곶이다리 아래에는 한강물이 천천히 흐르고 있었다. 한강 수질개선 사업 이전에는 더럽고 버려진 개천이었는데. 지금은 한강이 빠져 죽기에 적절한 강이 되었다는 생각을 하면서 다음 고객에게는 한강을 추천해야겠다고 마음먹었다. 물에 빠져 죽으면 냥이가 할 일은 없어지겠지만, 냥이도 이제 너무 늙어 은퇴할 때가 된 것도 사실이니까.

오전 열한시 이십분.

도시의 동쪽 경계선 무렵에 도착.

심율처 간판도 확인했고 근처 동물병원에도 들렀다. 동물병원에 가서는 냥이가 좋아하는 오리고기 간식과 귀 세정제를 구입했다. 동물병원은 강아지 세 마리와 고양이 두 마리, 거기다 토끼까지 그야말로 만원이어서 한참이나 순서를 기다려야 했다. 물론 만약을 위한 알리바이용이다. 이미 심율처에 창의 이름으로 예약해놓았고, 심율처는 예약된 사람만 출입할 수 있는 은밀한 곳이라 했으니 문제될 것은 없겠지만 말이다. 창은 냥이를 덥석 안고 건물 지하로 통하는 계단을 밟아 내려갔다. 이른 봄 햇살이 깊숙이 파고들지 못한 아치형 입구가 꼭 무덤으로 향하는 통로 같다고 생각했다.

"자, 그럼 들어가볼까."

심율처는 짐작대로 조도가 낮은 조명이 켜져 있었고, 예상처럼 기분 좋은 향기가 흘러나왔다. 무엇보다 출입문과 사방 벽에 둘러쳐진 재색 방음벽이 마음에 들었다. 은밀한 느낌이 드는 게 동종 업계 종사자라도 방문한 기분이었다. 느리고 낮게 흐르는 선율 또한 J가 말한 그대로였다.

"어서 오세요. 안쪽으로 들어오시면 됩니다."

창은 여자의 가녀리고 부드러운 목소리에 화들짝, 놀랐다. 거칠고 굵은 목소리를 상상했던가? 창이 고개를 갸웃하는데 주렴을 사이에 두고 안쪽에 한 여자가 서 있는 게 눈에 들어왔다. 여자는 우아한 팔놀림으로 주렴을 걷고 창 앞에 와 섰다. 상상과 달리 젊고 섬세한 얼굴에 선이 고운 여자를 보는 순간, 창은 마음이 풍요로워지는 걸 느꼈다. 여자는 주렴 안쪽으로 창을 먼저 들어가게 한 뒤, 소리도 없이 따라 들어왔다.

"이쪽으로 앉으세요."

이끌리듯 창이 여자가 가리키는 대로 소파에 앉자 여자는 창에게 다가와 마주 놓인 의자에 앉았다. 거의 무릎이 닿을 지경이었다. 창은 여자에게 들리지 않을 만큼 조심스럽게 깊은 호흡을 했다. 여자가 짓고 있는 미소에 창은 자신이 이곳에 온 목적을 하마터면 잊을 뻔했다. 정신을 가다듬은 창은 실내를 둘러보았다. 어둠침침해서 잘 보이지 않지만 저 안쪽으로 문이 하나 나 있는 게 보였고, 목을 맬 거라면 그 문의 손잡이 정도면 충분하다고 생각했다.

"제게 주세요."

여자가 양팔을 뻗어 창에게 내미는데 창은 무슨 말인지 몰라 잠깐 어리둥절했다. 여자가 작게 웃었다.

"고양이요."

"아, 네."

창은 거의 반사적으로 안고 있었던 것도 잊었던 냥이를 여자에게 건넸다. 건네면서 아차 싶었다. 냥이는 아무에게나 안기는 흔해 빠진 고양이가 아니다. 킬러의 동반자가 아닌가. 냥이는 죽음을 이해하고 그 이후의 시간을 감내할 줄 안다. 그런데 냥이가 순한 강아지처럼 조용히 여자에게 안기는 게 아닌가. 심지어 냥이는 눈을 동그랗게 뜨고 여자를 마냥 올려다보았다. 여자가 부드러운 손놀림으로 냥이의 등줄기를 쓰다듬었다. 냥이가 기분 좋게 가릉, 소리를 냈다.

"빈이라고 합니다. 뭔가…… 얘기를 하고 싶으신가요?"

여자가 빈이라는 건 안다. 그런데 뭐라 해야 하지? 다짜고짜 여자를, 아니 빈을 안쪽 문으로 끌고 갈 엄이 생기지 않았다. 당장은 말이다. 실내에 가득한 뭔지 모를 향기가 후각뿐 아니라 온몸을 통해 흡수되었다. 구석구석으로 퍼져나간 달큰한 향은 긴장하고 있던 척추를 부드럽게 풀어주는 느낌이었다. 손가락, 발가락 끝이 마치 척수처럼 길디길게 뻗어나가는 것 같았다. 머릿속에 자신의 얼굴을 한 외계 생명체가 그려졌다. 온몸의 마디가 다 사라졌다. 그리고 저 깊숙한 곳에 자고 있던 것이 말이 되어 흘러나왔다.

"나는…… 이 시대의 희생양입니다. 욕망과 무한 경쟁, 배신과 부조리가 가득한 오늘의 희생양이죠."

예정돼 있던 행동은 저만치 뒤로 밀려났다. 그와 함께 안쪽에 보이던 문고리도 행성 밖으로 튕겨져 나갔다. 이건 뭐지? 게다가. 창은 항상 킬러가 근사한 일이라고 생각하지 않았던가. 사람들이 열광하는 영화와 소설 속에 등장하는 일 순위 직업이 바로 킬러 아니었던가. 그런데.

"나는 뭔가 나를 위한 일을 하지 못합니다. 그저 사람들이 꼭 필요하다고 생각하지만 직접 하기는 꺼려 하는 일을 처리할 뿐이죠. 마치 청소부처럼요."

평소에 자신을 청소부에 지나지 않는다고 생각한 적이 있었던가. 모르겠다. 그저, 입에서 문장들이 술술 흘러나왔다.

"그래서 항상 나 자신을 억눌러야 합니다. 이제는 나 자신을 위해 살고 싶은데……. 내가 정말 원했던 게 뭐였는지도 지금은 희미해졌습니다."

칭얼대는 어린애 같지 않은가. 창은 부끄러웠고, 참담했다. 빈은 그저 미소 짓고 있었다. 만약 창에게 엄마가 있었다면 저렇게 웃어줬을까. 빈은, 영혼으로 바로 질러 들어오는 여자다. 외계인이 된 창은 빈의 살내음이 맡고 싶어졌다. 냥이 대신 안기고 싶은 심정이 되었다. 그런 자신에 대해 놀랄 겨를도 없이 창은 빈의 앞섶에 머리를 기댔다. 기댄 머리가 무게를 이기지 못하고 질질 늘어졌다. 그러니, 눈에서 물이 나왔다. 알 수 없는 분비물이었다. 창은 자신이 죽음 이전에 있는지, 아니면 그 이후에 존재하는 건지 헷갈렸다.

"그동안 하고 싶었던 말, 그러나 하지 못했던 말을 하세요."

말이라고? 창의 말은 액체가 되어 눈에서 흘렀다. 여태껏 한 번도 보지 못한, 정말 방대한 양이었다. 눈에서 흐른 액체는 창의 가슴을 타고 아래로, 아래로, 흘러내려갔다. 아주 오래된 것인 듯, 탁하고…… 진하고…… 붉었다.

냥이가 빈의 가슴에서 내려와 바닥을 핥기 시작했다. 핥는 동작이 흐르는 속도를 당해내지 못했다. 흘러내리는 창의 온몸을 보면서 빈도 눈물을 흘리기 시작했다. 빈의 눈물은 눈에서뿐 아니라 가슴에서도 솟아났다. 그걸 보니 더욱 슬퍼졌다. 빈의 몸에서 더 많은 눈물이 흐르고 결국 빈은 온몸의 물기가 다 빠져나가 파삭거리며 오그라들었다. 창은 빈의 가늘어진 몸피를 보며 생각했다. 저렇게 손가락 굵기만 한 몸이라서야 어떻게 목을 매달 수 있겠어……. 어느새 창은 빈을 끌어안고 빈의 호흡을 느끼고 있었다. 그대로, 정지된 듯 아주 긴 시간이 흘렀다. 심율처 안에 가득한 소리와 냄새만 살아서 서로 얽혀들고 있었다. 곰곰이 따져보면 그리 긴 시간이 아닐지도 몰랐다. 그저 몇 번의 호흡이 서로 넘나든 건지도.

*

3월 14일 오후 세시 무렵.

실패했다. 무엇 때문인지 딱 꼬집어 말하긴 어려웠다. 하지만 빈은 창을 위해 눈물을 흘리지 않았던가. 온몸의 물기가 다 빠져나가 파삭거릴 때까지 말이다. 그걸 희생이라 하는지는 잘 모르겠다. 창은 냥이와 함께 온 길을 되짚어 걸어갔다. 그건 산책이 아니었다. 걸으면서 창은 고민했고, 좌절했으며, 생각했다. 창은 자신이 스스로 세운 원칙을 지키지 못했다. 프로답지 못한 일이다. 이건, 명예의 문제였다. 여태껏 오직 명예만으로 삶의 무게를 짊어져오지 않았던가.

걷다가 돌부리에 발이 걸려 하마터면 고꾸라질 뻔했다. 어. 어. 하다가 그 자리에 뚝 멈춰 섰다. 그리고 그 순간 결심했다. 앞으로 접혔던 등허리를 똑바로 세우면서 말이다. 그래. 원칙을 지키는 거다. 오늘, 나는 킬러인 나를 죽일 것이다. 오늘 이후, 킬러였던 창은 이 세상에 더 이상 존재하지 않게 될 것이다. 두무개다리를 거쳐 거꾸로 돌아가면서 창의 발걸음은 천천히, 빨라졌다. 그런데…… 나는…… 나를 어떻게 죽이면 좋을까.

‘늘푸른 사회사업 복지재단’.

창은 새로 내건 사무실 간판이 마음에 들었다. 이 도시에서 가장 높은 타워에 새로 얻은 사무실 또한 그럴듯했다. 파크를 바로 앞에 두고 있는 새집도 쾌적하기 그지없었다. 새집의 통유리창 너머로 보이는 너른 파크 안에는 고요한 호수가 반짝였고, 새벽마다 피어오르는 물안개는 아스라했다. 모든 게 완벽했다. 그야말로 다시 태어난 기분이 들었다. 창은 만족스런 미소를 지으면서 자신의 탁월한 선택에 마음껏 찬사를 날렸다. 킬러인 나를 죽이고 사회사업가로 다시 태어나게 하다니. 창은 죽음의 방식에는 여러 가지가 있다는 걸 자기 자신을 통해 확실하게 깨달았고, 지금부터는 전혀 새로운 두번째 삶을 꾸려가리라 마음먹었다. 생각할수록 창의 방법은 명예와 실리, 양쪽 다 살린 그야말로 원윈전략이 아닐 수 없었다.

창은 늘 식당에서 먹던 식습관을 버리고 규칙적으로 좋은 식재료를 쇼핑했다. 최신식 빌트인 주방에서 해먹는 요리는 깔끔하고 영양만점이었으며, 같은 건물에 들어 있는 헬스장에서 매일 아침 운동으로 근육을 다졌다. 창의 복근은 나날이 단단해졌고, 시원하고 당당한 분위기가 몸에 뱄다. 지나는 사람마다 시샘과 염탐의 눈빛으로 창을 흘깃거렸다. 싱싱한 날들이 이어졌고, 창은 이 도시에서 상위 일프로만 가입한다는 회원제 사교 클럽에도 가입했다. 모든 게 타인의 죽음으로부터 얻은 돈 덕분이었다. 창은 도시에서 소비하며 사는 삶에 점점 익숙해졌다.

냥이는 이제 하루 종일 집에서 늘어져 지냈다. 오리고기 간식을 질겅대고, 정해진 곳에서만 용변을 봤다. 그리고 창이 집으로 돌아오면 낚싯대 모양으로 생긴 장난감으로 놀아달라고 칭얼댔다. 더 이상 바닥에 떨어진 무엇도 핥지 않았으며, 늘 향기로운 샴푸 냄새가 났다. 털에는 윤기가 생기고, 늙어 굴곡이 세던 등허리는 살이 올라 유연해졌다. 냥이는 집 밖의 삶과 죽음에 대해 점점 더 무관심해졌다. 창은 그런 애완 고양이가 더없이 마음에 들었다.

생각해보니 그 모든 것들이 창이 꿈꾸던 삶이었다. 각종 사회단체와 언론들은 창의 사회사업에 우호적이었고, 모든 사람들이 창에게 친절했다. 창의 장학금을 받은 가난한 학생들은 감사의 편지를 보냈고, 여성단체에서는 창이 세워준 보육시설에 크게 감동했다며 감사패를 주었다. 창의 사무실로 찾아오는 사람들 얼굴에는 언제나 미소가 가득했고, 밝게 조명을 밝힌 사무실에는 웃음소리가 넘쳐났다. 그 소리를 듣고 무슨 사교클럽인 줄 알고 찾아온 옆 사무실 손님에게는 아프리카가 원산지라는 향기로운 원두커피를 대접했다. 여성지 표지 사진을 찍을 때는 이십 대처럼 보인다는 말을 듣고 겸손한 표정으로 살짝 미소 짓는 센스도 잊지 않았다.

주말이면 창은 산책을 하는 대신 드라이브를 했다. 성능 좋은 독일산 벤츠 승용차는 안락하고 다이나믹했다. 날이 저물기 시작하면 소프트탑을 열고 강바람을 맞으며 자유로를 달렸다. 속도가 올라갈수록 시야에 들어오는 세상은 불투명하고 형태가 뭉뚱그려져 빛의 빠르기로 흘러 지나갔다. 온 세상의 모든 광경들이 토막 나

해체되었다. 산책할 때는 길바닥에서 싸우는 사람들을 피해 돌아가야 했고, 어디선가 악취가 풍기면 코를 감싸 쥐고 가쁜 숨을 몰아쉬어야 했으며, 발밑에 오물이 떨어져 있지 않은지 신경 써서 걸어야 했다. 이제 창은 소리와 냄새 따위는 간단하게 차창을 올리는 걸로 해결한 뒤, 앞만 보고 달렸다. 그리고 시간은 불연속적으로 흘렀다.

변화가 한꺼번에 몰아닥친 만큼 적응은 빨랐고, 딱 그만큼 과거의 기억과 습관들을 잊어갔다. 창은 어떤 원칙도 세우지 않았으며 모든 일의 기준에 자신의 욕망을 한가운데에 놓았다. 비로소…… 행복했다.

그런데…….

*

일주일 전, 회원제 클럽에서 J와 다시 마주친 순간에 어쩌면 오늘을 예감했었는지 모른다.

*

4월 25일 저녁 일곱시.

회원들은 언제나 도시에서 가장 높은 빌딩의 스카이라운지에서 모였다. 회원들이 좋아하는 흘러간 옛 노래들의 애절한 가락이 흘렀고, 곳곳에 밝혀놓은 아로마 향초는 부드럽게 타올랐다. 통유리창 밖, 내려다보이는 세상은 군말 없이 엎드려 화려한 야경을 드러내고 있었다. 도시는 낮보다 밤에 모든 것이 더 확실하게 드러난다. 불빛들을 양 옆에 두고 강은 검고 길게 흘렀으며, 저 멀리 높게만 보이던 산은 동그랗고 커다란 구멍으로 도시의 불빛을 빨아들였다. 회원들은 저마다 자신이 살고 있는 타워의 불빛을 내려다보며 절제된 미소를 지었다.

모임이 있는 날은 외부 손님은 받지 않았다. 가장 루스한 분위기로 신경 쓰지 않은 듯한 옷차림인데도 회원들은 저마다 잡지 모델처럼 세련됐고 자연스러웠다. 특별한 걸 하는 건 아니었다. 그저 모여서 먹고, 마시고, 얘기하고, 주고받고. 다만 그 모든 것들이 그들만이 아는 것들이라는 것 외엔. 농담처럼 기업들의 내부 정보가 오갔고, 우스갯소리를 섞어 발표 전인 정부 개발시책이 퍼져나갔다. 언론과 대중에 알려지지 않은 스캔들이 입과 입을 건너며 난무했고, 그것들은 대부분 사실로 드러났다.

회원들 모두 처음 모임에 나온 창에게 친절했고, 스스럼없이 많은 정보를 주었다. 창은 한 회원에게서 복지재단에 출연한 돈으로 막대한 이익을 챙기는 방법을 배웠고, 또 다른 회원에게서 광택이 흐르는 바지에 멋지게 스니커즈를 매치하는 요령을 익혔다. 얼굴에 주름을 예방하는 안면운동법에 대해 길게 얘기했고, 요즘 뜨고 있는 신진 화가들에 대한 정보를 얻었다. 모두들 적당히 운동해 혈색이 좋았고, 표정은 한없이 밝고 유쾌했다.

한참 그렇게 담소를 나누고 있자, 모임에서 엄선한 요리사가 음식을 내오기 시작했다. 식전차로 내온 솔잎을 발효시켜 만들었다는 솔잎차는 자연 발생된 알코올을 함유하고 있어 마시자 몸 안에 은은한 온기가 돌기 시작했다. 닭가슴살 냉채에는 들깨소스에 상큼한 유자즙이 뿌려졌고, 도미 탕수에는 오십 년 이상 묵었다는 향기로운 간장소스가 더해졌다. 야생에서 구했다는 산마늘잎은 예부터 불로초라 불릴 만큼 그 향과 맛이 좋고 귀한 식재료라 했다. 모두다 시골에서 자연산만을 채취한 식재료들이었고, 칼로리 과다 섭취를 염려한 식단이었다.

식사를 끝내고 후식으로 오미자 젤리를 먹고 있었다. 진달래색 젤리는 입안에 넣자마자 녹아 없어졌다. 깊은 산에서 자란 야생 찻잎을 우렸다는 후식차를 마시고 있었다. 창은 지나치게 배부르지 않은 것이 만족스러웠다. 창의 옆자리에 앉아 있던 머리카락 굵기의 만 분의 일인가 뭔가 하는, 뭔가를 만드는 회사의 대표와 투자에 대한 의견을 나누고 있었다. 머리카락 굵기의 만 분의 일인가 뭔가 하는, 뭔가를 만드는 회사의 대표가 창의 물음에 답하다 말고 고개를 들어 큰 소리로 누군가에게 알은체를 했다.

"명색이 회장이란 사람이 이제 어슬렁 나타나면 직무유기 아닌가?"

창이 소리가 뻗어가는 쪽으로 고개를 돌렸다. 거기 J가 걸어오고 있었다. 분명히 J였다. 순간 자신이 이 모임에 들어올 수 있게 된 까닭을 생각했다. 창이 아무리 이 도시에 혜성처럼 등장했다곤 하나, 이 모임은 그보다 더 은밀하고 까다로운 입회 절차를 거치게 되어 있었다. 창을 제외하곤 말이다.

창은 생각할 수 있는 모든 이유를 동시에 머리에 떠올리면서 J를 쳐다봤다. 창을 마주 바라보는 J의 눈동자에는 첫 만남과 달리 불꽃이 일었다. 자리에서 일어서는 창의 다리가 조금 흔들렸던가. 창은 J에게 등을 보인 채 화장실로 가 얼굴에 맺힌 습기를 씻어냈다. 적당한 온도로 맞춰놓은 실내는 덥지도 춥지도 않았지만, 이마에는 자꾸만 습기가 배나왔다. 차가운 물줄기가 얼굴선을 따라 턱으로 흘러내렸다. 가슴골을 타고 내린 물줄기는 이내 창의 코발트블루 셔츠의 깃을 적셨다. 고개를 들어 거울을 바라보는데 거기, J가 서 있었다. J는 창의 등을 물끄러미 바라보고 있었다.

"또 만났군. 다시 볼 일은 없을 거라 생각했는데 말이오."

창은 자신을 어떻게 찾았을까 따위는 궁금하지도 않았다. 다만 왜 지금일까, 라는 물음이 꼬리에 꼬리를 물고 머릿속에 맴돌았다. 별 수 없었다. 물어볼밖에.

"왜…… 지금입니까?"

그 질문을 뱉으면서 창은 자신이 청소부 같다는 생각을 했다. 남들 대신 코 풀어주고, 피 흘리는…….

"모든 일엔 때가 있는 법이지. 어떻소? 그간의 변화들이. 제법 달콤하지 않았소?"

창의 머릿속에서 지나치다 싶을 만큼 빠르고 만족스러웠던 변화들이 한꺼번에 떠올랐다, 사라졌다. J의 표정은 한 치의 여지도 없이 깔끔하게 정리됐고, 눈에서는 화산이 폭발했다. 채 잠그지 못한 수도꼭지에서 흐르는 물소리가 외계에서 들리는 소리처럼 요령 부득이었다.

"내 생각엔 지금이 가장 적절한 때인 것 같은데. 그렇지 않소? 절실하기도 하고 말이지."

생각해보면 언젠가는 이런 일이 벌어질 거였는지도 모른다. 창은 그렇게 생각했다. J를 봤을 때 그가 과거의 사람이란 걸 알고서도 오늘을 예상하지 못하다니. J 같은 사람들은 포기할 줄 모른다. 그 어떤 것도 잊지 않는다. 그리고 모든 과정과 방법들 위에 떡 버티고 있는 것이 바로 목표다. J는 살아 있는 한 포기하지 않을 것이다.

"이번에도 실패하면 지금 당신이 누리고 있는 걸 고스란히 빼앗기는 데서 끝나진 않을 거요. 아마도."

J는 느린 걸음으로 창의 어깨를 툭 치고 지나 아직까지 흐르고 있는 물에 손을 씻었다. J는 아주 정성스럽게, 그리고 오랫동안 손톱 밑의 때까지 다 파내면서 손을 씻었다.

*

5월 2일 오전 열한시.

냥이는 산책 때마다 목줄을 매던 습관을 잊었다. 몇 걸음도 못 가 연신 가르랑거리며 창을 흘겨본다. 이제 냥이는 독일제 벤츠 승용차의 조수석을 좋아하고 집 밖에 나서면 걷기를 싫어한다. 살집이 오른 등허리는 걸을 때마다 좌우로 뭉실거렸다. 냥이와 함께 창은 빠르게 걸어 왕십리길을 지나 시의 동쪽 외곽으로 접근해갔다. 오랜만에 대낮에 길을 걸어선지 체력 소모도 클 뿐 아니라 조금도 여유롭게 느껴지지 않았다. 그저 심드렁하게 걸으면서도 발을 주의 깊게 디뎌 포장이 잘 된 길을 따라 걸었다. 창은 더 이상 도시의 뒷골목으로 들어가는 걸 원치 않는다. 전과 달리 뒷골목은 뭐랄까, 누군가 사나운 발로 걷어차 툭 터져버린 쓰레기봉투 같은 느낌이 든달까. 자질구레하고 오래 묵은 쓰레기 냄새가 가득하고 정돈되지 않은 소리들이 넘치니까. 거기서 마주치는 사람들은 늘 머뭇거리는 표정으로 갈팡질팡한다.

정오를 향해가는 오월의 햇살은 금세 정수리를 달아오르게 만들었다. 창은 피곤했고, 냥이는 지쳤다. 집 앞 파크에 깔린 무른 흙을 밟아 조깅하던 창의 발은 단단하고 거친 포장도로를 걸으면서 급하게 무거워졌다. 전에는 느껴지지 않던 낯선 이물감이었다. 창은 금세 따뜻한 느낌이 들고 폭신한 파크의 땅이 그리워졌다. 어느새 창의 뒤에서 끌리다시피 걷고 있던 냥이가 뚝 멈춰 섰다. 오줌이 마려운 거로군. 창은 냥이를 길가로 끌고 갔다. 냥이는 거기서 한참을 머뭇거렸다. 길바닥 아무 데나 오줌을 갈기던 기억도 잊힌 것이다. 냥이는 그 자리에서 뱅글뱅글 맴을 돌았다. 그러다 제 목줄에 목이 감겨 캑캑 밭은 숨을 토해냈다. 창이 목줄을 거꾸로 뱅뱅 돌려 풀어주고 나서야 체념한 듯 과거처럼 길가에다 누었다. 얼마나 참았는지 냥이가 눈 오줌 줄기는 경사를 타고 끝도 없이 흘렀다. 한참을 누고 나서 냥이는 온몸을 진저리쳤다. 냥이의 진저리는 창이 지

루해할 만큼이나 계속되었다. 그러고 나서야 냥이는 전처럼 심드
렁한 표정으로 돌아왔다. 그리고 언제나 그랬듯 앞장서 느리게 걷
기 시작했다.

오전 열한시 이십분.

창은 지난번처럼 동물병원에 먼저 들렀다. 마치 오래된 습관
을 애써 기억해낸 것처럼 부자연스러운 동작으로 병원 문을 밀쳤
다. 팔에 안은 냥이가 무거워 거의 어깨로 문을 밀어야 했다.

"어서 오세요. 애기가 어디 아픈가요?"

쓸데없이 친절한 간호사가 냥이와 창에게 시선을 돌렸다.

"아니. 그냥 간식을 좀 살까 해서……."

"저쪽에 있어요. 아, 전에 한번 오셨었죠? 애기가 나이가 많아
서 힘들겠다 생각했는데 오늘 보니 통통해졌네요. 근처에 사시나
요? 그럼, 차트를 만들어드릴까요?"

지나치게 명랑한 간호사의 목소리가 온 병원 안에 퍼졌다. 덕
분에 병원 안에 있던 수의사와 사람들, 개들이 동시에 창과 냥이를
돌아다봤다. 수많은 눈동자들에 둘러싸이자 냥이가 발톱을 세웠
다. 그 바람에 창의 손목이 긁혀 가늘고 붉은 선이 생겨났다.

"됐습니다."

창은 오리고기 간식만 사들고 서둘러 병원을 빠져나왔다. 예
정에 없던 반복이 불편했고, 이것이 알리바이가 될 것인지 아니면
단서가 되는지 헷갈렸다. 창은 전에 없이 자신의 말과 행동이 어딘
가 부자연스러운 데는 없었는지 꼼꼼히 따져보았다. 따져보니 냥이

를 가슴에 안은 채 그 자리에 뻣뻣하게 서 있던 것, 근처에 사느냐는 물음에는 답도 하지 않았던 것, 차트를 굳이 거부했던 것, 눈을 어디다 둬야 할지 몰라 그저 천장만 올려다보고 있던 것과 걸어 나올 때 발이 서로 엇갈려 넘어질 뻔했던 것들이 한꺼번에 떠올랐다. 창은 마치 짙은 안개가 목 안에 꽉 들어찬 것처럼 숨이 답답했다.

오늘이 마지막이다. 원래 이 일이 마지막 일이었으니까. 이 일이 끝나면 창은 다시 '늘푸른 사회사업 복지재단'의 대표로 돌아갈 것이다. 창은 오랜 시간을 두고 천식을 앓아온 환자처럼 껵껵 숨을 몰아쉬면서 심율처 간판 앞에 가 섰다. 주위는 환한 봄볕에 바랜 것처럼 하얗고 고요했다. 그 침묵이 폭풍처럼 창의 온몸을 에워싸고 저 안쪽 깊숙이 휘돌아 온통 헤집어놓았다. 갈수록 침묵으로 비어가는 창의 머리와 달리 발은 내내 지하로 향하는 계단 앞에서 머뭇거렸다. 계단을 향해 내딛는 창의 첫발이 외계인의 걸음인 듯 늘어졌다. 냥이가 알 수 없다는 표정으로 창을 올려다봤다. 창은 냥이도 걱정이다. 잊었던 기억 속에서 과거에 냥이가 했던 일을 잘 수행할 수 있을까. 과거처럼 깔끔하게 현장을 처리할 수 있을까. 계단 앞에 서 있는 시간이 길어졌다. 시간은 정오를 향해 달려갔다. 기묘한 흥분과 약간의 불안이 뒤섞였다. 그리고 창은 지하로 나 있는 계단에 첫발을 반쯤 내민 채 그걸 즐겼다. 창은, 다시, 킬러로 돌아왔다.

*

심율처 계단을 다시, 밟아 내려가는데 거꾸로 올라오는 한 남자와 맞닥뜨렸다. 저도 모르게 손으로는 냥이의 눈을 가리고 자신은 벽을 향해 고개를 돌렸다. 그러고는 아차, 싶었다. 실수였는지도 모를 일이다. 남자는 그러거나 말거나 계단을 올라 오월의 봄 햇살이 내려앉은 길로 성큼 걸어 어디론가 사라졌다. 봄바람이 살랑 불어 남자의 윗옷을 살짝 들췄다 놓았다. 윗옷은 폴로 감색 재킷이다. 창은 본능적으로 남자의 뒷모습을 눈에 익혔다. 백칠십쯤 되는 키에 칠십 킬로쯤? 정수리가 듬성듬성하고 걸을 때 왼쪽 발에 힘을 더 준다. 만약의 경우를 대비해서 일을 끝낸 뒤, 심율처의 예약 장부를 확보해야 한다고도 생각했다.

막 문을 여는데 창의 코와 귀가 먼저 익숙한 향기와 선율을 기억해냈다. 소리와 냄새는 빛보다 빠르게 온몸으로 퍼져나가 창을 쓰다듬었다. 몸에 새겨진 기억은 그 무엇보다 질기고 오래간다. 냥이도 발톱을 잠재우고 순한 애완동물이 되었다. 창은 이번에는 기다리지 않고 안쪽으로 쑥 들어갔다. 창을 맞아들이는 빈은 여전히 고요했다.

"다시 올 거라고 생각했어요."

빈의 목소리는 나온다기보다 흐른다고 해야 맞다. 바닥으로 깔린 빈의 목소리가 천천히 창의 몸을 타고 올라왔다.

"앉으세요."

여분이 없이 꽉 들어찬 목소리다. 아니. 텅 비어 있는 목소리다. 창은 그렇다고 생각했다. 빈의 얼굴에 떠올라 있는 미소는 차갑지 않지만 그렇다고 따뜻하지도 않다. 그저, 뭔가를 건네는 듯한 표정이다. 그리고 빈은 기다렸다.

"내가 다시 올 줄 알고 있었군요."

창의 목소리가 방음벽으로 스며들어 금세 사라졌다. '타워파크 컨설팅'이 기억났다. 그 은밀함과 비밀스러움을 스스로 자랑스러워하던 때였다.

"지난번엔 표정이 어두웠는데 오늘은 뭐랄까, 혼돈에 빠져 있군요."

빈은 창에게 다가와 가만히 어깨를 감싸 안았다. 주저하듯 조심스럽고, 평온하면서 물결이 일렁이는 것 같은 몸놀림이었다. 빈의 온기를 느낀 창의 몸이 조건반사적으로 눈물을 흘리기 시작했다. 두번째로 눈물을 흘리고 있다는 사실을 깨달은 창은 자신이 미처 끝내지 못한 일을 마무리 지으러 온 것인지, 아니면 빈에게서 뭔가를 확인하고 싶었던 건지 헷갈렸다. 그리고 문득 자신이 마지막으로 해야 할 일은 이것이 아닌지도 모른다고 생각했다.

J의 눈빛이 생각났다. J는 끝까지 포기하지 않을 것이고, J가 포기하지 않는다면 창은 지금의 삶을 모두 잃게 될 것이다. 창은 오늘 밤 달이 정수리 위쪽에 걸려 있을 무렵에 J를 만나기로 했다. 창을 믿지 못하는 J는 이번에는 창이 직접 증거를 갖고 나오기를 원했다. 한강변에서 만나자고 했다. 그래. 한강변. 잠실 선착장. 거기라면 냥이를 데리고 미리 산책을 하지 않아도 될 것이다. 창은 오늘

처음으로 의뢰받지 않은 일을 하게 되는지도 모를 일이다.

　창은 자동차를 타고 가야겠다고 마음먹었다. 아무래도 그 편이 생각을 줄이는 데 도움이 될 것이다. 천천히 걷다 보면 어느새 자신의 안쪽을 향해 들어가게 되니까 말이다. 그리고 오십번째 유형의 유서를 만들어야겠다고 마음먹었다. 내용은 아마도 이럴 것이다.

　　나는 살면서 모든 걸 가졌다. 하지만 인간의 탐욕이란 그칠 줄을 몰라서 가지면 가질수록 더 원하게 되었고, 또 더 갖게 되는 만큼 생은 점점 더 허무하게 일그러져갔다. 나는 더 이상 나 자신을 포기할 수가 없고, 동시에 갈수록 커져만 가는 탐욕을 멈추게 할 수도 없다. 그래서 영원히 사는 방법을 택하기로 마음먹었다. 그동안 나의 탐욕으로 비탄에 빠졌던 모든 이들이 나를 용서하길 바란다. 마지막으로 내 모든 재산은 '늘푸른 사회사업 복지재단'에 기부하길 원한다. 세상의 모든 것들이여, 안녕……. 오랜 시간 고민한 결과다. ……

　그런 생각을 하고 있는데 빈의 조심스러운 손놀림이 창의 눈물을 닦아내기 시작했다. 그건 닦아낸다기보다는 오히려 빈이 빨아들인다고 하는 게 더 맞을 만한 손짓이었다. 창은 아직 마음을 정하지 못했다. 어느 쪽을 택할 것인가. 그리고…… 그것은 과연 누구를 위한 일이 될 것인가. 저 안쪽 문에 달려 있는 문고리가 먼 데서부터 흘러와 도착한 별빛처럼 반짝 빛났다. '나는 빈을 죽일 것인지 아니면 J를 죽일 것인지 아직 결정하지 못했다. 시간은 충분하다.' 창의 손목에 늘어져 있는 시계침은 충분할 만큼 천천히 움직였다. '어찌 됐든 내 인생의 프롤로그는 바로 오늘까지다. 내일은 다른 날이 시작되겠지.' 창은 빈의 온기를 느끼며 느리게 흐르는 마음을 그대로 내버려두었다.

겹쳐 있는 세계, 응시하는 겹눈

이소연 (문학평론가)

이음매가 어긋난 세계

한 '사람'이란 얼마나 복잡한 존재인가, 그리고 우리가 거주하는 '세계'는 또 얼마나 뒤죽박죽인가. 그럼에도 불구하고 우리는 곧잘 하나의 예술작품이 대상을 말끔하게 '재현'할 수 있다는 오류에 빠져들곤 한다. 저 입체적이며 변화무쌍한 세계의 모습을 되살려놓기엔, 우리가 갖고 있는 재료가 너무 부실하기 짝이 없다. 더도 말고 덜도 말고 우리가 감각기관을 통해 알고 느끼는 만큼만 표현하려고 해도 어렵긴 마찬가지다. 가령 멀리서 사례를 끌어올 필요 없이, '글쓰기'라는 행위만 놓고 보면 어떠한가. 이차원의 백지 위에 새겨진 문자들이 자신의 한계를 뛰어넘으려 노력하다 결국 실패에 이르고 마는 그 과정을 가리켜 우리는 문학, 혹은 예술이라고 부른다. 글쓰기를 처음 시작한 이래 그 무모한 시도는 한시도 중단된 적이 없다는 사실 역시 알고 있다. 그래서 어찌 되었는가. 문학은 끊임없이 생성 변화하는 우주의 비밀스런 자태를 한순간이라도 포착하는 데 성공했는가. 도무지 해소할 수 없는 불가능성, 불가해함 때문에 글쓰기는 일그러지고 요동치다가 결국 공허한 심연으로 떨어지기 일쑤다. 무참하다. 김이은의 소설은 이러한 글쓰기의 무모한 충동을 고스란히 물려받고 있다. 종작없이 시작된 노래처럼 그의 소설은 현실과 환상, 현전과 부재, 질서와 혼돈 사이를 종횡무진 오간다. 어느 순간 원래의 목표를 잊고 자신이 벌인 놀이판의 재미에 흠뻑 빠지기도 한다. 그러나 곧잘 자기 흥을 못 이겨 넋을 놓은 것 같아도, 그마저도 요령부득의 진실 한 자락을 자신의 존재태 안에 새겨 넣고자 하는 노력의 결과라는 사실만은 역력하다.

　　김이은의 소설에서 가장 먼저 눈에 띄는 정경은 분열되어 있는 세계의 파편들이다. 봉합선이 풀어진 옷감들처럼, 세계는 어긋나 있는 이음매를 숨기지 않고 드러낸다. 일반적으로 우리는 일상을 지배하는 경험 세계에서 이질적인 세계의 흔적들을 발견할 때 이를 환상, 꿈, 마술이라고 부른다. 그러나 과연 김이은의 소설에서 유감없이 펼쳐지는 다채로운 상상력과 그 결과물들을 모두 끌어안아 '환상성'이란 개념으로 요약할 수 있을까. 그러려면 먼저 출발점으로 돌아가 그가 그려내는 '현실'이라는 것이 과연 무엇인지, 그 현실과 비현실을 가르는 경계가 무엇인지 확인하는 것이 순서일

테다. 뭐니 뭐니 해도 '현실'을 규정하는 가장 결정적인 계기는 '먹고살아야 한다'는 근심이 아닐까. 어떻게든 치열한 생존 경쟁에서 살아남으려면 세속의 기준을 받아들여야 하고, 다른 사람의 배신을 감수해야 하고, 모진 상처를 견뎌내야만 한다. 아마도 우리가 익히 알고 있으며 매일 경험하는 그 '일상'이라는 것도 김이은의 소설에 그려진 '현실'과 크게 다르지 않을 것이다.

한편 소설의 작중인물들은 곧잘 그 '현실'에서 벗어나기 위해 탈주를 감행한다. 「첫눈과 소원과 백일몽 사이에 숨겨진 잔인한 변증법」(이하 「잔인한 변증법」)에서 이러한 일탈은 반복되는 일상에서 무단이탈하여 한 번도 가본 적 없는 낯선 지역으로 여행하는 적극적인 행위로 표현되기도 한다. 그렇다면 몸은 현실 가운데 그대로 둔 채 깜빡깜빡 백일몽에 빠져드는 행위를 일탈이라고 부를 수 있는 것일까? 이런 경우에는 일탈의 범위나 강도보다는, 이들이 처한 상황이 얼마나 절박한지 그리고 이들을 짓누르고 있는 고통이 얼마나 큰지 먼저 생각하지 않을 수 없다. 「원더풀 라이프」의 주인공이 매 순간 벌이는 어이없는 우행과 사소한 일탈이 더 큰 공감을 불러일으키는 이유는 무엇일까? 그것은 실소를 불러일으키는 그의 행동들이 대부분의 소시민들이 자신의 슬픔을 자가 치유하는 방식과 닮았기 때문이다. 이런 경우 작은 일탈의 기쁨을 선사하는 환상, 혹은 백일몽이 현실과 대립되는 지점에 놓인다고 할 수 있을까. 오히려 환상은 현실의 일부이자 이면에 숨겨둔 진실에 가깝다고 할 수 있다. 적어도 김이은의 소설 속에 그려진 현실과 환상은 대립되는 위치에 있지 않을 것이다. 이 둘은 서로의 내부에 서로를 포함하고 있는, 분리될 수 없는 하나의 앞뒷면이다. 그리고 세계의 진면목이란 이렇게 서로 모순되는 것들이 얽혀서 만들어내는 것임에 틀림없다.

「잔인한 변증법」에 그려진 낯선 세계는 '양진'이라는 고유명사도, 비교적 독립된 공간도 갖고 있지만 실제 세계 속에 이미 스며있는, 현실의 이면이라는 생각을 지우기 어렵다. "나는 먹고살려고 밤마다 남들의 발 앞에 무릎 꿇고 앉아 그들의 말을 무슨 금덩이나 되는 것처럼 '모신다'"(182쪽)라는 고백에서 짐작할 수 있듯, 주인공에게 있어 현실은 말할 수 없이 가혹하고 비루한 것, 생존을 위해 어쩔 수 없이 감수해야만 하는 치욕일 것이다. 따라서 그에게 양진에 있는 여배우의 집과 그곳에서 보낸 하룻저녁의 일탈은 "지금과 다른 삶을 살게 해주세요. 단 하루만이라도"(178쪽)라는 간절한 소원이 가시화되어 나타난 것이라고 할 수 있다. 이때 환상성의 공간은 초현실적인 공간이라기보다 현실 이면에 감춰진 틈새에 가까워 보인다. 그래서일까. 주인공은 양진에 도착한 이후 자신에게 벌어진 사건들 앞에서 당혹감을 느끼지만 그 낯설음도 잠시뿐, 곧 자신의 역할을 자연스럽게 받아들이지 않던가. 마치 오래전에 떠나온 자신의 집에 도착한 여배우의 분신인 것처럼. 그는 자신에게 일어나는 비현실적 사태를 당연한 '사실'로 받아들일 뿐만 아니라 자신이 바라는 대로 이끌어가고 나중에는 추후 벌어질 일을 예측하기까지 한다. 그도 그럴 것이, 비록 낯선 곳에 지어진 아늑한 주택의 주인은 다른 사람이지만, 이 모든 초현실적 사태를 가시화한 환상공간의 주인은 다름 아닌 자신이기 때문이리라.

　　물론 우리는 이 세계가 온갖 부조리와 분열의 징후를 품고 있는, 불완전한 장소임을 알고 있다. 시공간에 대한 감각은 물론 단일한 정체성을 지닌 자아에 대한 생각은 이미 아무도 믿지 않는 신화가 된 지 오래다. 그러나 하나보다 둘, 둘보다 여럿이 좋을 때도 있지 않겠는가? 이 세계가 이른바 '총체성'을 지닌, 조화로운 실체라는 오해와 미련만 버린다면 말이다. 그때 우리는 분열된 파편들이 고유한 생명력을 갖고 있으며, 이들이 위치한 틈새 공간 속에는 생각지도 못했던 다양한 가능세계가 펼쳐져 있다는 사실을 발견하게 된다. 세계는 갈라진 이음매를 기점으로 해서 증식하고 생성하는 복합적인 실체임을 증명하기 위해서, 글쓰기만큼 효과적인 방법이 또 어디에 있겠는가?

애도에서 난장으로

　　그래서일까. 김이은의 소설 속에서 환상이 태어나는 장소는, 지독한 아픔과 결핍의 자리와 슬그머니 겹쳐지기 일쑤다. 「기억이의 노래」에서처럼, 서로 버리고 버림받은 가여운 가족들 마음에 응어리진 슬픔은 곧잘 산 자와 망자가 한데 공존하는 공간을 불러들이기도 한다. 이 소설의 장면들은 줄곧 과거에 자신이 버린 아이의 기억을 더듬는 '엄마'의 시선을 쫓아간다. 방송국의 사람 찾기 프로그램 촬영장을 방문한 그녀의 눈에, 불현듯 산 사람인지, 유령인지 확인할 수 없는 아들 '기억이'와 그의 여자 친구 '아라'의 모습이 들어오면서 소설은 점차 현실을 떠나 이질적인 공간으로 빠져들기 시작한다. 그리고 엄마의 기억, 혹은 '기억이'라는 존재를 통해서 소설의 공간은 점차 산 자와 망자의 세계, 현전과 부재, 환영과 현실을 넘나드는 경계 지점에 자리를 잡는다. 어쩌면 이들은 과거에 버린 아들에 대한 죄책감, 돌이킬 수 없는 과거에 대한 후회가 불러온 망령들이 아닐까. 한쪽 가슴이 없는 한국인 엄마, 기형적으로 큰 손을 가진 필리핀 소녀 아라, 게걸음을 걷는 일본 출신 소년 기억이…… 이들은 한결같이 무언가 결핍되었거나 왜곡된 형상을 하고 있다. 일그러진 것은 신체뿐이 아니다. 실재도 비실재도 아닌 틈새 공간의 특징은 시공간의 좌표축마저 붕괴되어 있다는 사실이다.(엄마가 기억이를 잃어버리고 다시 만난 기간 사이에는 5년이란 세월이 상실된 채 여백으로 남아 있다.)

우리는 김이은의 소설 속에서 고통스런 삶에서 벗어나고자 하는 간절한 소원이 다양하게 변주되는 모습을 목격한다. 「기억이의 노래」에서 이러한 염원은 과거의 상실에 대한 애도의 서사로 나타나기도 하지만 다른 작품 속에서는 미스터리를 풀어나가는 주인공의 탐색담으로, 기이하고 요란스런 일상을 그린 소극笑劇으로 변형되기도 한다. 이러한 탈주의 테마는 주인공의 입장으로 보면 팍팍한 일상으로부터의 해방을 의미하기도 하지만, '텍스트'의 측면에서 보면 논리와 이성으로 따라잡기 어려운 비약적인 스토리와 담화방식을 과감하게 오가는 모습으로 나타나기도 한다. 처음에는 이러한 자유분방한 글쓰기의 탈주는 당혹감을 주지만 차츰 독자역시 환상적 사건을 자연스럽게 받아들이고 주인공의 상황에 자신을 동화시켜가곤 한다. 이는 환상성이 주는 희열을 통해서 작가와 독자 사이에 합의되어 있던 '리얼리티'라는 재현적 관습을 깨뜨리는 행위라고 볼 수 있다. 작가가 자신의 장기를 유감없이 발휘하는 때는 이러한 탈주의 움직임이 우리네 마음 깊숙한 곳에 잠재되어 있던 흥을 깨워 유쾌한 난장을 벌이는 순간이다.

김이은의 소설이 깊은 슬픔과 상처를 그려내는 와중에도 활기를 잃지 않는 이유는 작품 곳곳에서 불쑥불쑥 불거져 나오는 '타고난 신바람' 덕분일 것이다. 넘쳐나는 흥을 어찌 이겨낼 수 있으랴. 노래하고 춤추고 시끄럽게 떠들면서 한판 신나게 놀다 보면 현실은 어느새 저만치 멀어지고 한세상 꿈처럼 느껴지기도 하는 것을. 이러한 주체할 수 없는 충동은 「기억이의 노래」 같은 슬픈 이야기에서도 어김없이 (기억이와 아라의 노래와 춤 장면에서) 분출되고 있다. 누굴까, 이야기 속에서 곧잘 자신의 주변을 '난장판'으로 어질러 놓곤 하는 혼돈의 핵 같은 인물은. 누구보다도 「돌다방 별곡」에 등장하는 '서지오'를 빼놓을 수 없을 것이다. 과거에는 꽤 유명했다지만 이제는 몰락해버린 마임이스트인 그는 재개발로 곧 헐리게 될 도시의 뒷골목을 헤집고 다니는 소심한 반란자이다. 식당에 들어가면 의자로, 마을 사람들 모임에선 빵집 주인으로, 새로 개업한 가게

에선 피에로로 변화무쌍 몸을 바꾸는 그에게 어쩌면 일상은 놀이의 연속 같은 것이 아닐까? 실연과 실패의 아픔을 간직한 그에게 변신에 능한 몸과 넘치는 흥은 유일하게 남은 밑천이라지만, 놀이를 위해서라면 이 두 가지 재료만 있으면 충분할 것이다.

바흐친이라면 그가 벌이는 혼돈과 무질서의 드라마를 두고 서슴없이 '메니피아적 풍자'라는 용어를 사용했을 것이다. 바흐친을 비롯해서 이야기를 연구하는 수많은 학자들은 억압받는 민중들의 무의식 이면에서 끓고 있는 유희와 전복의 에너지에 대해 주목하지 않았던가. 그 에너지가 일상의 이음매를 뚫고 세상 바깥으로 분출될 때, 우리가 '현실'이라고 불러왔던 질서와 규범들이 순식간에 뒤집어질 수 있다는 사실을 알고 은밀하게 즐거워하지 않았던가. 죽음을 불사하는 사랑, 억압적인 권력을 전복시키는 혁명, 시공간의 경계를 부수는 카오스 등을 가능하게 만드는 힘이 바로 이런 폭발적인 난장의 에너지일 것이다. 그리고 이야기는 비밀스럽게 민중들, 그리고 우리 자신의 무의식 속에 잠재되어 있는 충동을 개방해준다.

반복을 통한 생성, 그리고 탈주

현실을 벗어나, 이질적인 공간으로 탈주하는 행위가 소심한 '현실 도피'에 불과하다고 야유하는 사람도 있을지 모른다. "남들처럼 번듯한 직장에 다니면서 아파트도 장만하고 처자식 먹여 살려야 할 놈이 벌써부터 뻘짓이야, 뻘짓이."(「원더풀 라이프」, 38쪽) 이티의 저공비행을 상상하며 자전거를 타다 흙투성이가 되어 돌아온 주인공을 매질하는 어머니처럼 세상은 환상을 즐기는 이들을 별로 환영하지 않는다. 그러나 몽상가 기질이 다분한, 박과장 같은 사람에게 환상을 뺏어버린다면 어떤 일이 일어날까. 그의 삶에서 현실과 환상은 불쑥 끼어들며 서로를 침해하는, 이질적인 요소처럼 보이지만 기실 둘은 서로를 지탱해주는 대리보충 성격이 강하다. 현실은 환상이라는 타자를, 그리고 환상은 현실이라는 타자를 배제하고서는 한시도 견뎌내지 못할 것이다. 그리고 이 작품에서 현실 속에 틈입한 환상은 실재와 구별하기 힘들 정도로 섞여 들어간다. 누가 뭐래도 한 사람의 인생이란 환상과 현실이라는 대립물이 얽히고 겹쳐 만들어낸 복잡한 실체가 아니던가. '원더풀 라이프'라는 제목은 초라하고 '찌질'하기까지 한 박과장의 일상을 풍자하는 구절이기도 하지만 이성만으로는 설명할 수 없는 삶 자체에 대한 순수한 경탄으로 읽히기도 한다.

결국 우리는 자신도 알지 못하는 새 두 공간 사이에 끼어 이러지도 저러지도 못한 채 머뭇거리는 존재가 되어버린 것 같다. 마치 자신의 글쓰기에 대한 선언처럼 읽히는 제목을 지닌 작품 「프롤로그」에서 작가는 그의 소설들 속에 전경화되는 무대, 즉 틈새 공간의 실체에 대해 설명하고 있다. 작가의 이전 소설에서 '심율처'라는 낯선 공간과 신비로운 여인 빈에 대해 궁금증을 가졌던 독자라면,

이번 작품에서 좀 더 흥미로운 내력을 얻어갈 수 있을지도 모를 일이다. 주인공은 자신의 아픔을 온몸으로 받아주는 모성적인 여인 빈과 빈을 죽이라고 강요하는 J 사이에서 갈등한다. 그에게 남겨진 것은 둘 중 하나, 가혹한 선택지들이다. 현실적인 사회사업가의 삶과 비현실적인 킬러의 삶, 낮의 삶, 밤의 삶, 이성이 지배하는 질서 잡힌 삶과 혼돈과 감각이 지배하는 삶 사이에 끼어 있는 존재, 그 불안한 상태가 바로 김이은의 소설이 선택한 위치가 아닐까.

그러나 소설은 섣부른 선택에 앞서 한 가지 조심해야 할 점을 잊지 않고 알려준다. 비현실과 혼돈의 상태로 진입한다는 것은 흔히 '엔트로피'라고 부르는 무질서의 상태 역시 심화된다는 걸 뜻한다. 무질서를 향한 충동이 도착하는 장소는 두말할 것 없이 '죽음'일 터. 작가는 「어떤 장의사의 행복한 창업 계획서」에서 엉망진창이 된 가족관계에 대한 묘사에서 시작해 일그러진 욕망에 휘둘려 죽음으로 돌진하는 사람들의 왁자한 소극을 능청스럽게 그려낸다. 우리가 삶을 지속하려면 이러한 일탈은 일시적, 한시적 전복으로 끝나야 하는 건지도 모른다. 한때 사람들을 탈주로 몰고 가는 힘이 아무리 강력해 보여도, 결국은 현실 속으로 다시 내동댕이쳐질 수밖에 없다는 사실을, 우리는 항상 몰락 이후에야 아프게 깨닫곤 한다. 하지만 세계를 빈틈없이 누비고 있는 이음매들 사이를 들여다보면 그런 틈새와 구멍을 얼마든지 발견할 수 있다는 사실을 알아차리는 건 매우 중요하다. 심지어 좁힐 수 없는 균열의 징후와 무리한 선택의 순간은, 먼저 우리를 덮쳐들기도 한다. 아무리 무관한 듯 살아가려 해도 피할 수 없는 재난처럼. 어쩌면 우리의 삶은 정과 반 사이에 끼인 잔인한 변증법을 따라 계속 굴러온 것이 아닐까? 그리고 마침내 합에 이르는 순간 우리가 마주치는 것은 이 세계가 끌어안고 있는 치명적인 결핍, 공허일지도 모르겠다.

현실을 벗어나 현실로, 탈주의 이중운동

이런 식으로 김이은의 소설은 우리뿐만 아니라 세계 역시 불안정한 위치에 처해 있다는 비밀을 드러낸다. 어떤 지식은 생각보다 힘이 세다. 그 지식은 때로 생각지도 않았던 전복의 계기가 잠재되어 있다는 사실을 넌지시 알려주기도 한다. 작가가 제시하는 요령은 바로 이런 것이 아닐까. 우리가 삶을 지속하는 방법은, 주어진 선택에 무리하게 뛰어드는 것이 아니라 그 틈새에 불안하게 걸친 자리에 자신만의 가능세계를 창조하는 것이라고 말이다. 말하자면 스스로 나서서 자신이 세계의 틈새를 끌어안는 방식이라고 할 수 있다. 이는 한편으로 세계의 결핍을 드러냄으로써 우리를 치명적인 충동으로 몰고 가는 "잔인한 변증법"으로부터 거리를 유지하는 비결이기도 하다. 그렇다면 작가는 양자택일을 벗어난 제3의 선택지로서 대체 무엇을 제시하는가? 그것은 다름 아닌 '메타세계'에 대한 상상이다. 그리고 그가 이 세계를 창조하기 위해 필요한 구체적인 방식으로서 끌어들이는 것은 '글쓰기'라는 행위다. 「고양이

소설엔 고양이가 없다」에서 작가는 '자신의 글쓰기에 대한 글쓰기'
를 본격적인 제재로 삼는다. 김이은 식의 '소설 작법'이라고 할 만
한 이 작품에서 작가는 제목처럼 '고양이'의 부재를 빌미로 '소설'
의 의미를 캐묻는 작업에 착수한다. 그러나 작가에게 주된 관심사
는 '메타소설'이라는 이색적인 제재보다도 지금 당장 어떻게 팍팍
한 현실에 틈을 낼 것인가, 어느 틈을 타서 그 사이로 훌쩍 도망가
버릴 것인가 하는 데 있는 것만 같다. 작가가 '고양이를 소재로 한
소설'을 한 편 써내야 한다는, 내키지 않는 현실에서 달아나기 위해
중구난방으로 여담digression을 만들어 나갈 때부터 독자는 일찌감
치 일탈의 기미를 눈치챘을지도 모른다.

　실제로 이 작품에는 작가가 이전에 다른 책에서 고백한 적이
있는 자전적인 일화가 한 장면 삽입되어 있기도 하다. 바로 자신이
태어나던 날 밤, 갓 태어난 딸의 탯줄을 들고 헤매는 부친의 모습
을 묘사한 부분이다. 현실에서 작가의 태는 아버지의 손에 의해 개
울물에 던져지지만, 이 소설에서는 불손한 고양이의 먹잇감이 되
고 만다. 여기서 작가는 자신의 기원을 삼킨 고양이와 자신을 일종
의 '두블double'로서 묘사한다. 이때 자신의 분신으로서의 고양이
는 작가(나) 안에 있는 틈이자 씻을 수 없는 상처를 상기시키는 존
재가 된다. 타자 안에 존재하는 나이자 내 안에 존재하는 타자로서,
'고양이'는 작가를 글 쓰는 나와 쓰이는 나로 분열시키는 글쓰기 자
체에 대한 알레고리라고 할 수 있다. 마치 두 개의 거울을 마주 세
웠을 때처럼, 작가(혹은 소설 속의 인물인 '나')는 자신의 글쓰기를 소

재로 한 글쓰기를 통해 대상을 분열시켜 별개의 생명력을 지닌 제3의 존재와 여분의 공간을 생성하려고 한다. 복잡한 여담의 숲을 헤치고 나가면 어느새 스스로 작가임을 자처하는 '나'는 요술처럼 분신술을 부려 저만치 달아나고 있다. 누가 진짜 작가 '김이은'이며 누가 김이은이 만든 '인물'일까? 그리고 잡힐 듯하지만 잡히지 않는 저 몇 겹의 공간 너머에서 그는 또 무슨 일을 도모하고 있을까?

적어도 두 가지 결론을 끌어내는 일은 어렵지 않아 보인다. 작가에게 '소설 쓰기'와 이를 가능하게 하는 '상상'의 힘은 다른 세계로 가는 통로를 만들어 현실을 극복하려는, 나름의 방식이라는 사실이다. 또 하나, 얼핏 자유분방한 일탈을 연상케 하는 이러한 혼돈의 글쓰기에 만만치 않은 복잡한 설계가 숨겨져 있다는 사실이다. 작가에게 소설은 다중적인 세계의 층위로 중첩되어 있는 우리의 세계를 재현하는 불가능한 노력의 결과물로 보인다. 하지만 독자는 이러한 사실을 눈치 챌 즈음, 유사-죽음과도 같은 지독한 글쓰기가 결함투성이인 세계 자체를 육화한 '두블' 그 자체가 아닐까 하는 기묘한 의심에 빠져들게 된다.

이쯤 되면 작가가 의도한 것이 현실에서 입은 상처의 '치유'인지 상처 그 자체의 복제이자 반영인지, 상상을 통한 모순의 '해결'인지 '무한증식'인지 궁금해하지 않을 수 없다. 분명한 것은 작가가 기왕에 주어진 세계를(그리고 그 세계 가운데 떨어진 '자신'을) 사용해 한판 어우러지는 흥겨운 유희를 벌이고 있다는 점이다. 작가는 그 과정을 한 편의 이야기로 만드는 과정을 통해, 독자와 더불어 세상

바깥으로 달아나는 불가능한 모험을 시도하려 한다. 그의 소설을 통해 우리는 세상에 속해 있으면서 그 세상 밖에 자리한 '타자'가 되는 방식을 습득해 나간다. 어쩌면 이러한 방식이야말로 아픔을 주는 세상 한가운데 뛰어들어 현실을 질기게 버텨 나가야 하는 평범한 사람들에게 '현실적'인 지침이 되는 것일지 모른다. 실패의 냄새를 짙게 풍기는 '현실'이라는 단어를 두 번 반복해보라. '현실적'인 세계를 여실히 재현하고 마침내 자신의 몸 안에 새겨 넣은 '현실적'인 이야기 사이에 생긴 틈. 예리한 시선이 작동하기 이전에 존재하지 않았던 그 이음매, 혹은 모종의 '거리' 사이에 걸쳐서 우리는 끊임없는 탈주와 탐색을 도모한다. 그것이 세계의 한가운데서, 세속의 때를 묻히며 굴러다니는 소설이 제공하는 지혜가 아닌가.

도움닫기

이것은 누구도 알아채지 못했으면 하는 말이다.

그러니까, 말하자면 일종의 지면 횡령이랄 수도 있겠다.

그러니, 혹여 억울하다 여기는 이가 있다면 공식 경로를 통하지 말고 청구하는 게 좋겠다.

그에 관한 비난과 책임 또한 오롯이 내게 있는 것이 분명하니 말이다.

내 솔직한 심정은 이렇다.

원스텝— 내가 느끼는 슬픔과 자괴감과 숨이 넘어가기 직전의 절박함은 여지없이 모두 적개심과 닮아 있었다. 그러므로 나는 마치 만화경 혹은 사방이 거울벽인 방에 갇혀버린 것처럼 천 개의 방향을 보아도 오로지 모든 시선이 나를 향해 찌르고 있었다.

투스텝— 간신히 출구를 찾은 듯, 비틀걸음으로 빼꼼, 그러나 여전히 손잡이에 두 손을 얹어놓은 채 망설이고 있었다. 찌는 듯 태양이 넘쳐날지, 몸을 가눌 수 없을 만큼 지독한 태풍이 불어닥칠지, 도무지 알 수 없는 두려움으로 몸을 떨었다.

스리스텝— 나왔으나 감추듯, 드러내고 싶으나 용기 없어 망설이듯, 충혈되고 게슴츠레한 눈으로 끊임없이 사방을 두리번거렸다. 그러면서 스스로에게 그러한 비겁함은 마지막이 될 줄 알라고 으름장을 놓았다.

이제, 그 우격다짐과 발가락 끝에 천천히 모아온, 늦되고 발칙한 용기를 터무니없이 믿어볼 마음이다. 또한, 나의 진실한 고백이라는 것조차 이렇듯, 아직도 스스로를 기만하는 듯한 태도를 취하고 있는 점이 못내 부끄럽다. 다만, 그것이 유독 부끄러움이 많은 순정한 마음에서 기인한 것임을 이해해주길 바라는 마음이다.

자, 그럼 엄지발가락부터 천천히 힘을 주어 내딛어볼까나.

각각의 이야기가 꼴을 갖출 수 있도록 도와주신 마임이스트 혜리씨와 작가 이수광님, MBC의 송요훈 부장님과 소설 『리스본행 야간열차』, 그리고 자음과모음 편집부 신랑씨께도 감사를 전하고 싶다.

김이은

▶수록작품 발표지면

「어떤 장의사의 행복한 창업 계획서」, 『현대문학』 2009년 1월호
「원더풀 라이프」, 『문예중앙』 2011년 겨울호
「돌다방 별곡」, 『현대문학』 2011년 5월호
「어쩔까나」, 테마소설집 『이브들의 아찔한 수다』 (문학사상, 2012)
「첫눈과 소원과 백일몽 사이에 숨겨진 잔인한 변증법」, 테마소설집 『사랑해 눈』 (열림원, 2011)
「고양이 소설엔 고양이가 없다」, 테마소설집 『캣 캣 캣』 (열림원, 2011)
「기억이의 노래」, 『아시아』 2009년 봄호
「프롤로그」, 『한국문학』 2009년 가을호

어쩔까나

© 김이은, 2013

초판 1쇄 인쇄 2013년 6월 12일
초판 1쇄 발행 2013년 6월 17일

지은이   김이은
펴낸이   강병철
주간   정은영
편집   신량 하지순
디자인   조윤주 김희숙
제작   이재욱
마케팅   박제연 전연교
E-콘텐츠사업   정의범 김혜연

펴낸곳   자음과모음
출판등록   1997년 10월 30일 제313-1997-129호
주소   121-840 서울시 마포구 서교동 396-33번지
전화   편집부 02) 324-2347 경영지원부 02) 325-6047
팩스   편집부 02) 324-2348 경영지원부 02) 2648-1311
이메일   munhak@jamobook.com
홈페이지   www.jamo21.net
커뮤니티   cafe.naver.com/cafejamo

ISBN 978-89-5707-769-6 (03810)